LA ROCHE AU LOUP

DU MÊME AUTEUR

CHEZ LE MÊME ÉDITEUR

La Forge au Loup, 2001, nouvelle édition 2015
La Cour aux paons, 2002, nouvelle édition 2011
Le Bois de lune, 2003, nouvelle édition 2015
Le Maître ardoisier, 2004
Les Tisserands de la Licorne, 2005
Le Vent de l'aube, 2006, nouvelle édition 2019
Les Chemins de garance, 2007, nouvelle édition 2017
La Figuière en héritage, 2008, nouvelle édition 2014
La Nuit de l'amandier, 2009
La Combe aux Oliviers, 2010
Les Bateliers du Rhône, 2012
La Maison du Cap, 2016
Édition collector *La Combe aux Oliviers* suivi de *La Nuit de l'amandier*, 2017
À travers la nuit et le vent, 2018
La Fontaine aux Violettes, 2019
La Maison de Charlotte, 2020
Les Héritières de La Salamandre, 2021
Le Jardin des Cyprès, 2022

CHEZ RTL ÉDITIONS

Les Dames du Sud, 1986

AUX ÉDITIONS OMNIBUS

Les Dames de Meuse, 2012
Romans de ma Provence, 2014
La Provence comme ils l'ont aimée, 2019

AUX ÉDITIONS CALMANN-LÉVY

Le Moulin des Sources, 2010
Le Mas des tilleuls, 2011
La Grange de Rochebrune, 2013
Retour au pays bleu, 2013
Le Fils maudit, 2014

(*suite en fin d'ouvrage*)

Françoise Bourdon

LA ROCHE AU LOUP

Roman

TERRES DE FRANCE

Les Presses de la Cité

92, avenue de France – 75013 Paris
ISBN 978-2-258-16326-3
Dépôt légal : octobre 2022

À ma merveilleuse grand-mère
qui savait à peine faire cuire un œuf
mais a tout appris au début de son mariage
d'une voisine alsacienne, à Reims.
Elle avait le don… et pour elle aussi,
la cuisine constituait un acte d'amour.

Si vous n'êtes pas capables d'un peu de sorcellerie, ce n'est pas la peine de vous mêler de cuisine...

COLETTE

Prologue

1936

Elle avait passé une nuit blanche, à se retourner dans son lit. L'appel téléphonique reçu la veille au soir l'avait déstabilisée. Elle n'osait pas y croire. Le chemin avait été si long, semé de tant d'embûches, et elle avait si longtemps pensé ne pas être à sa place qu'elle éprouvait un sentiment d'irréalité. Cette nuit-là, elle avait sans cesse songé à eux.

Félix, qui aurait été si fier. Elle l'imaginait, les yeux brillants, lui disant : « Je le savais, ma belle blonde. »

Sa mère. Étiennette, son amie, sa presque sœur. Marie-Aimée, qui lui avait tout appris, et montré le chemin. Et Charles, auprès de qui il était doux de prendre de l'âge.

Sa première étoile avait constitué une surprise. La deuxième était plus qu'une consécration, un défi.

Avancer, toujours.

Se surpasser.

Donner du bonheur.

Et elle… avait-elle été heureuse, malgré tout ?

Mieux valait ne pas se poser certaines questions.

Elle devait être sereine, et souriante, pour la remise de sa deuxième étoile.

Sur sa robe couleur plume, elle garderait son grand tablier bleu marine. Semblable à celui de Marie-Aimée.

1

1888

Un brouillard tenace noyait les contours des bâtiments, conférant une impression d'irréalité au paysage pourtant familier.

Alexandrine, resserrant frileusement son châle, ouvrit plus grande la porte du canit[1] et fronça le nez. L'air était saturé d'humidité, ce qui ne valait rien pour les bronches fragiles de sa mère. À quarante ans, Laurette était déjà usée par une existence de labeur. Passementière de son état, elle s'était mariée jeune avec Clément Carrel, son premier amour. Clément était mort dans un accident à la mine. Il n'avait pas trente ans.

Laurette avait trimé encore plus dur pour élever ses deux petits, Alexandrine et Georges. Elle s'était remariée cinq ans plus tard avec Damien

1. Café.

Girard, qui possédait un canit près de la place Jacquard. Laurette était encore belle, alors, avec son teint clair, ses yeux verts et ses cheveux fauves, et Damien était fier d'avoir fait sa conquête.

Cependant, Alexandrine l'avait vue se faner au fil des années. Laurette supportait mal l'atmosphère enfumée du Perroquet Vert et ne s'était pas remise de la perte d'un troisième enfant mort-né à huit mois et demi. Depuis ce drame, c'était comme si elle n'était plus concernée par quoi que ce soit. Elle s'acquittait des tâches quotidiennes sans parvenir à surmonter sa tristesse. Exaspéré, son époux tolérait mal son attitude et ne se gênait pas pour lever la main sur elle. Révoltée, Alexandrine avait pris à plusieurs reprises le parti de sa mère, ce qui lui avait valu de sévères corrections.

Elle haïssait son beau-père, tout comme elle avait en horreur l'atmosphère du café et les mains baladeuses de certains clients. Damien lui-même essayait de la coincer derrière le comptoir et ne se gênait pas pour lui lancer des plaisanteries graveleuses. Alexandrine faisait front, bravement.

Un jour, se promettait-elle, je partirai, loin.

En attendant, elle devait ronger son frein et supporter l'atmosphère délétère régnant au Perroquet Vert.

Ce n'était guère mieux à la passementerie où elle travaillait six jours sur sept.

À dix-sept ans, Alexandrine détestait son emploi. Rivée à l'immense métier à tisser, elle ne remarquait même pas son bâti en noyer ou son fronton décoré de marqueterie. Ces métiers appartenaient au père Bollard et lui avaient été transmis par son père et son grand-père avant lui.

Ce qu'on appelait passementerie était en fait la rubanerie, et les rubaniers étaient les maîtres de la ville. Dans les ateliers familiaux, on produisait des rubans brochés ou tissés, des rubans façonnés à la chaîne, des étiquettes ainsi que du velours, du velours épinglé et du velours au sabre.

Elles étaient quatre ouvrières dans l'atelier aux fenêtres hautes, courbées sur leur métier dix heures durant.

Malgré le poêle, le froid pesait sur leurs épaules raidies, engourdissait leurs doigts. Pendant qu'elle s'activait, l'esprit d'Alexandrine vagabondait. Elle s'évadait vers le Pilat qui offrait un contraste saisissant avec la ville industrielle. Le dimanche, dès qu'elle avait terminé ses tâches, elle montait vers Planfoy et marchait dans les sous-bois. L'automne venu, elle cueillait des champignons pour les omelettes de sa mère, savourait le parfum d'humus, faisait craquer les feuilles mortes sous ses pas.

Le Pilat représentait pour elle à la fois un refuge et une ouverture sur le monde, le moyen d'échapper à une existence morne et sans joie.

Quand elle contemplait les crêts, elle éprouvait une sensation grisante de liberté.

L'été, elle emportait un livre acheté trois sous au colporteur et s'installait à l'ombre d'un sapin.

Elle avait quitté l'école à regret l'année du certificat. Son beau-père avait décrété que les filles n'avaient pas besoin d'être savantes et l'avait placée en apprentissage. L'adolescente de treize ans, les dents serrées, avait dû s'incliner. Laurette n'avait pas plaidé sa cause ; elle-même s'abrutissait de travail entre la charge de la maison et la confection de plats pour le café. Sa mère avait une science innée de la cuisine, héritée de grand-mère Eugénie. Damien exploitait ce talent qui attirait nombre de clients. Laurette ne s'animait que derrière son fourneau. Alexandrine supposait que son activité lui rappelait les jours heureux, quand Clément était encore en vie.

Elle redescendit à Saint-Étienne alors que le soir tombait. Le ciel offrait un dégradé de bleu et de mauve, traversé d'une pointe orangée.

Elle éprouvait le pincement au cœur familier du dimanche soir, quand il fallait affronter son beau-père à moitié ivre. Sa mère somnolait à côté du poêle. Damien ronflait dans l'arrière-cuisine, ce qui rasséréna Alexandrine. Avec un peu de chance, elle ne croiserait pas son chemin avant le lendemain.

Elle posa un châle sur les épaules de sa mère. Belle, la chatte rousse et blanche, veillait sur sa maîtresse. Alexandrine lui caressa le sommet de la tête. Elle réchauffa la soupe sur le fourneau, s'en servit un bol qu'elle avala debout dans la cuisine. Lorsqu'elle retourna dans la salle du café, elle sursauta, étonnée d'y trouver Valentin.

C'était un vieux colporteur, qui prenait ses quartiers d'hiver au Crêt de Roc, où habitait sa sœur cadette.

Il lui adressa un clin d'œil en lui tendant son bichon[1].

— Tu me sers un godet, ma belle ? Il fait soif ce soir.

— Comme tous les soirs, Valentin, tu ne crois pas ?

Elle l'avait toujours considéré comme un grand-père. Malgré la fatigue et l'âge, il portait encore beau avec sa barbe blanche entretenue avec soin et sa houppelande. Alexandrine avait fini par comprendre qu'il était inutile de se chercher des grands-parents de substitution. Les siens étaient morts jeunes, sans qu'elle ait eu le temps de les connaître vraiment. La tuberculose, tueuse silencieuse, avait fait son œuvre, ainsi que les accidents de la mine. « Nous autres, pauvres gens, sommes familiers du malheur », disait parfois Laurette.

Alexandrine, pour sa part, refusait cette résignation. Elle ne voulait pas mener une existence comparable à celle de sa mère. Surtout pas.

Cependant, quel avenir pouvait-elle espérer entre la passementerie et le cabaret ?

La certitude de sa propre impuissance la désespérait. Elle devait trouver un moyen de s'en sortir.

---

1. À l'origine un pot en terre dans lequel les ouvriers prenaient leur soupe.

Laurette ouvrit un œil, jeta un regard inquiet autour d'elle avant de se rappeler s'être endormie dans le cabaret. Elle était si fatiguée !

Elle aperçut Valentin affalé sur une table et n'eut pas le courage d'aller le réveiller.

Damien piquerait une colère le lendemain mais, après tout, il aurait dû rester derrière le comptoir et se charger de la fermeture.

Elle se demandait de plus en plus souvent pourquoi elle avait épousé le cabaretier. Certes, il lui avait fait la cour mais, à trente ans, elle aurait dû avoir un peu plus de bon sens. Damien était travailleur, mais il levait trop souvent le coude. Laurette avait horreur des hommes ivres. Chez elle, dans sa famille de mineurs, les hommes ne fréquentaient pas le cabaret, ne buvaient pas de tord-boyaux et donnaient chaque quinzaine leur paie à leur femme. Des pratiques bien éloignées de celles de Damien Girard !

Serrant son châle contre elle, Belle attachée à ses pas, elle monta se coucher. Damien ronflant dans l'arrière-cuisine, Laurette n'était pas mécontente d'avoir le lit conjugal pour elle seule. Elle se dévêtit, passa sa chemise de nuit et se glissa sous les draps. Le sommeil la prit tout de suite. C'était préférable sinon Laurette se mettait à ruminer de sombres pensées et ne pouvait retenir ses larmes.

Elle avait gâché sa vie mais elle tenait à protéger celle de ses enfants.

2

Le matin, Alexandrine « embauchait » dès six heures. Après avoir gravi la succession imposante de marches menant au quartier du Crêt de Roc, elle franchissait la cour intérieure de la maison Bollard, en grès houiller, grimpait l'escalier aux marches hautes et pénétrait dans « l'atelier », situé sur le côté droit du palier. À gauche, les deux pièces – cuisine et chambre – constituaient les appartements privés des patrons. De ce fait, une atmosphère familiale régnait dans la passementerie, même si monsieur Bollard était un employeur exigeant et tatillon. Son épouse, elle, arrondissait les angles. Ancienne passementière, elle connaissait le travail des ouvrières.

Alexandrine salua à la cantonade monsieur et madame Bollard, ainsi que Fanny, Julie, Marion, ses camarades, et Marcel, le commissionnaire. Celui-ci était chargé de rapporter les rubans terminés chez le « donneur d'ordres », dans des corbeilles rectangulaires portées sur l'épaule à l'aide d'une courroie.

Elle ôta son fichu et s'installa face à l'un des métiers à tisser qui occupaient la plus grande partie de la place dans la pièce au plafond haut de six mètres afin de pouvoir loger les métiers Jacquard, éclairée par des fenêtres imposantes qui laissaient entrer la lumière. Il fallait toujours plus de lumière dans les ateliers, si bien que les immeubles avaient été conçus selon une orientation est ou ouest donnant sur de petits jardins.

Le métier conditionnait l'existence des ouvrières, leur imposant son rythme.

Alexandrine avait d'abord été apprentie chez Bollard, avant d'être embauchée définitivement dans sa passementerie.

Sa mère avait fêté l'événement. « Te voici tirée d'affaire, ma grande. »

La jeune fille avait grincé des dents. Comment pouvait-on se réjouir de passer son existence dans un atelier, tributaire d'un métier Jacquard ? Elle ne supportait pas l'odeur de renfermé et de poussière, le bruit assourdissant des quatre métiers en mouvement, détestait devoir encaisser les remarques aigres-douces de Bollard, tout comme elle acceptait mal son espace réduit. Elle se sentait prisonnière du métier et de la situation.

Condamnée à trimer ici jusqu'à ce que mort s'ensuive, pensa-t-elle. À moins qu'elle ne mette la main sur un riche mari ? Ce qui n'était guère probable… Elle sourit à cette idée. Marion, qui apportait une corbeille de canettes, s'étonna :

— Tu souris aux anges, maintenant ?

— Je te raconterai, fit Alexandrine, peu soucieuse de s'expliquer non loin de madame Bollard.

Elle eut deux secondes d'inattention, cassa son fil. Aussitôt Bollard fondit sur elle. À croire qu'il avait des yeux dans le dos, alors qu'elle le croyait occupé à remettre en forme le modèle échantillon confié par le donneur d'ordres pour être produit en série !

— Sois plus attentive, Alexandrine ! hurla-t-il, furieux.

Elle prit un air contrit alors qu'elle s'en moquait bien.

Ce que j'aimerais mettre le feu à son maudit atelier ! pensa-t-elle avec force. Elle se demandait combien de temps elle pourrait encore tenir.

La vogue automnale constituait pour Alexandrine une pause dans sa vie de labeur, une distraction bienvenue. Elle s'était acquittée de la vaisselle, avait balayé la salle avant de s'éclipser, le cœur plus léger. Georges l'ayant suppliée de l'accompagner, elle avait emmené son jeune frère, multipliant les recommandations. Pas question de lui faire faux bond, sous peine de le ramener séance tenante au cabaret.

À douze ans, Georges avait commencé à travailler à la mine. Il en tirait une certaine fierté, même s'il avait un soir confié à son aînée avoir beaucoup de peine à s'habituer à la situation d'enfermement, comme à la rapidité de la « descente » au fond et à l'obscurité.

Tout le déroutait bien qu'il refusât d'avouer ses craintes. Le destin des gars de Saint-Étienne était tout tracé : ils seraient mineurs, comme leurs pères, et leurs grands-pères avant eux. Il aurait aimé en discuter avec son beau-père, tout en sachant que c'était peine perdue : Damien ne s'intéressait guère aux enfants de sa femme, excepté pour les accabler de remontrances et leur reprocher d'être des bouches inutiles. Georges, déjà craintif de nature, s'était replié sur lui-même. Il ne se révoltait pas, alors que son aînée faisait front. Elle l'observa à la dérobée. Il lui paraissait si fragile, avec sa silhouette fluette, son teint pâle, presque maladif, qu'elle avait souvent peur pour lui. Leur mère elle aussi s'inquiétait, exhortant Georges à manger.

— Tu as vu les chevaux de bois ?

Il tira sur la manche d'Alexandrine.

Ses yeux la suppliaient. Elle compta les pièces de sa bourse. Quatre sous.

Elle pouvait offrir à Georges un tour de manège à condition de ne pas s'acheter un cornet de marrons chauds, une gourmandise appréciée dès les premiers frimas. Elle préférait lui faire plaisir. Elle glissa une pièce dans la main de son frère et lui lança un clin d'œil.

— File !

Son sourire lumineux suffit à son bonheur. Elle le suivit des yeux tandis qu'il courait vers le manège. Il paya son ticket, marqua une hésitation avant d'arrêter son choix sur un cheval dont la peinture blanche s'écaillait. Il l'enfourcha et adressa un signe de la main à Alexandrine.

Elle pensa en un éclair que ses parents auraient dû se trouver sur la vogue avec eux, et son cœur se serra. Si seulement elle avait pu ne songer à rien, être une véritable tête de linotte comme son amie Étiennette ! Mais non, il fallait toujours que son esprit vagabonde.

Pendant que Georges tournait sur le manège, elle se promena parmi les différents stands. Ceux-ci proposaient du tir, des mâts de cocagne, des orgues de Barbarie, des friandises.

Elle résista aux rubans comme aux bijoux de pacotille, s'attarda devant un bonimenteur qui prétendait prédire l'avenir. Ce genre de personnage l'intriguait tout en suscitant chez elle une certaine crainte. Que pouvait-elle espérer ? Elle travaillerait à la fabrique en attendant de se marier. Elle épouserait un brave gars, sobre de préférence, qui lui ferait plusieurs enfants. Leur vie serait consacrée au travail, c'était une notion familière en pays stéphanois.

« Trimer », disait Étiennette, parce que sa famille était « rouge ».

Damien, lui, se gardait bien d'exprimer ses opinions politiques. Un cabaretier ne pouvait s'offrir ce luxe. Il se contentait d'écouter les conversations et de proposer de nouvelles tournées. Quoi qu'il arrive, il était gagnant car tout se réglait au cabaret, aussi bien les querelles, familiales ou de voisinage, que les discussions politiques.

Alexandrine, elle, refusait cette existence. À la fabrique, elle s'étiolait, avait l'impression de mourir à petit feu.

— Me permettez-vous de vous offrir des marrons, mademoiselle ?

Perdue dans ses pensées, Alexandrine tressaillit avant de lever les yeux vers l'inconnu qui venait de l'aborder. Il tenait son chapeau à la main.

D'un coup d'œil, elle remarqua les vêtements bien coupés, les souliers cirés.

Son interlocuteur pouvait avoir vingt-cinq ans. Il était assez grand, avait le teint couperosé des bons vivants, des cheveux châtains.

— Je m'appelle Marin Rousselet, précisa-t-il, comme s'il avait deviné que la jeune fille n'adresserait pas la parole à un inconnu.

Elle daigna lui accorder un sourire en retour.

— J'accepterais volontiers un cornet de marrons, déclara-t-elle sans pour autant décliner son identité.

Le visage du jeune homme s'illumina.

— Vrai ? Ne bougez pas, surtout, je reviens !

Alexandrine le suivit d'un regard amusé. Le Marin en question lui paraissait tout fou !

Son amie Étiennette la rejoignit alors qu'elle cherchait Georges.

— Dis-moi, tu fréquentes du beau monde !

— Du beau monde ? répéta la fille de Laurette sans comprendre.

— Ben… Ne me dis pas que tu n'as pas reconnu celui qui te fait les yeux doux ! C'est le petit-fils des aubergistes qui tiennent les Bois Noirs sur la route de Planfoy.

— Vraiment ?

À cet instant, peu lui importait.

Elle avait perdu Georges de vue et cela l'inquiétait.

Elle regarda à droite, à gauche, fit le tour du manège de chevaux de bois, en vain. Une peur irraisonnée monta en elle.

— Georges ! appela-t-elle, les mains en porte-voix.

Mais les flonflons et les limonaires couvraient sa voix.

Paniquée, Alexandrine se mit à courir en tous sens. Une main ferme se posa sur son poignet.

— Voici vos marrons, mademoiselle.

Elle lui décocha un regard égaré.

— Merci. Vous n'avez pas vu un garçon haut comme… (elle esquissa un geste à hauteur de son épaule) aux cheveux châtains ? C'est mon jeune frère.

— Il n'aurait pas une casquette grise ?

— En effet !

— Attendez-moi !

Marin se fraya un chemin dans la foule. Comme il était plutôt imposant, celle-ci s'écarta devant lui.

Quelques minutes plus tard, il revenait en poussant Georges devant lui.

— Ce jeune homme était parti flatter les chevaux des forains, annonça-t-il.

Alexandrine, soulagée, serra son frère contre elle.

— A-t-on idée de me causer une peur pareille ? s'écria-t-elle.

Mais elle était si heureuse qu'elle n'avait pas envie de le gronder plus. Marin se pencha vers elle.

— Il ne fallait pas vous inquiéter autant, mademoiselle.

Elle lui tendit la main.

— Je vous remercie mille fois, monsieur Rousselet. Je m'appelle Alexandrine, reprit-elle. Alexandrine Carrel. Et voici Georges, mon petit frère.

— Il doit avoir faim. Les émotions, ça creuse. Vous partagerez bien quelques bugnes avec moi ?

Il était difficile de refuser, d'autant que les yeux de Georges brillaient de convoitise et qu'Alexandrine n'avait pas envie de retourner au cabaret. Pas encore.

Ils s'installèrent donc devant la baraque de la marchande de bugnes. Le vent était tombé. De toute manière, Alexandrine n'était pas frileuse. Elle se sentait belle sous le regard admiratif de Marin.

Lorsqu'elle prit congé, il retint sa main dans les siennes.

— J'irai à la vogue de Saint-Genest dimanche prochain. Nous pourrons nous revoir ?

Elle acquiesça.

— Si je peux me libérer, oui, je viendrai.

Elle s'éclipsa en entraînant Georges.

Marin la suivit longtemps du regard.

Alexandrine était celle qu'il attendait, il en était persuadé.

3

Depuis l'enfance, Alexandrine se savait belle. On le lui avait assez répété, dès l'école primaire, en la mettant en garde !

« La beauté ne fait pas bouillir la marmite ! », « Même la plus belle des roses se fane en un printemps », « La beauté ne se mange pas en salade ».

Décidément, la beauté n'était pas bien vue chez les pauvres. Elle était aussi stigmatisée souvent à l'église. Mais Alexandrine, comme ses parents, ne fréquentait pas la paroisse de l'église Sainte-Marie.

Chez les Carrel, on était « laïcard » de père en fils. Seule Laurette avait l'habitude de réciter son chapelet et, depuis le décès de son troisième petit, avait trouvé un refuge dans la prière.

Ce matin-là, Alexandrine aurait préféré être moins séduisante. Son beau-père venait de l'attirer dans l'arrière-cuisine et l'avait pressée contre le garde-manger en lui saisissant les seins à pleines mains.

— Lâchez-moi ! jeta la jeune fille, les dents serrées.

Il ricana.

— Tu te crois en situation de force ? Tu es à ma merci, ma jolie.

Elle l'avait repoussé d'un coup de genou.

— Vous n'êtes qu'un porc, Damien !

Son visage s'était déformé sous l'effet de la colère.

— Parle-moi sur un autre ton ! Je suis déjà bien bon de vous nourrir, ton frère et toi !

— Vous gardez toute notre paie ! s'insurgea Alexandrine.

Il la gifla si fort qu'elle ne put réprimer un gémissement.

— J'ai tous les droits, mets-toi bien ça dans la tête !

D'un coup sec, il déchira son corsage. Alexandrine poussa un hurlement strident et se vit perdue. Elle n'était pas de force contre son beau-père qui pesait un bon quintal.

Il plaqua une main graisseuse sur ses lèvres, la bâillonnant brutalement. La porte de l'arrière-cuisine s'ouvrit.

— Qu'est-ce qui se passe ici ? gronda une voix masculine.

Alexandrine reconnut la silhouette familière de Valentin et se contorsionna pour échapper à l'étreinte de Damien. Elle courut vers le vieux colporteur.

— Viens, ma grande, lui dit-il avec bonté. Et toi, reprit-il à l'intention du cabaretier, tu as intérêt à la laisser tranquille !

— Si tu crois que j'ai peur de toi ! plastronna Damien.

Il savait, cependant, que Valentin était unanimement respecté dans le quartier et que sa parole y avait toujours un certain poids. Alexandrine le savait également, et comptait en jouer.

— Va chercher tes affaires, reprit le colporteur. Je t'emmène.

Damien tenta de s'interposer.

— La gamine est mineure. Sa mère et moi la gardons ici.

— Dans cet endroit contraire à la moralité ? Tu rêves, mon pauvre Damien ! Je témoignerai de ce que j'ai vu, de mes propres yeux.

Le cabaretier cracha par terre.

— Fais donc à ta guise ! Tu te débrouilleras avec la Laurette qui a son mot à dire, elle aussi. Moi... (il joignit le geste à la parole) je m'en lave les mains.

Espèce de pourri ! pensa Alexandrine.

Elle se sentait à la fois effrayée et soulagée. Depuis quelques semaines, en effet, son beau-père se montrait plus pressant et exerçait à son encontre un odieux chantage. Si elle ne lui cédait pas, il les jetterait dehors, Georges et elle.

« Ta mère n'y résistera pas », avait-il menacé.

Alexandrine pressentait que c'était vrai. Cependant, il n'était pas question pour elle de se laisser faire par cette brute. Parfois, une sourde colère montait en elle. Pourquoi Laurette avait-elle accordé foi aux beaux discours du cabaretier ? Elle en voulait à sa mère tout en étant consciente que Laurette était vulnérable. Elle, Alexandrine, devait être forte pour eux trois.

Elle eut tôt fait de rassembler ses hardes qu'elle roula dans un baluchon, embrassa Laurette qui pleurait et courut rejoindre son ami le colporteur. Il passa un bras protecteur autour de ses épaules.

— Viens, ma belle, tu n'as plus rien à faire ici.

— Ça vaut aussi pour toi, vieux soûlard ! hurla Damien. Que je ne te revoie pas chez moi !

— Pas de danger ! répliqua le colporteur.

Une fois franchi le seuil du cabaret, il se tourna vers la jeune fille.

— Je vais t'amener chez Julia, ma sœur. Il ne serait pas convenable que tu habites chez moi.

Alexandrine partit alors d'un fou rire nerveux.

— Oh ! Mon pauvre Valentin ! Si tu savais le nombre de fois où j'ai dû me battre contre mon beau-père ! Rien de ce qu'il voulait me faire n'était... convenable, comme tu dis.

— Ça ne fait rien, s'entêta le colporteur. Tu es une fille sérieuse, je tiens à ce que les choses soient faites dans les règles.

Elle croyait comprendre ce qu'il voulait dire. Dans leur milieu, la virginité des filles constituait leur unique dot en quelque sorte.

À cet instant, elle pensa à Marin, et fut doublement reconnaissante à Valentin de l'avoir tirée des pattes de Damien.

Julia, la sœur cadette de Valentin, était une figure du quartier. Grande, massive, elle louait ses services pour faire la lessive et le repassage chez les « bourgeois » de la place Jacquard.

Elle avait tout de suite accepté d'héberger Alexandrine et l'avait installée dans la soupente au-dessus de son deux-pièces où elle vivait avec sa fille Séverine, handicapée. Les jambes paralysées, la jeune fille ne quittait pas la proximité du poêle. Elle brodait à longueur de journée, des merveilles de finesse qui suscitaient l'admiration d'Alexandrine. La jeune fille avait vite pris ses repères.

Elle n'était pas trop éloignée de la fabrique, s'y rendait à pied et s'arrangeait pour aller voir Georges le dimanche. Tous deux se retrouvaient place Jacquard. Alexandrine aimait cet endroit familier, l'ancienne place de Montaud, avec ses immeubles de trois à quatre étages, à l'apparence cossue.

Son frère lui donnait des nouvelles de leur mère, de plus en plus fatiguée. Alexandrine avait beau regretter de ne plus pouvoir la protéger, elle se sentait plus heureuse auprès de Julia. En sécurité.

Elle avait revu Marin Rousselet à la vogue de Saint-Genest, une semaine après leur première rencontre. Il l'attendait près du manège de chevaux de bois, comme s'il avait été évident qu'elle s'y arrêterait, et un large sourire éclaira son visage lorsqu'il l'aperçut.

— Mademoiselle Alexandrine !

Il s'inclina légèrement, en ôtant son chapeau. Elle lui sourit gentiment.

— Allez-vous bien, monsieur Marin ?

— Depuis que vous êtes avec moi, je suis le plus heureux des hommes !

Il y avait en lui quelque chose d'attendrissant, malgré sa carrure imposante. La jeune fille devinait qu'il était prêt à lui manger dans la main et ce pouvoir lui faisait presque peur.

Il l'invita à l'accompagner au stand de tir où il gagna une poupée de porcelaine qu'il lui offrit.

Tout au long de l'après-midi, il se montra respectueux et attentionné. Cela lui faisait du bien d'être ainsi entourée. Elle restait cependant sur ses gardes. Elle avait été trop marquée par le harcèlement de son beau-père pour accorder sa confiance à un homme, fût-il aussi prévenant que Marin.

Il s'intéressait à elle, se racontait, aussi. Elle apprit ainsi qu'il se passionnait pour les trains et aurait aimé devenir cheminot. Malheureusement, il n'avait pas eu le choix. À la mort prématurée de son père, il avait dû aider sa mère à l'auberge familiale puis prendre en charge la scierie.

— Ma grand-mère, Marie-Aimée, est une fameuse cuisinière, lui confia-t-il.

Les yeux d'Alexandrine s'allumèrent.

— Mon rêve ! J'aimerais tant inventer des recettes. Au lieu de quoi, je suis prisonnière de ma fabrique, où je m'ennuie à mourir !

— Il faut venir à l'Auberge des Bois Noirs,

suggéra-t-il. Ma grand-mère vous montrera son installation.

Ils échangèrent un regard un peu perdu, comme s'ils avaient conscience d'être prêts à franchir un cap dans leur relation.

Brusquement, Alexandrine avait la bouche sèche.

— Vous… êtes sûr ? questionna-t-elle.

Il sourit.

— Naturellement ! Sinon, je ne vous le proposerais pas.

— Ce serait avec plaisir, répondit-elle.

Elle éprouvait en même temps de l'impatience et une crainte diffuse. Tout allait presque trop vite. Mais, d'autre part, elle devinait que Marin constituait sa meilleure chance de changer de vie.

C'était un garçon sérieux, sur qui elle pouvait s'appuyer.

L'homme idéal, en quelque sorte. Même si, elle en était certaine, elle n'était pas amoureuse de lui.

4

Alexandrine avait donné rendez-vous à Marin place du Peuple devant la tour. Elle aimait l'animation y régnant, le va-et-vient des petits livreurs sur leur triporteur, les appels des aiguiseurs rémouleurs, le manège des mitrons de blanc vêtus portant sur leur tête des corbeilles plates en osier pleines de croissants chauds.

Elle le vit arriver, assis sur le siège de la carriole sur laquelle figuraient les mots *Auberge des Bois Noirs*. Il avait fière allure dans ses vêtements de serge gris foncé et sa chemise blanche.

Il lui tendit la main pour l'aider à le rejoindre et l'enveloppa d'un regard admiratif.

— Vous êtes si belle, mademoiselle Alexandrine ! Je le disais tantôt à ma grand-mère : « Je vais t'amener la plus belle fille de Saint-Étienne. »

Alexandrine se mit à rire.

— Qu'est-ce que votre grand-mère va penser de moi ? Et vous ? Vous pouvez donc vous libérer le dimanche ?

— La pleine saison est passée. De plus, je ne me mêle pas de cuisine. Grand-mère éclaterait de rire si elle nous entendait ! Il paraît que je ne suis pas doué pour les fourneaux. Non, moi, je m'occupe de la scierie, de la vente du bois.

— C'est un rôle important, commenta Alexandrine, sans s'engager.

Elle admirait le paysage familier. Il suffisait de s'éloigner de la ville d'une demi-heure pour se retrouver en forêt.

— Depuis que je suis enfant, je monte souvent par ici, confia-t-elle. J'ai l'impression de mieux respirer qu'en bas, je suis bien...

Marin sourit.

— L'air du Pilat est souverain, vous savez. On raconte qu'il n'y a rien de meilleur contre la tuberculose, ce fléau.

— Oh ! Regardez !

Un écureuil venait de traverser le chemin d'un pas nonchalant. Marin lui précisa :

— Il y en a plusieurs du côté de l'auberge, et certains ne sont guère farouches.

Des nuages neigeux se poursuivaient dans un ciel clair. De longues écharpes gris-bleu se confondaient vers l'horizon avec les sommets.

Alexandrine soupira d'aise.

— Vous avez beaucoup de chance d'habiter à la campagne, déclara-t-elle alors que leur carriole abordait la dernière montée et qu'elle apercevait la silhouette trapue de l'auberge. Murs épais, toit d'ardoises, fenêtres à petits carreaux, porte massive conféraient à la demeure une impression de solidité rassurante.

Elle la détailla avec une curiosité teintée d'inquiétude. Quel accueil allait-on lui réserver ? Elle savait grâce aux confidences de Marin qu'il était attaché à sa grand-mère.

Il rangea la voiture devant le bâtiment des écuries et aida la jeune fille à sauter à terre. Elle avait choisi pour la circonstance de porter ses plus beaux atours. Une jupe de laine grise, un corsage empesé, couvert d'un fichu rouge et noir, des souliers vernis du dimanche empruntés à Julia.

Elle avait conscience de ne pas briller par son élégance mais au moins ses vêtements étaient-ils propres et bien repassés. Elle releva la tête.

« N'oublie pas, ma grande : tu vaux autant que n'importe qui », lui avait répété Julia le matin même, et cette phrase lui avait redonné confiance. Ce n'était pas toujours facile, dans la mesure où son beau-père l'avait souvent traitée de sauterelle ou de montée en graine parce qu'elle avait grandi trop vite.

Elle gravit les marches menant à l'auberge en gardant la tête haut levée.

Une femme d'une bonne quarantaine d'années se porta à leur rencontre dans le vestibule. Grande et mince, entièrement vêtue de noir, elle arborait une mine sombre. Tout à fait le genre de femme que l'on surnommait dans son quartier « la veuve éternelle ». Alexandrine la salua aimablement mais son visage demeura fermé.

— C'est vous, la jeune passementière ? s'enquit-elle d'un ton chargé de dédain.

Alexandrine opina du chef.

— Oui, madame. Je m'appelle Alexandrine.

La mère de Marin leva les yeux au ciel.

— Alexandrine ! Vos parents avaient des idées de grandeur, on dirait ! Ils ne pouvaient pas vous prénommer Jeanne, ou Louise, comme tout le monde ?

La jeune fille rougit. Le mépris de la mère de Marin était palpable. Lui, se porta galamment à son secours.

— C'est très joli, Alexandrine. En tout cas, moi, j'aime beaucoup.

Cher Marin ! Elle l'aurait volontiers embrassé ! À cet instant, une dame âgée d'une soixantaine d'années les rejoignit. Elle inspirait d'emblée la sympathie avec son visage rond et ses yeux pétillants. Elle portait un grand tablier bleu foncé, un bonnet amidonné, et ses avant-bras étaient recouverts de farine.

— Bienvenue à l'Auberge des Bois Noirs, ma petite fille ! s'exclama-t-elle gaiement.

Alexandrine éprouva l'envie irraisonnée de lui sauter au cou.

— Je suis Marie-Aimée, la grand-mère de ce chenapan, reprit-elle.

Les joues du chenapan en question s'empourprèrent. Alexandrine ne put réprimer un large sourire.

— Votre demeure est magnifique ! s'écria-t-elle.

Tout lui plaisait, à commencer par le hall, de vastes dimensions, orné de massacres.

Marie-Aimée fronça les sourcils.

— Je ne m'intéresse guère au décorum. Mon domaine, c'est l'office, là où tout se crée et prend corps. Viens voir.

Elle lui saisit le bras, l'entraîna vers une immense cuisine d'une blancheur et d'une propreté rigoureuses. Casseroles et ustensiles en cuivre brillaient doucement. Des arômes mêlés – champignons, bouillon, herbes – embaumaient la pièce. Un énorme fourneau attira le regard d'Alexandrine.

— Tu regardes mon piano ? s'amusa son hôtesse. Je suis sûre que tu n'en as jamais vu de semblable !

— Jamais ! confirma la jeune fille, admirative.

— Je t'apprendrai, si cela t'intéresse.

Tout semblait aller de soi avec la grand-mère de Marin. Alexandrine se sentit tout de suite adoptée, et lui en fut reconnaissante. De son côté, Marin ne cherchait pas à dissimuler sa joie.

— J'étais sûr que vous vous entendriez bien toutes les deux ! lança-t-il.

Le visage de sa mère se rembrunit. De toute évidence, elle restait insensible au charme d'Alexandrine.

Marie-Aimée adressa un clin d'œil à son petit-fils.

— C'est pour quand, la noce ?

C'était ainsi que tout avait commencé.

5

Sans se départir de son visage fermé, Catherine Rousselet avait décoré la salle de l'auberge de bouquets de fleurs séchées.

Avait-on idée de se marier en décembre, juste avant Noël ? se désolait-elle.

Marin ne pouvait mieux prouver combien il était pressé d'épouser sa passementière !

Catherine avait scruté la silhouette de la jeune fille, en vain. Alexandrine était toujours aussi mince, et n'avait aucun malaise révélateur de quelque grossesse. Aimait-elle son fils ? Catherine en doutait fort. Lui, en revanche, était follement épris. Quand sa mère avait tenté de le mettre en garde contre la jeune fille qui n'avait même pas de dot, il avait explosé.

Il aimait Alexandrine et souhaitait l'épouser le plus vite possible, cela ne souffrait pas de discussion. Catherine avait dû s'incliner. Pourtant, au fond d'elle-même, elle savait qu'elle chercherait toujours la faille chez sa future bru.

Pour tromper l'ennemie, elle s'était efforcée de paraître un peu plus aimable. D'ailleurs, sa propre belle-mère ne tarissait pas d'éloges à propos d'Alexandrine. De quoi rendre Catherine horriblement jalouse ! Elle avait proposé d'aider la jeune fille à choisir sa robe, mais celle-ci tenait à le faire avec sa mère. En fait, c'était Julia qui avait créé et coupé la fameuse toilette, en velours couleur bronze.

Catherine avait pincé les lèvres de dépit. En cette fin de siècle, les filles pauvres se mariaient en noir, parce que cela resservirait fatalement, et les plus aisées en blanc.

En revanche, ce velours mordoré constituait une entorse aux traditions. Mais Alexandrine, avec ses cheveux fauves et sa beauté incandescente, ne faisait rien comme tout le monde.

Marin, bouche bée, chantait ses louanges tandis que Catherine rongeait son frein. Le père de Marin n'avait jamais manifesté à son épouse cette admiration inconditionnelle. Catherine et Robert, amis d'enfance, s'étaient mariés tout naturellement. Les parents de Catherine étaient des fermiers aisés. La dot conséquente de la jeune fille avait permis de moderniser les cuisines de l'auberge. C'était une union raisonnable. Or, Marin refusait d'écouter la voix de la raison. N'était-ce pas pourtant la condition des mariages qui duraient ? Catherine serra les lèvres. Ces noces ne lui disaient rien de bon.

Les dés étaient jetés, mais elle était fermement décidée à attendre son heure.

Malgré l'anticléricalisme de sa famille, Laurette avait la foi du charbonnier. « Le seul moyen de tenir », avait-elle confié un jour à son aînée.

Elle avait donc insisté pour qu'Alexandrine et Marin se marient à l'église. Ce qui satisfaisait Catherine : il importait de sauvegarder les apparences. La famille de la mariée était déjà déclassée, pas question d'aggraver la situation en se contentant d'un mariage civil.

Seul problème : Alexandrine refusait catégoriquement que son beau-père la conduise à l'autel. Il avait donc fallu trouver un compromis. Valentin le colporteur, qu'Alexandrine considérait comme son grand-père, s'était proposé, et elle avait accepté avec reconnaissance.

Le jour des noces, quand elle pénétra dans l'église au bras de Valentin, elle essuya une larme. Son père lui manquait tant, plus encore ce jour-là.

Marin l'attendait devant l'autel. Il paraissait si heureux que le cœur de la jeune fille se serra. Serait-elle à la hauteur ? Elle ne l'aimait pas. Elle éprouvait pour lui seulement de l'affection, et de la reconnaissance, parce qu'il lui offrait une autre vie. Cela suffirait-il ? Elle ne voulait plus se poser de questions, il lui fallait sourire, et garder la tête droite.

Elle aperçut sa mère debout sur le côté droit aux côtés de Damien qui bâillait ostensiblement. Le diable l'emporte ! se dit-elle. Georges lui décocha un coup d'œil complice au passage. Elle lui adressa un baiser du bout des doigts.

Son petit frère, c'était un peu de leur père.

Elle participa à la cérémonie dans un brouillard. Elle songeait à son père, à la fabrique, aux avances de Damien. Elle ne voulait pas de cette vie-là.

La main de Marin trembla légèrement lorsqu'il passa l'alliance à son annulaire. Elle l'encouragea d'un tendre sourire.

À l'issue de la cérémonie, tous deux remontèrent la nef sous les regards admiratifs ou envieux. Étiennette se trouvait aux premières loges.

Elle paraît plus heureuse que moi, pensa Alexandrine, étrangement émue.

Toute la noce s'entassa dans des voitures pour monter jusqu'à l'Auberge des Bois Noirs. Les premiers flocons de neige tourbillonnèrent dans l'air alors qu'Alexandrine et Marin descendaient dans la cour. Elle leva la tête.

— De la neige ! s'écria-t-elle, ravie.

Marin l'entraîna à l'intérieur de l'auberge de crainte qu'elle ne prenne froid. La jeune femme réprima un sourire. Elle n'était pas fragile, c'était un luxe qu'elle ne pouvait se permettre. Cependant, elle ne protesta pas et suivit son mari. Son mari… n'était-ce pas fou ? Émilie, la petite serveuse de l'auberge, avait dressé le couvert sur une grande table nappée de blanc décorée de branchages de sapin et de brins de bruyère.

Marin lui vola un baiser dans le cou. Elle lui sourit.

— Sois patient !

Elle appréhendait un peu le moment où ils se retrouveraient seuls dans la chambre de Marin, située dans une dépendance de l'auberge. On allait les chercher, c'était certain, pour leur infliger les plaisanteries et quolibets habituels. Elle redoutait surtout l'instant où elle et lui se glisseraient dans le lit. Son époux ne suscitait pas de trouble chez elle, rien d'autre qu'une complicité de bons camarades. Comment allait-elle s'en sortir ? Marin avait-il beaucoup d'expérience ? Comme elle n'avait pas osé évoquer ce sujet avec sa mère, elle s'était tournée vers Julia qui ne s'était guère montrée prolixe.

« La nuit de noces… on en fait tout un plat mais tout dépend de l'homme qui fait de toi une femme, ma jolie ! Si tu as la chance de tomber sur un gars qui prend son temps et fait attention à toi, tu as tiré le bon numéro. Mais s'il est pressé, tu n'as qu'à fermer les yeux et attendre que ça se passe ! »

Nantie de ces recommandations, Alexandrine s'était dit : Je verrai bien !

À présent, elle éprouvait une crainte diffuse. Elle rejeta les épaules en arrière. Faire face. Ne pas laisser voir son trouble.

La noce s'éparpilla dans la grande salle de l'auberge.

Les membres de la famille Rousselet étaient plus nombreux que les Carrel, cela importait peu à Alexandrine.

Damien était venu, alors qu'elle aurait préféré qu'il s'abstienne. Il avait déjà abandonné Laurette pour se faire servir du vin.

— Viens que je te présente mon oncle Albert, dit Marin en l'entraînant.

Il s'agissait en fait de son grand-oncle, le frère aîné de Marie-Aimée. Vigneron, il avait mis un tonneau en perce pour l'occasion. Il enveloppa Alexandrine d'un regard appréciateur.

— Tu as bon goût, mon neveu ! le félicita-t-il avec un claquement de langue.

— N'est-ce pas ? fit Marin en se rengorgeant.

Étiennette rejoignit son amie.

— Tu es magnifique, ma belle ! Et ce cadre ! Tu ne vas pas t'ennuyer, dis donc !

Son enthousiasme suscita de la gêne chez Alexandrine. À entendre Étiennette, on aurait pu croire qu'elle avait gagné le gros lot !

« Ce n'est pas ça, aurait-elle voulu lui confier, c'est simplement que je ne pouvais plus vivre au cabaret et que j'en ai par-dessus la tête de la fabrique. J'ai saisi ma chance, voilà tout ! »

Qui aurait pu la comprendre ?

Catherine, portant un pâté en croûte d'une taille impressionnante, passa tout près d'elles et les gratifia d'un coup d'œil réprobateur.

— Brr, ta belle-mère, elle est drôlement réfrigérante ! lança Étiennette.

Alexandrine opina du chef. Brusquement, elle se demandait ce que lui réservait l'avenir, et elle avait peur.

6

Julia, j'ai attendu que ça se passe, pensa Alexandrine. Elle gardait un souvenir douloureux et décevant de sa nuit de noces. Naturellement, Marin et elle avaient dû se plier aux injonctions des « chasseurs de mariés », après avoir découvert leur lit en portefeuille et garni de clochettes. On leur avait ensuite apporté dans un pot de chambre la « rôtie », mélange de chocolat fondu et d'œufs battus qu'ils avaient dû avaler.

Après leur départ, son mari l'avait attirée à lui, et sans prendre le temps de l'embrasser, l'avait dévêtue. Frissonnante, elle s'était glissée entre les draps. Marin l'y avait rejointe et avait aussitôt entrepris de lui faire l'amour, sans chercher à éveiller son désir. Se sentant contrainte, la jeune femme s'était raidie sous ses coups de boutoir. Le temps lui avait alors paru fort long, jusqu'à ce que Marin retombe à ses côtés en laissant échapper un gémissement d'aise.

« Tu es si belle », avait-il soufflé.

Belle, et endolorie.

Il s'était endormi très vite, tandis qu'elle contemplait les poutres au plafond.

C'est ça, le mariage, avait-elle alors songé. Et aussitôt après : Mieux vaut Marin que Damien.

Comme elle l'avait redouté, son beau-père avait provoqué un scandale à la fin du repas de noces. Il avait bu sans retenue et était ivre. Si bien qu'il s'était montré horriblement grossier en tentant de s'approprier la jarretière de la mariée, marmonnant des injures à l'encontre d'Alexandrine. Marin et Georges s'étaient interposés, l'accrochage s'était achevé en bagarre générale. De quoi horrifier Catherine, qui avait toisé la mariée avec un tel mépris que la jeune femme s'était sentie rougir, comme si elle avait été coupable. De quoi ? D'avoir un beau-père incestueux qui ne supportait pas de la voir lui échapper ? Catherine, vivant dans un endroit préservé, ne pouvait pas comprendre. Laurette s'était éclipsée dehors, atteinte d'une nouvelle série de quintes de toux. Alexandrine avait couru rejoindre sa mère. Laurette était si pâle que la jeune femme avait pris peur.

« Maman… Ne nous abandonne pas », avait-elle prié.

Laurette l'avait alors regardée d'un air si douloureux qu'elle avait tourné la tête. Ne pas voir, ne pas deviner ce que sa mère cherchait à lui dire. Essayer de faire comme si de rien n'était. Après tout, n'était-ce pas censé être le plus beau jour de sa vie ? Sa belle-mère avait suivi la sortie de Laurette d'un regard indéfinissable. Décidément, elle devait trouver que la mariée et sa famille n'étaient pas présentables !

Alexandrine avait l'impression que ce regard allait la poursuivre longtemps.

À présent, elle y songeait à nouveau, alors que Marin ronflait à ses côtés. Elle mesurait brusquement qu'elle allait devoir vivre aux Bois Noirs en compagnie de Catherine et de Marie-Aimée.

La personnalité de la grand-mère de son époux l'attirait, c'était une bonne personne, passionnée par ses fourneaux et par son art. Elle s'entendrait certainement avec Marie-Aimée. Beaucoup mieux, d'ailleurs, qu'elle ne le ferait jamais avec sa belle-mère. Catherine la glaçait. À quarante-cinq ans, elle dirigeait l'auberge d'une main ferme, ne laissait rien passer au personnel composé d'une fille de cuisine, de deux serveuses, d'un valet et d'une femme de ménage. Celle-ci, Aglaé, avait été embauchée par Marie-Aimée trente ans auparavant et était la seule à ne pas s'en laisser conter.

Alexandrine se leva et, frissonnante, courut à la cuisine. Elle attisa la cuisinière, mit de l'eau à chauffer pour le café. Marin l'avait prévenue la veille : il tenait à son café du matin. Ce serait nouveau pour sa jeune femme, habituée à son bol de soupe.

Elle ne demandait qu'à apprendre, se dit-elle. Une aube pâle apparaissait au-dessus de la cime des sapins. Elle avait hâte de s'habiller chaudement et d'aller marcher dans la forêt.

— Nine ?

Marin, encore à demi ensommeillé, la rejoignit dans la cuisine. Il l'enlaça, enfouit le visage dans ses cheveux.

— Tu es si belle. Avant d'ajouter, sur un ton de propriétaire : Ma femme.

Il l'entraîna vers la chambre.

Le café attendrait.

Chaque matin, Alexandrine avait pris le pli de rejoindre la grand-mère de Marin dans la grande cuisine de l'auberge.

« J'apprends en observant ce que vous faites », lui disait la jeune femme.

C'était vrai. Elle avait commencé par « faire office de grouillot ». Elle allait chercher au potager les légumes réclamés, se rendait dans les fermes avoisinantes pour choisir les volailles suivant les consignes de celle qu'elle considérait désormais comme sa grand-mère.

« Tu joues à la marchande ? » s'amusait Marin.

Il l'aurait volontiers gardée pour lui seul, attendant son retour. Une perspective inconcevable pour Alexandrine qui tenait à acquérir son indépendance. Pas question pour elle de jouer la jeune épouse timorée sous la haute surveillance de Catherine ! Elle n'avait pas quitté le cabaret comme la fabrique pour se retrouver sous le joug d'une belle-mère dénuée de bienveillance à son égard.

La cuisine de Marie-Aimée offrait à Alexandrine un nouveau monde, fait d'odeurs, de sensations, d'expériences. Elle aimait à plonger les mains et les avant-bras dans la farine, à brasser la pâte, encore et encore, jusqu'à ce qu'elle s'étire entre ses doigts. Elle aimait humer les délicieux parfums émanant du piano imposant et des cocottes en fonte. Elle aimait découvrir les épices qui faisaient chanter les papilles.

Avec Marie-Aimée, tout paraissait simple : il suffisait de rechercher les harmonies entre les aromates et les viandes, de composer ses assemblages personnels.

Alexandrine apprenait à développer son goût, sans même en avoir conscience.

« Tu as le don », lui confia un matin la grand-mère de Marin.

Et de lui raconter qu'elle avait été initiée par sa marraine, une femme forte.

« En matière de cuisine, on est doué ou pas, insistait Marie-Aimée. Ma bru, quelles que soient ses qualités, n'entend rien à tout cela. Elle, il lui faut des chiffres, des résultats. Moi, je suis l'artiste dans ma cuisine. »

Artiste… Cela plaisait bien à Alexandrine. Elle avait fait goûter à son mari sa première création culinaire, un pâté en croûte aux girolles. Il s'était montré enthousiaste et, après l'avoir à son tour goûté, Marie-Aimée avait suggéré de l'inscrire à la carte. Ce jour-là, Alexandrine n'avait pas dissimulé sa fierté.

Elle aurait pu se dire heureuse. Si seulement Marin avait été un meilleur amant…

7

1889

Un brouillard épais noyait les contours du chevalement. Pourtant, cela ne gênait pas Georges. Il était si heureux de remonter à l'air libre qu'il ne remarquait rien, de l'humidité ambiante ou de la sensation d'évoluer dans du coton. Il adressa un salut de la main à Saturnin, un camarade de quinze ans avec qui il aimait à discuter, et prit le chemin du cabaret. Il savait que sa mère l'attendait dans l'arrière-cuisine et avait fait chauffer de l'eau dans une bassine en galvanisé.

Georges, désireux d'éliminer toute trace de la mine, se frottait jusqu'à s'irriter la peau, ce qui lui attirait des quolibets de la part de Damien. « La crasse, ça protège ! » affirmait le cabaretier, au grand dam de Laurette, très à cheval sur la propreté. « Ce n'est pas parce qu'on est pauvres qu'on doit se négliger », répétait-elle. Quand elle préparait le briquet de Georges, elle se revoyait effectuant les mêmes gestes pour son premier mari, et son cœur se serrait.

Au fur et à mesure qu'il avançait, Georges sentait sa poitrine se libérer. Il avait horreur de la mine, ne supportait pas l'enfermement au fond ni cette impression d'étouffement. Seule la compagnie des chevaux du fond, compagnons de misère, le réconfortait.

Cependant, que pouvait-il faire d'autre ? Dès l'enfance, son destin avait été tout tracé. Il serait mineur, comme son père, et son grand-père avant lui. C'était la fierté des Carrel. Même si leur dernier descendant redoutait l'instant où il pénétrait dans la grande cage de l'ascenseur, le cœur à l'envers. La descente, beaucoup trop rapide et bruyante, constituait pour lui une première épreuve. Il s'efforçait alors de ne pas penser aux accidents déjà survenus.

Il aperçut la façade du cabaret et accéléra le pas. Le disque jaune pâle du soleil tentait de percer à travers le brouillard encore épais.

La journée serait belle. Malgré tout.

Catherine jeta un regard noir à sa bru qui sortait de la buanderie. Alexandrine poussait la brouette vers la prairie où l'on étendait le linge.

Son œil exercé eut tôt fait de repérer les petites serviettes réservées aux menstruations.

— Pas encore d'espérance ? lâcha-t-elle d'un ton chargé de mépris.

Les joues d'Alexandrine s'empourprèrent sans qu'elle puisse prononcer un son. Finalement, elle haussa les épaules, comme pour signifier à sa belle-mère que cela importait peu.

Il y avait déjà Marin qui s'étonnait, chaque mois : « Pas encore dans une situation intéressante, ma belle Nine ? Viens, nous allons nous remettre au travail. »

Les étreintes de Marin lui laissaient un arrière-goût de frustration et d'amertume. Maladroit, trop pressé, il prenait son plaisir sans se soucier de susciter le désir de sa jeune femme. Il s'endormait ensuite, abandonnant Alexandrine à des attentes inassouvies.

Elle ne pouvait se confier à quiconque. Seule son amie Étiennette aurait pu la comprendre, car elle avait déjà sauté le pas avec son soupirant attitré mais les deux amies se voyaient de moins en moins. Le père d'Étiennette était tombé malade – « les poumons », soufflait-on – et restait assis au coin du feu, usé par trente années au fond de la mine. Pour rapporter un peu d'argent supplémentaire, Étiennette s'était placée en ville. Elle s'acquittait du ménage, de la lessive, du repassage, le tout en gardant les enfants quand le besoin s'en faisait sentir. Le dimanche, elle courait chez ses parents où elle aidait sa mère. Son mariage avait été retardé. Quand elle pensait à son amie, Alexandrine éprouvait de la tristesse et de la compassion. Son sort à elle n'était-il pas plus enviable ?

Si elle aimait s'affairer dans la cuisine de Marie-

Aimée, elle avait horreur de servir en salle. Il lui semblait être gauche et elle détestait ces regards qui s'attachaient à elle, redoutait les mains baladeuses. Heureusement, les clients de l'Auberge des Bois Noirs savaient se tenir même si, certains soirs de banquet, plusieurs convives s'enivraient. Marin intervenait alors et les incitait fermement à quitter les lieux. La plupart du temps, il ne fréquentait pas la salle de l'auberge, se contentant d'apporter le bois coupé dans le bûcher et de se charger des approvisionnements.

Il entretenait des relations quelque peu étranges avec sa mère, faites de distance et de défiance.

« Ma mère n'a jamais cru en moi », avait-il confié à Alexandrine.

Catherine avait un caractère si difficile que ce constat n'avait pas surpris Alexandrine. Catherine respectait Marie-Aimée, parce que celle-ci demeurait la patronne mais jouait au tyran avec le personnel. Elle n'avait qu'une religion, les clients. Dans un sens, Alexandrine la comprenait. La clientèle de l'auberge était souvent aisée et donnait l'impression d'ignorer les soucis. Comment pouvait-on être capable de dépenser autant pour un repas ? Alexandrine était souvent dépassée.

« C'est simple, lui avait expliqué Marie-Aimée, ils viennent chercher aux Bois Noirs ce qu'ils n'ont pas chez eux : une cuisine à base d'excellents produits frais, élaborée avec savoir-faire et inventivité. Ce que j'ignore, je le crée. Et, crois-moi, petite, ça marche ! »

Alexandrine n'en doutait pas, vu le nombre de clients qui se bousculaient pour obtenir une table. Ils venaient « chez Rousselet » avec la perspective d'un bon moment, en famille ou entre amis.

La décoration chaleureuse de la salle – vaste cheminée en pierre, mobilier en bois de bonne facture, tableaux représentant des paysages du Pilat accrochés aux murs –, les nappes en coton damassé vert forêt et les serviettes assorties, la propreté rigoureuse du lieu, contribuaient à sa réputation.

Alexandrine observait, enregistrait tout. Grâce à Marie-Aimée, elle apprenait non seulement la cuisine mais aussi les bonnes manières. Comment dresser une table, servir à gauche, desservir à droite, annoncer la carte des vins, expliquer en quoi consistait tel ou tel plat... Même si elle n'aimait pas servir, elle pressentait qu'elle se poliçait au contact des bourgeois qui l'intimidaient tant à ses débuts. Georges le lui faisait parfois remarquer lorsqu'il lui rendait visite, le dimanche : « Tu as changé, Alexandrine. On dirait que tu es devenue une dame. »

La jeune femme en riait, le serrait contre elle en jurant ses grands dieux qu'elle était toujours la même.

Mais il avait raison, tous deux en étaient conscients. Et le fossé entre eux irait en s'élargissant.

Alexandrine n'était déjà plus une fille de la ville, ouvrière en passementerie. Elle était madame Rousselet de l'Auberge des Bois Noirs.

Presque une dame.

8

Le printemps était en chemin. On le sentait à un frémissement dans l'air, au pépiement des oiseaux sous la futaie, à une lumière plus vive.

Ce jour-là, Alexandrine était partie marcher en forêt afin d'apaiser la colère qui bouillonnait en elle. Catherine lui avait encore lancé une pique dont elle avait le secret, lui rappelant qu'elle s'était mariée sans dot ni trousseau. « Comme une vraie bohémienne », avait-elle ajouté. Ce qui avait profondément blessé la jeune femme. Était-ce sa faute si elle n'avait pas un sou vaillant et si elle avait été trop fière pour demander quoi que ce soit à son beau-père ? Tel qu'elle le connaissait, Damien se serait arrangé pour le lui faire payer, d'une manière ou d'une autre. Le brave Valentin lui avait offert sa robe de mariée, ainsi que le costume de Georges. Ses moyens ne lui permettaient pas de faire plus, et c'était déjà beaucoup.

Elle marchait à grands pas, en maudissant Catherine.

La mère de Marin savait la blesser, et ne s'en privait pas. Alexandrine était assez fine pour ne pas se plaindre auprès de son époux. Il partait en effet du principe que les femmes de la famille devaient régler elles-mêmes leurs problèmes, et ne s'en mêlait pas.

Cette attitude correspondait assez bien au caractère de Marin, qui supportait mal les conflits. Alexandrine avait compris que, si son époux éprouvait pour elle un amour passionné, il n'était cependant pas prêt à se quereller avec sa mère à son sujet. Et cela, Catherine l'avait elle aussi deviné, ce qui fragilisait la position de la jeune femme. D'ailleurs, s'agissait-il réellement d'amour de la part de son mari ?

Heureusement, il y avait Marie-Aimée ! Rayonnante dans sa cuisine, elle dirigeait deux apprenties qui avaient intérêt à filer doux. Auprès d'elle, Alexandrine avait trouvé sa place.

Elle emprunta le chemin du Bessat, se glissa dans une minuscule chapelle où elle avait pris le pli de se réfugier quand le besoin s'en faisait sentir. Elle ne savait pas vraiment prier. Elle se contentait de s'agenouiller devant la statuette de la Vierge en bois polychrome et de raconter ce qui lui pesait sur le cœur. Lorsqu'elle se relevait, l'esprit allégé, elle allait bien.

Elle redescendit vers l'auberge à pas pressés. Marie-Aimée devait déjà l'attendre pour lui montrer comment réaliser un Paris-Brest.

La pâtisserie représentait un véritable défi à relever pour Alexandrine. Elle avait l'impression de ne rien comprendre aux dosages comme aux proportions et ses précédents essais s'étaient soldés par de cuisantes déceptions. Catherine s'était moquée d'elle. « On ne peut réussir dans tous les domaines », avait-elle remarqué d'un ton indéfinissable, et Marie-Aimée avait levé les yeux au ciel, l'air de dire : « Quelle importance ? »

Alexandrine releva la tête. L'amour-propre constituait l'un de ses meilleurs moteurs. Elle lui montrerait de quoi elle était capable, se dit-elle. Parce qu'elle n'avait pas d'autre choix.

Chaque semaine, la tournée d'Augustin Vasseur l'amenait à s'arrêter à l'Auberge des Bois Noirs. Il y livrait du vin de Condrieu, des fruits de la vallée du Rhône. Il déchargeait sa commande, et acceptait volontiers de boire le verre de blanc que lui offrait Marie-Aimée.

Elle appréciait le voiturier, réputé pour son sérieux. Ses chevaux, bien entretenus, avaient le pied sûr, et ne se laissaient pas rebuter par la neige.

Le jour où elle rencontra Augustin Vasseur pour la première fois, Alexandrine revenait de son tour matinal au potager. Elle entra en coup de vent dans la cuisine, posa son panier sur la table, se figea en découvrant que Marie-Aimée avait de la compagnie.

— Oh ! Pardon ! s'écria-t-elle.

Elle sentit ses joues s'empourprer sous le regard admiratif du voiturier. Il avait de l'allure, avec ses cheveux bruns un peu trop longs, ses yeux clairs et son teint hâlé. Avec cela, large d'épaules, et sourire ravageur.

— Tu ne connais pas la femme de Marin ? lança Marie-Aimée.

Elle procéda aux présentations, enchaîna à propos de sa prochaine commande. Des habitués réclamaient du vin de Côtes-Rôties. Trois caisses lui suffiraient pour une première approche, elle verrait bien ce que ça donnerait.

— De toute manière, le côtes-rôties se marie bien avec le gibier, glissa le voiturier.

Alexandrine tendit l'oreille. Il fallait qu'elle se familiarise un peu mieux avec les différents vignobles de la région. Elle s'était longtemps défiée de l'alcool, à cause de Damien, mais se rendait compte qu'un vin, choisi avec soin, parachevait un bon plat. À l'Auberge des Bois Noirs, on visait l'excellence. Marie-Aimée lui apprenait à goûter le vin, à rechercher les meilleurs accords.

Catherine s'en irritait.

« Vous perdez votre temps, mère ! Cette petite n'y connaît rien ! »

Ce à quoi la cuisinière répliquait : « Peut-être, mais elle ne demande qu'à apprendre ! »

La confiance de la grand-mère de Marin la réconfortait. Finalement, peut-être était-elle quelqu'un de bien, contrairement à ce que prétendait son beau-père ?

Le regard du voiturier s'attachait à sa silhouette. Alexandrine se détourna. Elle n'avait pas de temps à perdre avec lui ! Il fallait préparer les repas pour Pâques. Ensuite, ce serait la période des communions, puis des mariages. À croire qu'on ne s'arrêtait jamais à l'Auberge des Bois Noirs ! Mais cela lui convenait tout à fait. Travailler l'empêchait de ruminer à propos de sa mère et de son frère. Peut-être aussi de s'interroger sur son mariage. Marin avait une fâcheuse tendance à la considérer comme sa propriété. Certaines caresses, certains attouchements la choquaient mais il s'emportait si elle laissait voir son dégoût. Il avait même usé de sa force, une nuit, et elle en avait gardé un goût amer. Depuis, elle se raidissait à son contact, ce qui ne changeait pas grand-chose car il ne se souciait que de son propre plaisir.

« Ce n'est rien qu'un homme, avec des désirs d'homme », lui avait répondu Étiennette lorsqu'elle s'était confiée à elle. Les deux amies avaient fini par rire.

Étiennette, qui avait été initiée à l'amour physique par un homme plus âgé qu'elle, avait raconté à Alexandrine qu'elle s'était sentie emportée par une vague puissante qui l'avait laissée délicieusement sans forces.

Pour sa part, Alexandrine attendait toujours d'éprouver cette sensation. Désormais, elle cédait à son mari en ayant la fort désagréable impression d'être sa chose. Elle l'avait épousé sans l'aimer mais, à présent, elle se défiait de lui.

Elle réprima un soupir.

Ce devait être le prix à payer pour sa nouvelle vie.

Même si ce prix était de plus en plus lourd.

9

Juillet 1889

Dès l'aube, la chaleur était lourde. Laurette avait mal dormi à cause de ses maudites bronches qui ne supportaient ni l'humidité ni la canicule. À ses côtés, Damien cuvait son vin en ronflant. Elle s'interrogeait : comment avait-elle pu croire qu'il pourrait remplacer son Clément ? Damien l'insultait régulièrement parce qu'il ne supportait pas ce qu'elle était devenue, une pauvre vieille chose malade. Elle-même se demandait parfois ce qui lui était arrivé. Tout avait commencé avec la mort de son premier époux. Ensuite, il y avait eu ce bébé mort-né qui hantait toujours ses cauchemars.

Laurette avait sombré. Damien n'avait pas les épaules assez solides, ou ne l'aimait pas assez pour parvenir à la soutenir. Elle s'était sentie seule, abandonnée, et avait eu la certitude d'avoir effectué le mauvais choix. Ses enfants n'aimaient pas Damien, et c'était réciproque. Les relations entre eux s'étaient tendues, provoquant le départ d'Alexandrine, ce qu'elle ne pardonnait pas à son époux.

Elle alla préparer le casse-croûte de Georges dans l'arrière-cuisine et lui fit chauffer une tasse de chicorée.

— Tiens, mon grand. Et sois prudent, surtout.

Il vida sa tasse et déposa un baiser sur la joue de Laurette.

— Merci, maman ! Bonne journée.

Elle le regarda s'éloigner en direction du puits Malakoff.

Il était à peine cinq heures et il allait embaucher pour une longue journée au fond de la mine. Elle avait peur pour lui en permanence, tout en sachant que c'était la rude loi du fond. Les femmes redoutaient toujours quelque catastrophe, hélas à juste titre.

À Saint-Étienne, on vivait depuis des décennies avec l'idée que la mine avait ses accès de colère, comme un volcan. Laurette n'avait jamais pu s'accoutumer à cette idée.

Elle frissonna, malgré la chaleur lourde, s'attela à la préparation du repas de midi. Belle suivait des yeux chacun de ses gestes, présence rassurante et familière.

— Heureusement que je t'ai, déclara Laurette à mi-voix.

Elle sentait ses forces diminuer, malgré sa vaillance. Alexandrine était tirée d'affaire, elle avait fait un beau mariage. En revanche, elle s'inquiétait toujours à propos de Georges, vulnérable et mal dans sa peau. Il n'était pas fait pour la mine mais quel autre métier aurait-il pu exercer ?

Elle jeta un coup d'œil par la fenêtre. Cette journée d'été serait belle. Pourquoi se faire autant de souci ?

Laurette étendait son linge dans la cour quand elle eut la sensation que le sol tremblait sous ses pieds. Son cœur se serra, et la panique l'envahit. Elle avait été femme de mineur, elle reconnaissait ce signe avant-coureur de catastrophe.

Elle abandonna son linge et courut vers le puits, sans prêter attention au point de côté qui limitait sa respiration.

Plusieurs femmes l'avaient précédée. L'air hagard, elles s'interrogeaient du regard, pressentant que le pire était arrivé.

Une vapeur jaunâtre flottait au-dessus du chevalement. L'air sentait les épluchures de pommes de terre brûlées, odeur hélas familière associée au grisou, que tous avaient appris à identifier.

Les premières voitures des pompiers apparurent, dans un vacarme de cloches tintinnabulantes.

Louise, une mère de famille d'une trentaine d'années, se signa. Laurette l'imita, sans pouvoir pour autant prier. Elle répétait dans sa tête : Georges, mon Georges. Des informations contradictoires lui parvenaient. Le puits était extrêmement sûr, mais n'était-ce pas ce qu'on affirmait le plus souvent ? S'il n'y avait pas de danger, pourquoi comptabilisait-on autant d'accidents mortels ?

Plusieurs mineurs de l'équipe de nuit se proposèrent comme volontaires pour descendre au fond et passèrent d'abord par la lampisterie.

Laurette les imaginait, suivant le rituel immuable. Chacun possédait un jeton sur lequel était inscrit un numéro. Au guichet, on troquait son jeton contre une lampe. Le jeton était alors accroché à un tableau. On savait ainsi en permanence qui se trouvait sous terre ou bien était remonté « au jour ».

L'arrivée du maire de la ville, suivi de près par les médecins de la compagnie et les sœurs du Soleil, provoqua quelques remous dans l'assistance. La situation était plus que grave. La descente des volontaires au fond du puits fut applaudie. On voulait encore espérer. Il le fallait.

Laurette, mains jointes, avait commencé de prier, répétant « Sainte Vierge, ayez pitié de mon garçon... ».

Au fur et à mesure que la route grimpait vers le col de la République, la touffeur de l'air s'atténuait. Augustin était soulagé de laisser derrière lui les fumées d'usine de la ville industrielle, ainsi que l'atmosphère de panique régnant autour du puits

Malakoff. Encore un coup de grisou… pensa-t-il. Maudite mine ! Combien d'hommes, déjà, avaient été ensevelis au fond des galeries, plongeant leurs familles dans le désespoir ? Augustin savait ce que c'était. Son père était mort en février 1876, dans la catastrophe du puits Jabin qui avait fait cent quatre-vingt-six morts.

Lui s'était juré de ne jamais devenir mineur et avait réussi à honorer son serment. Même si son métier était parfois pénible, il était son propre maître et, surtout, il était libre. Il appréciait sa vie en plein air, tout comme la diversité de ses missions.

Arrivé à l'Auberge des Bois Noirs, il déchargea les caisses de bière commandées ainsi que celles de vin de Côtes-Rôties.

Alexandrine vérifia les lettres de voiture et lui déclara avec un large sourire que tout était en règle.

Elle était belle même si, depuis quelques semaines, elle paraissait mélancolique. Cela lui allait bien, se dit-il. Histoire de retenir son attention, il raconta la catastrophe survenue au puits Malakoff alors qu'il quittait Saint-Étienne. Alexandrine changea tout à coup de visage.

— Le puits Malakoff, dites-vous ? Seigneur ! Mon petit frère travaille là-bas.

Elle saisit le bras d'Augustin, le secoua, sans même en avoir conscience.

— Emmenez-moi à Saint-Étienne, je vous en prie ! Ma mère doit être folle d'angoisse.

Ce n'était pas raisonnable, sa tournée du jour

devant le mener jusqu'à Bourg-Argental. Mais il n'avait jamais su résister à une belle fille. Et Alexandrine était particulièrement belle.

Percevant son indécision, la jeune femme insista.

— Je vous en supplie. Mon frère n'a pas treize ans. Oh ! Faites que...

Les yeux verts s'emplirent de larmes. Augustin céda.

— C'est bon, venez !

Elle grimpa à ses côtés sur le siège sans prendre le temps de prévenir quiconque à l'auberge. Augustin fit claquer son fouet. Les chevaux se mirent en branle.

— Vite ! lança Alexandrine.

— Doucement, jeune fille ! Si nous les crevons en route, ils n'atteindront jamais le puits.

Elle fit oui de la tête, sans parvenir à réfréner son impatience. Comme dans la petite chapelle de la forêt, elle ne priait pas. Elle se contentait de murmurer : « Je vous en prie, je vous en prie », sans même savoir à qui elle s'adressait. Il fallait que Georges soit sauf !

Les chevaux du voiturier avaient le pied sûr et connaissaient bien la route menant de Planfoy à Saint-Étienne. Quelques encouragements leur suffirent pour qu'ils redescendent d'un bon train. Tendue, le cœur au bord des lèvres, Alexandrine scrutait le paysage, cherchant à apercevoir les clochers de la ville. Fille de mineur, elle était au fait des dangers menaçant les travailleurs du fond.

Un coup de grisou, une inondation, un éboulement soudains, un coup de poussier[1] et les destins basculaient.

Augustin respectait son silence. Il se tourna vers elle alors qu'ils atteignaient le quartier du Soleil.

— J'espère que votre frère est sain et sauf.

Elle hocha la tête sans lui jeter un coup d'œil.

— Ma mère ne survivra pas s'il lui arrive quoi que ce soit, déclara-t-elle d'une voix mal assurée.

Tout son corps lui faisait mal tant elle était tendue. Elle savait qu'elle hurlerait sa détresse s'il lui posait une seule question.

Augustin la laissa descendre de la voiture à hauteur du chevalement.

Elle le remercia d'un sourire mal assuré et courut vers le puits.

Une animation anormale y régnait. Des dizaines de civières jonchaient déjà le sol. Saisie d'un haut-le-cœur, elle courut se soulager derrière une cabane. Lorsqu'elle revint sur le site, elle aperçut sa mère, qui gardait les yeux fixés sur les deux cages.

Alexandrine la rejoignit en courant. Les deux femmes s'étreignirent.

— Oh ! maman ! s'écria Alexandrine. Où en sommes-nous ?

Laurette se tordit les mains.

— On a déjà remonté vingt-deux corps. Ça n'en

1. Ou coup de poussière. Explosion des poussières en suspension dans l'air d'une galerie.

finira donc jamais ? Cette maudite mine tue nos hommes et nos fils. Je la hais !

Des grondements approbateurs firent chorus.

Louise se rapprocha de Laurette.

— Gardons espoir, murmura-t-elle.

La gorge serrée, Alexandrine ne parvenait toujours pas à prier.

10

Comme chaque matin, Georges s'était rendu au puits Malakoff alors que le jour se levait à peine. Il portait en bandoulière sa besace, dans laquelle sa mère avait glissé sa « portion », enveloppée dans du papier journal, du pain et du fromage, qu'il fallait protéger de l'appétit vorace des rats.

Il avait éprouvé le pincement au cœur familier en apercevant la silhouette métallique du chevalement, se détachant sur le ciel qui offrait un dégradé de gris bleu et de rose.

Il était passé par la lampisterie, après avoir salué ses camarades. Tout le monde se connaissait, au puits. La plupart étaient, comme Georges, fils et petit-fils de mineurs. Sa lampe à flamme à la main, il était entré dans la cage en compagnie de trente-quatre camarades, bien serrés. Georges avait de la peine à supporter la rapidité et le bruit de la descente. À quarante-trois kilomètres heure, on atteignait le fond en une minute. Il avait ensuite une marche d'une vingtaine de minutes à effectuer avant d'atteindre l'écurie. Il saluait au passage les boutefeux, spécialistes en explosifs, les boiseurs et les piqueurs. Tous portaient leurs propres vêtements, des sabots, et protégeaient leur tête avec un chapeau en cuir bouilli.

Georges aimait à s'occuper des chevaux. Leur force, leur placidité le rassuraient. Utilisés pour tirer les bennes, les wagons et les bois, ils demeuraient plusieurs mois au fond après avoir été descendus dans des conditions que Georges trouvait choquantes. Allongés, équipés d'un harnais, ils étaient attachés à l'ascenseur, ce qui les terrifiait.

Auprès de ses petits chevaux bretons, il souffrait moins de la chaleur et se sentait moins seul.

Il n'y avait pas eu de signe avant-coureur, rien, pas même le bleuissement de la flamme de la lampe.

De toute manière, vu la puissance de l'explosion, l'adolescent n'aurait pas eu le temps de chercher un abri. L'onde de choc se propagea sous terre à une vitesse effrayante. En retombant, le silence se fit assourdissant.

Les familles rassemblées sur le carreau de la mine avaient très vite compris que le bilan de la catastrophe serait lourd.

Chaque remontée de la cage provoquait des manifestations de désespoir. Certaines femmes, figées, comme tétanisées, ne parvenaient même plus à exprimer leurs émotions. D'autres se jetaient sur les corps, et les sauveteurs s'efforçaient de les repousser avec égards.

Debout auprès de sa mère, Alexandrine avait assisté à des scènes déchirantes. Elle caressait la main de Laurette d'un geste précautionneux, comme si elle n'avait pas voulu l'effrayer. Elle avait peur, terriblement, pour Georges comme pour sa mère. Non pas que le sort des autres mineurs l'indifférât. La vie lui avait appris que les siens passaient avant le reste.

Elle commençait à désespérer quand une rumeur se propagea sur le carreau de la mine. On venait de retrouver deux survivants ! Comme les autres, le cœur battant, elle courut vers le chevalement. Elle aperçut deux hommes dans la force de l'âge au visage hagard.

La déception provoqua chez elle un choc tel qu'elle éprouva une nausée incoercible. Elle eut à peine le temps de se détourner, vomit à nouveau, en se sentant lamentable. À ses côtés, Laurette, tendue vers l'une des deux cages, ne s'était rendu compte de rien. Sa mère parut reprendre contact avec la réalité en apercevant le père Rozet, l'aumônier des mineurs.

Elle avança à sa rencontre, échangea quelques mots avec lui.

De loin, Alexandrine devinait qu'il prononçait comme à son habitude des paroles lénifiantes. Elle se rappelait que son père, farouche anticlérical, le considérait comme un « vendu » aux patrons de la mine.

En revanche, la foi de Laurette l'incitait à accorder toute sa confiance aux membres du clergé.

« Si je ne croyais plus, ma vie n'aurait plus aucun sens », avait-elle confié un jour à sa fille.

Comment Alexandrine aurait-elle pu lui ôter cette ultime consolation ?

Au soir de ce jour terrible, on avait remonté cinq blessés hébétés. Georges n'était pas parmi eux. Les sauveteurs, cependant, poursuivaient leur tâche. Il n'y avait plus de rescapés, seulement des cadavres, écrasés, mutilés ou encore défigurés par les gaz. Muettes, blêmes, les familles attendaient toujours.

Alexandrine tenta d'entraîner sa mère vers le cabaret, en vain.

Laurette refusait de quitter le carreau de la mine.

Damien passa, leur apportant de l'eau fraîche. Alexandrine et sa mère n'avaient pas faim. Épuisées, elles se tenaient épaule contre épaule pour ne pas tomber. Damien repartit. Lui n'était pas concerné.

Au petit matin, sa mère avait fini par s'endormir, debout, comme un cheval. Alexandrine n'avait pu trouver le sommeil. Elle se raccrochait à des pensées stupides : « Si je tiens jusqu'à l'aube, Georges sera sauvé. » Elle ne savait plus très bien si elle y croyait mais cela lui permettait de ne pas s'effondrer.

L'équipe de nuit des sauveteurs remonta quatre corps. Alexandrine, les nerfs à vif, se précipita. Elle faillit reculer tant l'aspect des cadavres était effroyable. Boursouflés, mutilés, ils étaient méconnaissables. Comment savoir si Georges était parmi eux ? Elle réprima un sanglot.

Un homme de haute taille, au visage livide, se rapprocha d'elle.

— Mademoiselle ? Puis-je vous aider ?

Elle secoua la tête.

— Mon petit frère se trouve au fond. Il n'a... il n'a pas encore treize ans. Vous rendez-vous compte ?

Il inclina la tête. Il paraissait être lui aussi extrêmement las.

— Quel gâchis... murmura-t-il.

Il ajouta :

— Je suis le directeur de la compagnie. Tout a été fait pour sécuriser ce puits. Je n'aurais jamais imaginé...

— Il ne sert à rien de se lamenter à présent que la catastrophe est arrivée, jeta Alexandrine, d'une voix cassante.

Elle avait besoin de faire mal, pour tenter de surmonter son angoisse.

Son interlocuteur soupira.

— Je suppose que vous avez raison, mademoiselle.

Il se détourna pour rejoindre les médecins de la Compagnie qui échangeaient à l'écart. Il était horrifié. Brusquement, il revint sur ses pas.

— Pardonnez-moi, souffla-t-il à la jeune femme.

Alexandrine ne l'entendit pas.

Lentement, l'espoir s'échappait d'elle.

11

Les premières brumes s'effilochaient au-dessus de Planfoy. La fraîcheur de l'air évoquait les feux dans la cheminée, l'odeur d'humus dans les sous-bois. Comme chaque matin, Alexandrine était partie chercher le lait à la ferme, située à plusieurs centaines de mètres au-dessus de l'auberge. C'était pour elle un moyen de se soustraire à l'étreinte de son époux. Elle esquissa une moue. Les relations conjugales lui pesaient de plus en plus parce que Marin était maladroit, brutal et égocentrique. Auparavant, elle lui cherchait encore quelques excuses. Ce n'était plus le cas.

Elle avait eu beaucoup de peine à surmonter la mort de son jeune frère. Elle se trouvait encore sur le carreau de la mine quand le corps de Georges avait été remonté, en compagnie de ceux de quatre autres camarades. Leur mère, Dieu merci, était partie prendre un peu de repos, ce qui lui avait évité cette vision atroce. Alexandrine n'avait pas hurlé sa peine. Elle s'était contentée de regarder fixement le corps mutilé de son petit frère, dont le visage avait été miraculeusement épargné.

Les dents serrées, elle s'était penchée pour déposer un baiser sur le front de Georges. Elle avait agi dans un état second, sans prêter attention aux lamentations des autres familles.

Elle ne savait même plus ce qu'elle éprouvait, des sentiments mêlés de désespoir, de révolte et d'impuissance. Ensuite, il avait fallu prendre sur elle, se rendre au cabaret, prévenir sa mère. Elle avait voulu l'informer avec précaution mais, dès qu'elle l'avait vue arriver, Laurette avait éclaté en sanglots.

Les deux femmes s'étaient longuement étreintes sous le regard compatissant des clients.

« Ma petite fille, gémissait Laurette. Tu es tout ce qu'il me reste à présent. »

Alexandrine aurait préféré s'amputer d'un membre plutôt que de voir sa mère souffrir ainsi. Sa mère était tout pour elle. À cet instant, elle ne songeait même pas que Marin ait pu s'inquiéter de son absence prolongée.

Elle avait été présente sur tous les fronts, pour organiser les funérailles de son petit frère et soutenir leur mère. Marin avait fini par venir à Saint-Étienne. Il était furieux, elle le considéra d'un air glacial en lui reprochant de ne pas être accouru dès qu'il avait appris la catastrophe. Sa place était à l'auberge, vociférait-il, sa mère avait raison,

Alexandrine n'était qu'une coureuse. Elle avait levé la main, l'avait giflé, à la volée. Pantois, il était resté muet, la main plaquée sur sa joue. En d'autres circonstances, elle aurait éclaté de rire.

Marin était reparti sans prononcer un mot, et la jeune femme n'en avait pas été émue outre mesure. Ne pouvait-il comprendre qu'elle était à bout, de chagrin et d'incompréhension ? Marie-Aimée, elle, s'était déplacée pour l'enterrement au cimetière du Soleil, et Alexandrine lui en avait été profondément reconnaissante. Elles étaient rentrées ensemble aux Bois Noirs, après que la jeune femme eut accablé son beau-père de recommandations. Marie-Aimée avait invité Laurette à venir passer quelques jours à l'auberge, invitation qu'elle avait poliment déclinée.

« Je veux rester près de mon petit », avait-elle expliqué. Aveu qui avait bouleversé Alexandrine.

Son retour aux Bois Noirs avait été marqué par une longue fâcherie avec Marin. La nuit même, il s'était imposé à elle avec brutalité, sans tenir compte de son mouvement de recul.

« Tu es ma femme, je ne supporte pas que tu passes une seule nuit loin de moi », avait-il martelé.

Cette nuit-là, quelque chose s'était brisé en elle. L'estime, la reconnaissance, même, qui la liaient à Marin, s'étaient dissipées. Comme elle ne pouvait pas se soustraire au devoir conjugal, elle s'arrangeait pour rentrer de plus en plus tard le soir des cuisines de l'auberge et se levait le matin dès potron-minet. Gros dormeur, Marin ne parvenait pas à s'adapter à son rythme. Alexandrine se satisfaisait de cet arrangement. Encore plus depuis qu'elle retrouvait Augustin à l'ancienne jasserie.

Cela s'était fait tout naturellement. Il était passé à l'auberge lui présenter ses condoléances. Ils s'étaient ensuite croisés sur la route de la Versanne, alors que la jeune femme était partie avec son panier chercher des herbes. Ils avaient devisé, s'étaient découvert quelques points communs. Lui aussi aimait à danser, et appréciait l'atmosphère des guinguettes où l'on s'amusait sans prétention et reprenait les refrains à la mode. Dès son retour à l'auberge, malgré la mort de son jeune frère, Alexandrine avait éprouvé le besoin de se sentir vivante, comme pour infliger un pied de nez au destin tragique de leur famille.

Depuis leur mariage, Marin refusait de l'accompagner aux bals des fêtes.

« Du temps perdu », estimait-il. Tout comme le fait de lui adresser un compliment de temps en temps…

Elle était devenue son bien, et il exerçait ses droits sur elle, qu'elle soit consentante ou non. Elle avait appris à laisser son esprit dériver tandis qu'il la besognait. Elle imaginait de nouvelles recettes, ou bien courait la campagne.

L'amour avec Augustin était bien différent. Même si ce n'était pas de l'amour, plutôt un bon moment partagé. Lui s'attachait à la montée de son désir, et avait su lui faire découvrir des zones inconnues de son corps. Sous ses caresses expérimentées, elle avait éprouvé un plaisir intense, qui lui avait fait oublier le reste.

Son comportement avait changé. Son corps paraissait plus souple, plus épanoui. Marie-Aimée lui en avait fait la remarque. Alexandrine avait rougi, et baissé le nez sur sa cocotte en fonte. Elle comprenait ce que la cuisinière avait voulu dire. Elle-même se sentait... différente, et les regards masculins s'attardant sur sa silhouette lui prouvaient qu'ils avaient eux aussi décelé ce changement subtil.

Seul Marin ne voyait rien. Du moment qu'il mangeait à heures fixes et qu'Alexandrine ne se dérobait pas, tout allait bien. Avec le recul, la jeune femme mesurait mieux qu'ils avaient bien peu d'affinités. Elle ne regrettait pas, pourtant, d'avoir épousé le fils Rousselet.

N'était-ce pas le prix de sa liberté même si, ce faisant, elle s'était choisi de nouvelles chaînes ?

Elle réprima un frisson en songeant aux destins de ses parents. Pas question pour elle de rester pauvre. Elle, Alexandrine, voulait vivre une autre vie ! Même si, pour ce faire, elle devait subir un rustre comme son époux.

Marin ne lisait pas, ne s'intéressait pas à la politique, ni à la musique. Quand il ne débitait pas du bois, il partait chasser en solitaire, avec son chien César pour unique compagnie.

À se demander comment Marin avait trouvé le

moyen de la courtiser ! Il avait joué à l'amoureux follement épris, alors qu'il cherchait seulement à posséder son corps.

Un goût amer emplit la bouche de la jeune femme.

Heureusement, il y avait Marie-Aimée, la merveilleuse Marie-Aimée, avec qui elle partageait la passion de la cuisine.

Alexandrine rejeta les épaules en arrière. Son destin était à l'Auberge des Bois Noirs, elle en était intimement persuadée.

Marin… eh bien, elle en ferait son affaire.

12

Une chaleur étouffante régnait dans la vaste cuisine de l'auberge. Marie-Aimée s'essuya le front et jeta un coup d'œil à l'horloge de parquet qui égrenait les heures.

Il y avait un grand mariage le lendemain aux Bois Noirs, pas question de chômer ou de prendre son temps !

Elle accueillit l'arrivée d'Alexandrine avec un large sourire.

— Enfin, petite ! Je commençais à m'inquiéter.

Alexandrine se pencha pour déposer deux baisers sur les joues rougies de Marie-Aimée.

— Désolée, grand-mère ! Marin est malade. Un froid qu'il a pris sur la poitrine. Il ne voulait pas me laisser partir.

— Les hommes ! Ils se croient à l'agonie à la moindre égratignure ! Comme son père ! Ma foi, si nous autres, les femmes, nous écoutions pareillement, le monde cesserait de tourner ! Allez, ma fille, lave-toi les mains, mets ton tablier et prépare-moi ces ris de veau aux morilles pour les bouchées à la reine.

Les deux femmes s'affairèrent en silence, attentives à chacun de leur geste.

Alexandrine avait fait dégorger la veille ses ris de veau dans une eau froide additionnée de deux cuillerées à soupe de vinaigre blanc. Une fois égouttés, elle avait placé ses ris recouverts d'eau froide dans une sauteuse, ajouté une pincée de sel, le jus d'un demi-citron et porté le tout à ébullition. Elle les avait ensuite égouttés à nouveau puis ôté les membranes à l'aide d'un petit couteau d'office. Elle avait alors partagé les ris en petites noix, les avait saisis environ cinq minutes dans une cocotte à feu vif puis les avait assaisonnés et saupoudrés de persil plat.

La sauce aux morilles constituait un classique. Après avoir fait tremper les champignons, Alexandrine avait filtré l'eau de trempage, qu'elle avait ensuite fait réduire à feu vif. Elle avait porté à ébullition et fait réduire du bouillon de volaille, des échalotes ciselées et du vin blanc. Il suffisait alors d'ajouter les morilles et la crème fleurette, et de chauffer le tout.

Sous la férule de la grand-mère de Marin, Alexandrine avait appris les règles de base de cette cuisine de femme, généreuse et succulente. Elle osait innover désormais, mêlant les recettes traditionnelles à ce qu'elle appelait ses « essais ».

Elle aimait aussi la pâtisserie, que Marie-Aimée dédaignait quelque peu.

Alexandrine avait décidé de confectionner une pièce montée.

Elle commença par préparer quatre génoises, puis se chargea de la crème pâtissière pendant la cuisson des génoises. Elle confectionna du sirop de framboises destiné à imbiber les génoises, puis mêla les framboises à la crème pâtissière. Elle étala cette garniture entre deux disques de chaque génoise et recouvrit le tout de pâte d'amandes. Elle réalisa enfin une décoration en sucre filé. Marie-Aimée tournait autour d'elle, s'extasiant sur sa patience et son talent de décoratrice. Alexandrine, rougissante, avait le sentiment d'être comme adoubée. Le lendemain, le contentement des mariés et de leurs familles la récompensa. La mère de la mariée promit de leur envoyer ses amies. Même si Alexandrine était épuisée à l'issue de la fête, elle était aussi fière, et heureuse. Elle tenta de faire partager sa joie à un Marin maussade, en vain. Il était très las, elle devait lui poser des ventouses.

— Tu aurais dû rester près de moi, à me soigner, lui reprocha-t-il.

Excédée, elle partit à la recherche de Catherine qui, à en croire son fils, avait l'habitude de lui appliquer des ventouses. Sa belle-mère l'enveloppa d'un regard sévère.

— Tu ne sais même pas faire ça ? Bonté divine ! Que t'a donc appris ta mère ?

Alexandrine lui aurait volontiers sauté à la gorge ! Soucieuse, cependant, de maintenir un semblant d'harmonie entre elles deux, et trop fatiguée pour polémiquer, elle garda le silence et préféra aller aider Marie-Aimée à ranger la cuisine. Auprès d'elle, elle se sentait acceptée.

— Doucement, ma belle...

À demi nue au-dessus de son amant, Alexandrine, la tête rejetée en arrière, s'offrait à ses caresses. Les mains d'Augustin, lui agaçant les seins, provoquaient chez elle une montée de désir allant crescendo. Elle gémit de plaisir. Pourquoi, pensa-t-elle, Marin était-il incapable de lui procurer ce genre de sensation ? Augustin, solidement bâti, la peau mate, tannée par les intempéries, le cheveu dru, les mains longues et fines, maîtrisait l'art de la faire chavirer.

Était-il sensible, lui aussi, à sa beauté ? Ils n'échangeaient pas de mots d'amour. Leur relation était essentiellement physique, ce qui convenait à Alexandrine. L'amour lui inspirait de la défiance. C'était trop risqué à son goût. Elle poursuivait un but, devenir une cuisinière renommée comme Marie-Aimée. Pour le reste, elle se débrouillerait toujours.

Ma belle Alexandrine, songea Augustin, la faisant basculer et pesant sur elle.

Il ne connaissait pas de fille aussi belle, ni aussi

excitante. Elle avait très vite pris la première place dans sa vie, même s'il ne le lui confierait jamais. Trop dangereux… Il avait vu son père tomber sous l'emprise d'une belle veuve au sang chaud. Lui s'était juré de ne pas se laisser prendre à ce piège. Il s'enfonça en Alexandrine, attentif à son plaisir. Elle jouit lentement, avant de se laisser aller à gémir. « Comme une vague », lui avait confié un jour son amie Étiennette. C'était tout à fait ça, se dit-elle en éprouvant une délicieuse sensation de bien-être. Chaque parcelle de son corps vibrait.

Elle sourit à son amant.

— C'était bon, souffla-t-elle.

Catherine retint Alexandrine au passage alors qu'elle se hâtait vers la cuisine.

— Te voilà toute décoiffée, lui fit-elle remarquer d'un ton acerbe. Ne peux-tu donc prendre soin de toi ? Même si tu restes en cuisine, nous avons une certaine exigence, aux Bois Noirs. Être toujours impeccable.

Alexandrine se mordit la lèvre pour ne pas répliquer vivement. À quoi bon ? Pour sa belle-mère, elle avait forcément tort.

Si elle savait qu'elle venait de passer du bon temps avec Augustin ! se dit-elle, amusée.

Ellc attacha ses cheveux tout en jetant un regard chargé de défi à la mère de Marin. La haine entre les deux femmes était palpable. Catherine jalousait le talent culinaire de sa bru, et redoutait d'être supplantée à l'auberge. Marie-Aimée ne vantait-elle pas « le tour de main de la petite » ? Comme si cette pimbêche d'Alexandrine était différente de n'importe quelle autre apprentie !

De rage, elle houspilla la serveuse qui n'avait pas rapporté suffisamment de nappes de la buanderie. Émilie courba les épaules. Elle était habituée aux sautes d'humeur de sa maîtresse et, fatalement, attendait que l'orage passe. Alexandrine ne possédait pas sa patience. Elle rejoignit Marie-Aimée, très affairée comme d'habitude.

La cuisinière lui adressa un large sourire.

— Tu tombes bien ! Tu vas me préparer une sauce hollandaise.

Toutes deux aimaient à travailler de concert dans la vaste cuisine, qui fleurait bon l'oignon, le bouillon de viande et les cèpes. Elles avaient appris à se comprendre d'un coup d'œil.

Les deux femmes n'élevaient pas la voix, savaient exactement où se positionner entre la longue table et les fourneaux. Chaque ustensile était à sa place, les cocottes en fonte à côté du plus grand fourneau, la batterie de cuisine en cuivre accrochée au-dessus du plus petit. Alexandrine comprenait que Marie-Aimée soit très exigeante quant à la propreté des lieux. Elle lavait le sol matin et soir, nettoyait au couteau le billot en bois après chaque usage, astiquait l'intérieur des deux glacières…

« Pour faire de la bonne cuisine, il faut être un peu maniaque », répétait-elle.

Alexandrine était tout à fait d'accord. Quand elle serait la maîtresse des Bois Noirs, elle continuerait à appliquer les règles édictées par Marie-Aimée.

13

1890

L'hiver, particulièrement rigoureux, provoquait un net ralentissement de l'activité économique. Les déplacements étaient très limités, on préférait se « renfermer » dans la salle le plus près possible de l'âtre dans lequel brûlaient d'énormes bûches.

Alexandrine aimait la neige, la sensation piquante de froid qui donnait l'impression d'être cinglé par de multiples piqûres, les paysages du Pilat figés, comme sur un calendrier des Postes. Cependant, en cette période hivernale, elle ne s'éloignait pas trop de l'auberge. Marin l'avait mise en garde à plusieurs reprises : « Si par malheur tu es prise dans une tempête de neige, tu risques de ne jamais retrouver ton chemin. Tu perds tous tes repères, tu tournes en rond, et tu finis par mourir de froid. »

Une perspective guère attirante pour Alexandrine la solaire, dont l'été était la saison préférée.

Cependant, le jour où elle avait reçu un message de son beau-père la priant de venir voir sa mère de toute urgence, elle n'avait pas hésité.

Elle s'était chaudement emmitouflée et avait prévenu Marie-Aimée, Marin se trouvant dans la forêt.

— Pars avec le voiturier, il vient justement de me livrer le vin ! lui conseilla la cuisinière.

En d'autres circonstances, cette recommandation l'aurait fait sourire. Ce jour-là, cependant, elle était trop inquiète pour y songer. Augustin lui adressa un sourire indéfinissable.

— Nous faisons la route ensemble, madame Rousselet ? Montez vite.

Il posa une couverture sur ses genoux. Assise à ses côtés, elle se raidit pour ne pas se laisser troubler par sa proximité. Elle humait l'odeur cuirée de ses gants, elle sentait sous sa main la chaleur de sa houppelande.

Lorsqu'ils ne furent plus visibles de l'auberge, il se tourna vers elle.

— On s'arrête à la jasserie ?

Elle secoua la tête.

— Non, ma mère a besoin de moi. Pour qu'elle m'appelle, ce doit être grave.

Elle baissa le nez vers la couverture bien chaude, doublée de fourrure.

Augustin lui tapota la main d'un geste maladroit.

— Ne te mets pas martel en tête, lui recommanda-t-il.

Elle garda le silence. Tendue, elle tentait de distinguer quelque chose à travers le rideau de flocons tourbillonnants. Elle savait que le froid ne valait rien à sa mère, que ses bronches fragiles ne supportaient ni le brouillard ni l'humidité. Souffrait-elle d'une mauvaise grippe ? Ou pire encore ?

Augustin se racla la gorge.

— Si la neige continue à tomber ainsi, vous serez bloqués demain aux Bois Noirs.

— Cela arrive souvent ? C'est mon premier vrai hiver là-haut.

Augustin esquissa une moue.

— Tu en auras vite fait le tour ! Il faut y être né pour supporter d'y vivre.

— Moi, ça me plaît ! J'ai l'impression d'y être plus libre qu'en ville.

II fit peser un regard insondable sur elle.

— La liberté n'est souvent qu'un leurre, déclara-t-il.

Alexandrine se mit à rire.

— Tu parles trop bien pour moi ! Un vrai livre ! Qui es-tu exactement, Augustin Vasseur ?

Son sourire s'accentua.

— Il faut prendre le temps de le découvrir mais le temps, c'est ce qui nous manque le plus, n'est-ce pas, ma jolie ?

L'espace d'un instant, elle eut envie de se blottir contre lui, de lui demander de l'emmener loin, dans la forêt, là où ils pourraient s'aimer à loisir. Ce n'était pas possible, naturellement. Laurette avait besoin d'elle. De plus, elle était une femme mariée. Continuer à entretenir une liaison avec

Augustin risquait d'être dangereux à plus ou moins long terme. Sa belle-mère était à l'affût, comme en embuscade. Elle finirait par découvrir la vérité. Rien ne lui échappait. Cependant, Alexandrine n'avait pas la moindre envie de rompre avec le voiturier. Elle avait besoin de lui, de sa chaleur, de ses caresses. Auprès de lui, elle se sentait vivante.

Il lui serra la main.

— Je suis là, avec toi, lui dit-il.

Elle opina du chef. Sa présence était précieuse, même si elle devinait qu'il ne l'aimait pas vraiment. Tous deux s'entendaient bien et aimaient à faire l'amour. Cela ne faisait pas d'eux un couple. Il en allait de même pour Marin et elle. Alexandrine aspirait à autre chose, une entente idéale, une harmonie. Elle se rencogna contre le montant de la voiture à cheval.

Elle devait faire avec sa vie.

N'était-ce pas celle qu'elle avait choisie ?

De nouveau, Alexandrine fut saisie par le contraste existant entre la ville industrielle et le massif du Pilat. Là-haut, on respirait. En bas, les fumées empuantissaient l'atmosphère, noircissaient les façades des maisons, provoquaient toux et raclements de gorge.

Alexandrine le ressentit encore plus cruellement en découvrant l'état de sa mère.

Blottie sur une paillasse dans l'arrière-cuisine

pour avoir plus chaud, Laurette tremblait. Les cheveux trempés de sueur, le visage blême, elle paraissait si mal qu'Alexandrine s'affola.

— Maman ! s'écria-t-elle, se précipitant à son chevet.

Elle lui saisit la main, l'embrassa avant de se retourner vers son beau-père, qui se tenait dans l'encadrement de la porte.

— Que dit le docteur ? lança-t-elle d'un ton accusateur.

Il ne chercha même pas à biaiser, préférant attaquer.

— Le docteur… Tu me prends pour un richard ? D'habitude, ça finit par passer tout seul. Tu connais ta mère… Elle est de plus en plus fragile.

À cet instant, la jeune femme le détesta encore plus. Elle-même n'avait pas d'argent mais elle trouverait un moyen. Seule Laurette comptait.

Elle commença par préparer une boule d'eau chaude, la glissa contre sa mère. Laurette ne parut pas s'apercevoir de sa présence.

Alexandrine courut chez le médecin, qui résidait derrière la place Jacquard. Son épouse la reconnut tout de suite en lui ouvrant la porte.

— Ma belle Alexandrine… Tu es donc revenue par chez nous ?

— C'est pour ma mère, balbutia-t-elle, essoufflée. Le docteur Penthièvre peut venir la voir ? Elle est très mal.

Madame Penthièvre promit de l'envoyer au

plus vite au cabaret. De retour auprès de sa mère, Alexandrine nettoya du mieux possible l'arrière-cuisine après avoir fait boire Laurette. Une méchante toux la secouait de spasmes. C'était bien ce qu'elle redoutait : la phtisie, qui faisait des ravages dans la plupart des familles pauvres.

Le médecin le confirma une heure plus tard. Après avoir ausculté Laurette, il se redressa, l'air soucieux.

— Cette toux ne me dit rien qui vaille, déclara-t-il. Mon petit, ta mère est très faible, et sous-alimentée. Pour l'instant, il faut faire baisser la fièvre mais ensuite, elle aura besoin de changer d'air.

— Les hauts de Planfoy lui conviendraient-ils ?

— Ce serait toujours mieux que la ville enfumée !

Il recommanda du sirop, des infusions de reine-des-prés.

— Elle doit boire en abondance, et surtout ne pas avoir froid. Tu dois aussi veiller à respecter une hygiène stricte.

Damien, qui était resté dans l'encadrement de la porte, fronça les sourcils.

— C'est dangereux, ce qu'a ma femme ? s'enquit-il.

— Il ne faut pas négliger le risque de contagion, expliqua posément le docteur Penthièvre. Laver à part son verre, son assiette et ses couverts, tout comme son linge, par exemple.

Le cœur d'Alexandrine se serra. Elle pressentait

en effet que ces précisions risquaient de poser des problèmes.

Cela ne manqua pas ! Dès que le médecin fut reparti, Damien lança à Alexandrine :

— Ta mère et toi vous allez me faire le plaisir de décamper ! Je ne veux pas de contagieuse chez moi. Déjà que ta mère n'est plus bonne à rien...

Ne panique pas ! s'exhorta la jeune femme. Il doit bien exister un moyen.

Sur sa paillasse, Laurette était de plus en plus pâle. Alexandrine éprouva une sorte de vertige. Sa mère n'avait plus qu'elle, et cette responsabilité soudaine l'affolait.

Elle fit front.

— Tu peux bien nous garder pour cette nuit ! répliqua-t-elle. De toute manière, si tu dois être contaminé, le mal est fait !

Elle eut la satisfaction de voir son beau-père blêmir. Il fit demi-tour et fonça derrière le comptoir, comme s'il y cherchait refuge. Alexandrine prit une longue inspiration.

— Ne t'inquiète pas, maman, murmura-t-elle. Nous allons bien trouver une solution.

En attendant, elle n'avait pas l'intention de laisser son beau-père s'en tirer à si bon compte. Elle le rejoignit dans la salle du cabaret.

— Tu veux te débarrasser de ton épouse, fort bien ! lança-t-elle à haute voix, faisant sursauter les clients attablés. Tu vas commencer par payer les remèdes pour maman.

14

— Tu es certaine de désirer rester chez Julia, maman ?

Laurette opina du chef. Elle avait repris des couleurs et se sentait plus vaillante sur ses jambes.

Elle refusait, cependant, de se rendre à l'Auberge des Bois Noirs à l'invitation de sa fille.

— Ta belle-mère en ferait une jaunisse, s'amusa-t-elle. Moi, ma vie est finie. Et puis, je veux rester auprès de mes hommes.

Ses hommes, Clément, son mari, et Georges… Alexandrine toussota pour dissimuler son émotion.

Julia les avait accueillies sans émettre la moindre réserve, ni poser de questions.

« La solidarité des gens du Crêt de Roc », avait commenté Laurette. Marin était descendu en ville à deux reprises. Il se languissait de sa femme, ne comprenait pas qu'elle soignât sa mère. Et lui ? Que devenait-il ? À croire qu'Alexandrine avait quelque ancien galant à Saint-Étienne... Elle avait secoué la tête.

« Mon pauvre Marin, tu ne sais vraiment pas quoi inventer ! »

L'instant d'après, il la serrait contre lui, jurant qu'il l'aimait, elle seule, qu'il ne pouvait vivre sans elle... Elle, déjà lassée par ces démonstrations, réprimait un soupir. L'amour... savait-il seulement ce que c'était ?

Marie-Aimée avait envoyé par l'intermédiaire du voiturier un beau poulet, des légumes frais, des œufs, du lait et de la crème.

Augustin et Alexandrine avaient échangé un regard lourd de désir et de non-dits. À cet instant, elle avait regretté son mariage. Pour se reprendre aussitôt après. Augustin, lui, ne l'aurait jamais épousée ! Ne tenait-il pas avant tout à sa liberté ?

Alexandrine embrassa sa mère, Julia, Séverine et, son sac en tapisserie à la main, se dirigea vers la place du Peuple où elle savait qu'Augustin passait chaque mardi. Ils en avaient convenu ainsi.

Il avait gelé blanc. Le givre crissait sous ses pas. Elle portait des brodequins en cuir qui la protégeaient du froid.

— Alexandrine !

Étiennette lavait le perron de la maison de ses patrons. Les deux amies s'étreignirent avec émotion.

— Je ne peux pas m'attarder, chuchota Étiennette, la vieille est sans cesse sur mon dos.

Elles pouffèrent.

— Ta mère ?

— Ça va mieux. Julia la bichonne.

— C'est bien. Tu retournes là-haut ?

Alexandrine hocha la tête.

— Tu viendras, un dimanche, aux premiers beaux jours ?

— Si je peux, promis !

— Étiennette ! Tu lambines ! rugit une voix depuis l'intérieur de la maison.

La jeune fille reprit son seau et son balai, tout en adressant un soupir éloquent à son amie. Cet intermède leur avait fait du bien.

Augustin l'attendait place du Peuple.

— Tu es en retard, dit-il sans prendre la peine de la saluer.

Elle esquissa une moue.

— Nous avons tout le temps d'arriver, non ?

Ses lèvres entrouvertes, son regard frondeur, étaient synonymes de promesses. Il lui sourit en retour.

— C'est toi qui décides.

C'était une vieille bergerie qui avait brûlé jadis. On la nommait « la Jasserie », et on s'arrangeait pour ne pas passer à proximité. Elle avait été le théâtre d'un drame, chuchotait-on. Une affaire tragique d'adultère.

Augustin et Alexandrine avaient pris le pli de s'y donner rendez-vous depuis le début de l'automne.

Il y avait apporté une paillasse de fougères, deux couvertures, une fiasque de cognac. Si elle se défiait de l'alcool, Alexandrine l'appréciait cependant pour se réchauffer. D'un commun accord, ils avaient décidé d'emprunter le chemin des écoliers pour s'accorder un peu de bon temps. Il ne prit pas la peine de dételer ses chevaux, se contenta de les installer à l'abri de l'auvent.

— Viens ! fit-il, en aidant sa maîtresse à sauter du siège.

Il la prit debout, contre le mur de la bergerie, et elle gémit sous ses caresses. C'était si bon avec lui, se dit-elle, et si... pénible avec Marin.

Enlacés, ils gagnèrent la paillasse où il lui refit l'amour, avec une délicieuse lenteur.

— Tu es belle, dit-il, d'une drôle de voix enrouée.

Elle rit, rejetant la tête en arrière.

— Et toi, infatigable. Ça me plaît !

Elle ajouta, toujours rieuse :

— On forme une belle équipe, toi et moi.

Le visage d'Augustin se ferma. Tout de même ! songea-t-elle. Quelle susceptibilité ! Je ne suis pas en train de le demander en mariage ! Seigneur ! Ce que les hommes pouvaient être compliqués !

Elle se releva, secoua sa jupe afin de chasser tout brin de fougère compromettant.

— Allons-y, décida-t-elle.

Le plaisir était passé. Le cœur lourd, elle se demanda s'il existait un homme susceptible de l'aimer et de la respecter comme elle le souhaitait.

En tout cas, Augustin comme Marin en étaient incapables !

Alexandrine reprit le cours de ses activités comme si de rien n'était et, au fil des jours, la parenthèse stéphanoise s'estompa. Il y avait toujours de l'ouvrage aux Bois Noirs et Catherine traquait la moindre dépense superflue. Au point que sa belle-mère s'insurgea un matin : « N'espère pas que nous réalisions des prouesses avec des matières premières médiocres ! Ma fille, il faut desserrer les cordons de ta bourse ! »

L'auberge appartenant toujours à Marie-Aimée, Catherine fut obligée de s'incliner. Sa rancœur à l'égard d'Alexandrine s'accentua encore. Pour elle, sa bru était la responsable de tous ses soucis, et elle se faisait fort de convaincre son fils. À force, il finirait bien par admettre qu'elle avait raison.

Marin, cependant, demeurait toujours aussi épris de sa jeune épouse. Il avait mal vécu son absence prolongée et s'attachait de plus en plus souvent à ses pas, au grand dam d'Alexandrine qui aurait souhaité aller retrouver son amant. De son côté, Augustin s'impatientait. Il lui avait fixé plusieurs rendez-vous qu'elle n'avait pu honorer. Elle craignait qu'il ne se lasse. Elle ne l'aimait pas, non, ou, tout au moins, tentait-elle de s'en persuader, mais leurs étreintes l'aidaient à supporter son époux et sa belle-mère.

Au bout d'une semaine, n'y tenant plus, elle glissa à Augustin, qui livrait les sacs de farine et les bouteilles de Saint-Joseph : « Demain, avant midi, à la Jasserie. »

Il acquiesça d'un battement de cils, et elle se sentit rassérénée. Elle avait besoin de lui, de ses caresses, de son corps pesant sur son corps. Il lui faisait du bien.

Ce jour-là, elle s'acquitta de ses tâches dans un état second. Elle sourit même à sa belle-mère, qui en fut déstabilisée pour la soirée ! Elle subit l'étreinte de Marin en se répétant qu'il en aurait bientôt terminé. Comme d'habitude, il s'endormit dès qu'il eut basculé sur le côté. Soulagée, elle alla procéder à une rapide toilette, tressa ses longs cheveux et demeura un moment le nez au carreau, à contempler les reflets de la lune sur la neige. Elle aimait les Bois Noirs, tout comme elle aimait la forêt, et le climat rude, mais revigorant. Ses pensées l'emportèrent vers sa mère. Elle pressentait que Laurette avait vu juste en refusant de l'accompagner. Catherine, en effet, ne lui aurait pas ménagé les avanies mais Alexandrine avait l'impression que la présence de sa mère l'aurait incitée à plus de réserve.

Pour Laurette, il était tout bonnement inconcevable de tromper son mari !

Les ronflements sonores de Marin firent tressaillir la jeune femme.

Les temps changent, maman, pensa-t-elle.

Elle écrasa la larme qui roulait sur sa joue. Elle souffrait de ne pas être heureuse avec Marin. Pour tenir bon, elle cherchait du réconfort auprès d'Augustin.

15

Ils s'étaient aimés, vite, puis plus lentement, avant de somnoler blottis l'un contre l'autre. Le printemps s'annonçait. Les oiseaux s'égosillaient. Augustin lui avait appris à reconnaître le chant du bruant fou ainsi que celui du traquet tarier.

C'était une journée ensoleillée et lumineuse, qui vous donnait envie de prendre le temps de s'aimer.

Alexandrine aurait dû se méfier. N'avait-elle pas croisé Catherine en bas du chemin menant à la Jasserie ? Elle avait cru sa belle-mère, qui lui avait annoncé se rendre chez le vicaire. Catherine se piquait de religion depuis peu. On en souriait, à l'auberge. Marie-Aimée elle-même prétendait qu'il s'agissait d'une nouvelle tocade. Elle connaissait assez sa bru pour savoir que celle-ci cherchait avant toute chose son intérêt. Si elles cohabitaient depuis plus de vingt-cinq ans, les deux femmes n'avaient pas vraiment d'affinités. En ce sens, la séparation de leurs prérogatives constituait une mesure de précaution.

Alexandrine n'avait pas envie d'évoquer sa belle-mère. Elle était bien, le corps emboîté au corps d'Augustin, la peau vibrant encore du souvenir de ses caresses. Elle savait que le temps pressait, qu'il lui fallait se rhabiller, filer à la ferme des Hauts, mais une sorte de langueur l'en empêchait.

Augustin lui donna une petite tape sur la hanche, faisant courir des frissons sur sa peau.

— Nous sommes en retard, lui dit-il.

Vite, elle se redressa, se rajusta. Elle recoiffa ses cheveux, les glissa sous son bonnet et sortit la première de l'ancienne bergerie, suivant leur habitude.

Elle prit son élan et courut vers la ferme des Hauts où elle arriva essoufflée et en nage. Mais cela en valait la peine, se dit-elle, amusée.

Toute à son bonheur, elle ne remarqua pas la silhouette sombre, postée à l'orée de la sapinière, qui l'observait.

D'habitude, Alexandrine appréciait tout particulièrement le café du matin. Pas seulement celui pris dans leur logement, à Marin et à elle, mais plus encore celui bu en compagnie de Marie-Aimée, dans la grande cuisine de l'auberge.

Ce matin-là, cependant, elle fut incommodée par l'odeur du breuvage et, à peine eut-elle vidé sa tasse qu'elle dut se précipiter dans la cour pour se soulager.

À cet instant, elle comprit. À l'atelier, les conversations des passementières portaient souvent sur les signes annonciateurs d'une grossesse.

Elle était enceinte. Et ignorait qui, de Marin ou d'Augustin, était le père.

Tout au long de cette journée, elle commit quelques maladresses et Marie-Aimée lui reprocha à deux reprises sa distraction. Elle venait de lui apprendre à brider une volaille, une tâche qu'elle n'avait jusqu'alors jamais déléguée.

— Une vraie cuisinière se doit de savoir tout faire, lui répéta-t-elle. Sinon, comment veux-tu qu'elle soit respectée ?

Alexandrine prit une longue inspiration en tentant de se persuader qu'elle était juste en mauvaise forme mais rien n'y faisait : elle savait au fond d'elle-même qu'elle attendait bel et bien un enfant.

Trois jours après, de plus en plus nauséeuse, elle se rendit chez la sage-femme la plus proche sans avoir prévenu quiconque à l'auberge.

La matrone, une alerte quadragénaire, habitait une petite maison de granit à Saint-Genest-Malifaux. L'intérieur, bien que modeste, était bien tenu, ce qui rassura un peu la jeune femme.

Madeleine, la sage-femme, lui posa quelques questions avant de l'examiner. Ce n'était pas particulièrement agréable, mais il fallait en passer par là.

Elle fit claquer sa langue.

— Peste, le Marin n'a pas à se plaindre, il a une sacrée belle femme ! s'écria-t-elle, ce qui fit rougir Alexandrine.

— Vous êtes enceinte de deux bons mois, reprit-elle.

Et comme Alexandrine s'étonnait d'avoir toujours été réglée, elle lui expliqua que cela pouvait arriver.

La sage-femme lui fit plusieurs recommandations, lui interdisant de lever les bras afin d'éviter que le cordon ombilical ne s'enroule autour du cou du bébé, ou encore de consommer du lièvre afin de protéger l'enfant de l'apparition d'un bec-de-lièvre.

La voyant esquisser une moue en écoutant les interdits, Madeleine sourit.

— Ma belle, c'en est fini de ta liberté ! Un petit constitue la plus solide des chaînes.

Elle médita cette phrase sur le chemin du retour. Une fois qu'elle aurait son bébé, elle ne pourrait plus courir rejoindre Augustin pour une étreinte clandestine.

Elle tenta de se persuader que ce n'était pas grave. Cependant, la perspective de ne plus voir son amant la déprimait. Comme d'habitude, elle rejeta les épaules en arrière.

« Si tu te tiens bien droite, tu finis par t'imposer aux autres », aimait à répéter Marie-Aimée, qui ne perdait pas un pouce de sa petite taille.

Alexandrine trouverait bien une solution ! D'ailleurs, pour le moment, « cela » ne se voyait pas.

Pourtant, le soir même, elle annonçait la nouvelle à un Marin ravi. Ému, il la serra contre lui.

— Un fils ! Tu vas me donner un fils, ma Nine.

À partir d'aujourd'hui, tu te reposes. Tu dois rester en forme.

Touchant Marin qui, brusquement, la considérait comme une poupée de porcelaine ! Même si elle pressentait que cela ne durerait pas, elle entendait bien profiter de ce nouveau statut. Au grand dam de Catherine, qui estimait qu'on faisait beaucoup trop de cas d'une simple « position intéressante ».

Alexandrine laissait dire. Elle souffrait toujours de nausées, et avait une petite mine. Cependant, elle tenait à continuer à travailler avec Marie-Aimée. C'était important pour elle qui ne supportait pas l'inactivité. Elle n'avait pas revu Augustin depuis leur dernier rendez-vous dans l'ancienne jasserie. Pensait-elle se libérer ainsi de la lancinante question qui revenait la hanter durant la nuit : qui était le père de l'enfant ? Elle agissait suivant son instinct.

Informés, Laurette, Julia et Valentin l'avaient félicitée avec émotion. Sa mère, un peu de ses forces retrouvées, travaillait à domicile comme brodeuse. Elle n'avait pas voulu retourner au cabaret et d'ailleurs, Damien ne s'était pas manifesté. Il se chuchotait qu'il s'était mis en ménage avec une jeune blanchisseuse. On évitait ce sujet de conversation en présence de Laurette, même si Alexandrine n'était pas certaine qu'elle en fût affectée. Il s'était montré si indifférent, si dépourvu d'empathie, au moment de la mort de Georges, qu'elle ne lui avait pas pardonné.

Il n'était pas rare de voir des couples se séparer

sans autre formalité. Étant gênés financièrement parlant l'un et l'autre, ils partaient du principe qu'ils n'avaient rien à se partager. De toute manière, Laurette ne voulait plus avoir de relation avec son ex-compagnon, au grand soulagement de sa fille. Damien avait suffisamment peuplé ses cauchemars pour qu'elle ne le regrette pas.

Allait-elle donner naissance à un garçon ou à une fille ? Elle préférait que ce fût un garçon, la vie était moins difficile pour eux.

C'était ce que Julia affirmait, tout en nuançant aussitôt après : « Mais les filles finissent souvent par tirer leur épingle du jeu. Elles sont plus fines. »

Marin, lui, se contentait pour l'instant de poser une main de propriétaire sur le ventre de sa femme.

Elle espérait juste que l'enfant lui ressemblerait.

16

1891

Dès les premiers beaux jours, Alexandrine avait brusquement éprouvé une envie irrépressible de faire le ménage en grand, elle qui ne prisait guère cette activité et s'en acquittait plus par obligation que par réel désir. Elle avait battu le tapis et les descentes de lit, ciré le parquet, astiqué et lavé le carrelage au savon noir, tapé leur matelas de laine, procédé à plusieurs lessives, le tout sous le regard perplexe de Marin. Son époux s'évertuait à lui répéter que ce n'était pas prudent, avec son gros ventre, en vain. Alexandrine voulait que tout soit plus que propre.

Informée par son petit-fils, Marie-Aimée avait esquissé un sourire.

« Ma foi, il serait bon que tu te tiennes prêt à aller chercher la sage-femme, mon garçon. »

Et, face à l'air interloqué de Marin, elle avait

expliqué : « Souvent, les femmes enceintes se lancent dans un grand ménage juste avant la délivrance. »

Précision qui avait exacerbé la nervosité du futur père.

Après avoir réclamé un fils, il espérait désormais une fille, et ne s'en était pas caché. « Une petite Alexandrine en miniature. »

Son épouse ne disait mot. Depuis sa rupture avec Augustin, elle avait tendance à se replier sur elle-même, ne se déridant qu'en cuisine.

À vingt ans, elle se trouvait presque trop jeune pour avoir un enfant. Elle avait ruminé la mise en garde de la sage-femme durant sa grossesse et devait reconnaître qu'elle allait perdre une grande partie de sa liberté. Y était-elle prête ? Rien n'était moins sûr ! Elle regrettait aussi les rendez-vous avec Augustin, leur entente sexuelle comme leur complicité. Elle mesurait mieux combien Augustin lui avait permis de résister face aux avanies de Catherine et à la jalousie de Marin. Sans lui, elle se sentait livrée à elle-même, abandonnée.

Heureusement, il y avait Marie-Aimée dont l'enthousiasme et la bonne humeur étaient contagieux. Grâce à elle, Alexandrine effectuait de nouveaux progrès chaque semaine et, surtout, osait tenter des expériences parfois surprenantes, comme les accords sucré-salé. Elle apprenait à faire confiance à son instinct.

Ce matin-là, cependant, Alexandrine ne songeait pas à expérimenter une nouvelle recette. Elle perdit les eaux dans la cuisine de l'auberge et éprouva une douleur fulgurante dans les reins. Sous le choc, elle laissa échapper le cul-de-poule qu'elle tenait et se tourna vers Marie-Aimée d'un air navré. Ayant jaugé la situation, la cuisinière s'empressa de la réconforter.

— Ce n'est pas grave, ma fille. Tu vas aller t'étendre. Tiens, appuie-toi sur moi. N'aie pas honte, je suis passée par là moi aussi.

La soutenant, elle l'entraîna vers son logement, situé à proximité de la cuisine. Elle l'obligea à se coucher malgré les protestations de la jeune femme et envoya Marin quérir la sage-femme.

Pendant ce temps, elle sortit des linges propres, fit chauffer de l'eau, tout en parlant à Alexandrine. Elle-même se souvenait de sa propre délivrance. Sa mère était présente, et n'avait pas cessé de bavarder, de tout et de rien, pour ne pas laisser s'installer le silence. Madeleine, profitant du passage de la diligence, accourut vite au chevet de sa parturiente.

— Il me semblait bien que tu devais approcher du terme ! lança-t-elle à une Alexandrine dont le visage en sueur et les traits tirés révélaient la souffrance endurée. Cependant, elle était soulagée que les douleurs l'aient prise dans la vaste cuisine de l'auberge. Ne s'y sentait-elle pas plus chez elle que dans leur dépendance aménagée ?

— Tu en as encore pour un moment, estima Madeleine en se redressant.

Alexandrine ne comprit pas tout de suite ce

qu'elle voulait dire. Elle souffrait trop, la douleur s'était brutalement emparée d'elle, sans lui laisser de répit.

— Je n'y arriverai pas, souffla-t-elle.

Marie-Aimée esquissa un sourire.

— Hé ! Comment crois-tu que nous ayons fait, nous autres ? Toutes les mères sont passées par là depuis que le monde est monde.

Laurette, sa mère, qui ne s'était jamais plainte. Elle avait été si heureuse d'apprendre la nouvelle, pour le bébé à naître.

« C'est comme si la vie nous offrait enfin un cadeau », avait-elle dit.

Toutes deux savaient qu'elles pensaient à Georges, l'adolescent victime du manque de chance, du coup de grisou, de la fatalité frappant la mine.

Depuis la mort de son jeune frère, Alexandrine avait changé. Il lui semblait que le pire était arrivé mais ce n'était pas vrai. Le pire restait toujours à venir.

Une douleur encore plus forte lui arracha un gémissement sourd. Elle saisit la main de Marie-Aimée.

— Grand-mère… dites… il y en a pour combien de temps encore ? Ça fait si mal.

— Chut, ma belle Nine. Tu vas le faire, ton bébé. Tu es forte, et courageuse. Plus courageuse que Marin d'ailleurs, qui a filé dans les bois, mais c'est une autre histoire. Pousse, ma belle, ne relâche pas ton effort. On y est presque.

Pousser, pousser... Alexandrine avait l'impression d'user ses forces en vain. Elle avait chaud, soif, puis froid et, toujours, la douleur insoutenable lui fouraillait le ventre et les reins, lui donnant la nausée.

Madeleine échangea un regard entendu avec Marie-Aimée. L'enfant se présentait mal, et la sage-femme n'était pas parvenue à le retourner. La parturiente s'épuisait en pure perte.

— Elle a besoin des fers, glissa Madeleine.

Marie-Aimée se signa.

— Tu es sûre ? Dans ce cas, il faut aller quérir le docteur Meyer à Saint-Genest-Malifaux. Je vais voir si je trouve quelqu'un.

Au-dehors, elle se heurta à Augustin qui déchargeait ses caisses de vin. Elle le pressa de filer chercher le docteur Meyer en insistant sur l'urgence. Augustin grimpa sur son siège et fit claquer son fouet. Sans vouloir se l'avouer, il redoutait le pire pour sa belle Alexandrine. Ils avaient pris du bon temps ensemble et leurs étreintes lui manquaient. Même s'il n'était pas homme à s'attacher, il tenait à elle.

Les chevaux s'élancèrent sur la route. Augustin les incita à accélérer le train, de la voix et du fouet. Il jeta à peine un coup d'œil à la route de Saint-Genest bordée de sapins.

Lorsqu'il arrêta son attelage devant la demeure du médecin, les chevaux encensaient. Augustin sauta à terre, donna un grand coup de heurtoir. Le docteur Meyer en personne lui ouvrit la porte, ce qui le soulagea. En quelques mots il lui expliqua la situation.

— Je prends ma trousse et je viens avec vous, déclara le médecin.

— Faites vite, je vous en prie.

Ils regagnèrent les Bois Noirs à grande vitesse. Le docteur Meyer gardait le silence, tout en se cramponnant à son siège. Le ciel était assombri, de gros nuages noirs se livraient à une course effrénée au-dessus des cimes des sapins.

— Ça ne me surprendrait pas que nous ayons un bon orage, remarqua tout à coup le médecin.

Augustin hocha la tête.

— Toutes les fois qu'il tonne, la foudre ne tombe pas, dit le dicton. Je vous laisse devant la porte de la vieille madame Rousselet, reprit-il. Apparemment, Alexandrine se trouve chez elle.

Il réalisa après coup avoir usé du prénom de celle qui ne devait constituer pour lui qu'une vague connaissance. Tant pis ! se dit-il. Meyer ne l'a peut-être même pas remarqué.

Le médecin sauta à terre après avoir remercié Augustin. Ce dernier secoua les rênes. Il lui fallait se rendre à Saint-Étienne, il avait déjà perdu assez de temps.

Un coup d'œil suffit au docteur Meyer pour jauger la gravité de la situation. Le visage livide, le corps agité de soubresauts, Alexandrine souffrait horriblement sans que le bébé ne s'annonce. De chaque côté du lit, Marie-Aimée et Madeleine humectaient le front de la parturiente, tout en l'exhortant à pousser.

Le médecin ôta son veston, retroussa ses manches de chemise avant de se savonner abondamment les mains et les avant-bras. Il se pencha ensuite au-dessus d'Alexandrine.

— Vous m'assisterez, déclara-t-il à la sage-femme.

Il s'était installé à Saint Genest-Malifaux depuis une dizaine d'années et avait vite acquis une réputation de médecin dévoué et compétent. Madeleine avait déjà travaillé avec lui à deux reprises.

Elle massa doucement le ventre gonflé d'Alexandrine tandis que le docteur Meyer sortait les forceps de sa trousse.

Marie-Aimée se signa.

— Seigneur ! Docteur, vous savez ce que vous faites au moins ?

D'un froncement de sourcils, il lui fit signe de se taire.

Gênée, elle recula d'un pas.

— Maintenant ! fit le médecin.

Madeleine souleva la chemise. Il glissa l'une après l'autre deux cuillères métalliques à l'intérieur du vagin puis de l'utérus de la parturiente et réalisa des tractions douces et régulières sur l'instrument.

Les forceps glissèrent. Dépité, le docteur Meyer exhala un soupir.

— Nous n'avons plus qu'à recommencer.

Alexandrine poussa un hurlement inhumain quand les forceps fourailèrent à nouveau son ventre.

— Hors d'ici ! intima Marie-Aimée à Marin qui, à peine revenu, entrebâillait la porte.

— Je l'ai ! s'écria le médecin.

Le nourrisson, couvert de mucus, ne poussa pas un cri. Madeleine se précipita, le saisit dans ses bras pour l'envelopper de linges propres et lui souffla dans la bouche. Il laissa alors échapper un miaulement de chaton.

Les épaules du médecin se détendirent tandis qu'il procédait à la suite de la délivrance.

Alexandrine gémit, ouvrit les yeux.

— C'est fini ? s'enquit-elle d'une voix faible.

— Tu as une belle petite, lui annonça Madeleine. Regardez, Marie-Aimée, cette enfant est superbe.

— Je ne sais pas si vous pourrez supporter une autre grossesse, déclara le docteur Meyer. Votre bassin est si étroit.

Pour le moment, Alexandrine s'en souciait peu ! Elle contemplait, émerveillée, la petite fille que Madeleine lui présentait.

De nouveau, elle se demanda à qui elle allait ressembler.

Et cette interrogation fit monter en elle une sourde angoisse.

17

— Une fille... j'en étais sûre ! laissa tomber Catherine d'un ton dédaigneux.

Alexandrine, installée dans son lit, accotée à deux oreillers, les cheveux brossés, radieuse dans sa chemise de nuit au col brodé par Laurette, adressa un semblant de sourire à sa belle-mère.

Catherine pouvait toujours chercher à la blesser, son nouveau statut de mère la rendait moins sensible à ses piques. Comme elle l'avait espéré, Marin était tout de suite tombé sous le charme de la petite Adeline. Il ne se lassait pas de la contempler, admirant la perfection de ses traits, le fin duvet qui recouvrait sa tête, son corps minuscule parfaitement formé. Il fallait l'entendre dire « Ma fille », c'en était touchant.

Alexandrine et lui s'étaient mis d'accord sur le choix du prénom, Adeline.

Lorsqu'elle serrait son bébé contre elle, Alexandrine avait l'impression d'être la maîtresse du monde. Elle avait déjà oublié son accouchement difficile, seule comptait la petite fille aux grands yeux bleus.

Augustin avait amené Laurette aux Bois Noirs. Pour la première fois depuis longtemps, Alexandrine avait vu sa mère sourire largement.

« Une petite fille… Dieu merci ! Elle n'ira pas à la guerre ni au fond de la mine ! » s'était-elle écriée.

Alexandrine en aurait pleuré, mais ce n'était pas le moment, il convenait de fêter dignement la naissance d'Adeline. Elle s'était arrangée pour ne pas croiser le regard d'Augustin.

Elle s'était levée pour effectuer quelques pas avec sa mère.

Laurette avait tricoté deux brassières blanches et lui avait apporté sa robe de baptême, brodée par les soins de grand-mère Élodie, dont Alexandrine gardait quelques souvenirs. Julia et Séverine lui avaient envoyé un paletot blanc et deux cols brodés.

Portant Adeline, elles avaient marché jusqu'à l'auberge, où Marie-Aimée leur avait offert des bugnes et du café. L'après-midi avait été douce, jusqu'au moment où Laurette avait dû repartir à pied pour Saint-Étienne. Alexandrine avait eu beau presser Marin de reconduire sa mère, il avait fait la sourde oreille. Elle avait alors fait appel aux services de Gilles, un client qui retournait en ville.

« J'ai à faire », lui avait opposé son époux.

Elle imaginait assez bien ses projets. Comme souvent le samedi soir, il rejoindrait des collègues à La Versanne et ils écluseraient des bières ou de l'absinthe. Un comportement que la jeune femme ne supportait pas. Le jour où elle lui en avait fait la remarque, il lui avait envoyé une gifle qui l'avait fait tomber sur la cuisinière. Elle en gardait une blessure au bras due à la brûlure, et une blessure bien plus forte pour son orgueil.

« Plus jamais ! » s'était-elle juré.

Marin avait bien caché son jeu. Il lui avait fait la cour, lui donnant à croire qu'il n'était pas comme les autres. Surtout, pas comme Damien. Cependant à peine étaient-ils mariés qu'il avait voulu lui imposer sa loi, aidé par sa mère qui ne laissait pas passer une occasion d'humilier la jeune femme.

Malgré la naissance d'Adeline, Alexandrine le voyait s'adonner de plus en plus à la boisson et en souffrait comme d'une malédiction. Après le beau-père, le mari... Était-ce donc le sort des femmes de subir cette situation ? Pourtant, elle se rappelait le couple uni formé par ses parents. Malgré un travail épuisant qui vous desséchait le gosier, elle n'avait jamais vu son père Clément ivre.

Un sanglot noua sa gorge. Elle était malheureuse. Elle avait pensé influer sur le destin en épousant un homme qui avait du bien, elle s'était lourdement trompée. D'ailleurs, Marin n'avait pas vraiment d'argent personnel. Il dépendait de sa mère qui ne desserrait pas facilement les cordons de la bourse.

Alexandrine réprima un soupir. Marin était encore parti avec ses compagnons de beuverie et elle se morfondait seule avec sa petite. Désireuse de se changer les idées, elle imagina une nouvelle recette pour servir du gibier. De la confiture d'airelles, agrémentée d'épices.

Souvent, quand elle ne dormait pas la nuit, elle « cuisinait dans sa tête », comme disait Marie-Aimée. La grand-mère de Marin ajoutait : « La cuisine est un véritable acte d'amour. Si l'on n'est pas généreuse, si l'on ne souhaite pas faire plaisir aux convives, on aura beau utiliser les meilleurs ingrédients, il manquera toujours l'essentiel : une pincée d'amour. »

Telle était Marie-Aimée, qui guidait ses pas.

Décidément, Marin tenait plus de sa mère que de sa grand-mère !

Il revint alors que deux heures sonnaient au clocher du village. Il avait de la peine à marcher droit et empestait l'alcool. Il tituba en direction du lit, saisit Alexandrine aux épaules.

— Viens te montrer gentille avec moi, articula-t-il, la bouche pâteuse.

La jeune femme se dégagea d'un coup sec.

— Tu es soûl, Marin ! Va décuver avant de m'approcher.

Il rougit de colère. Saisi d'une rage folle, il la gifla par deux fois, la fit tomber sur le lit et la prit sans ménagement. Elle serra les dents pour ne pas crier afin de ne pas réveiller son bébé qui dormait dans son moïse tout à côté.

Un goût de sang lui emplit la bouche. Il ronflait

déjà. Elle se dégagea doucement, courut se laver sur la pierre à évier. Le ressentiment et la haine l'envahirent. Il me le paiera ! pensa-t-elle.

Pourtant, elle était bien consciente qu'elle n'en avait guère les moyens.

Le lendemain matin, le corps encore endolori, elle s'arrangea pour croiser le chemin d'Augustin. Avec un sourire, elle lui chuchota : « Demain, dans la grange ? »

Les yeux brillants, il acquiesça d'un hochement de tête. Elle savait qu'elle lui avait manqué et c'était réciproque. Elle désirait plus que tout oublier l'étreinte imposée par Marin.

Il s'était levé tôt, et était parti pour sa coupe de bois au-dessus de Marlhes, comme si rien ne s'était passé durant la nuit.

De son côté, Alexandrine savait qu'elle ne pourrait jamais oublier ce qu'il lui avait fait.

Tout au long de la journée, elle s'activa pour ne pas penser. Elle avait pris l'habitude d'amener Adeline en cuisine dans un panier d'osier.

« Tu espères en faire une cuisinière ? » s'amusait Marie-Aimée, secrètement ravie de profiter de la présence de son arrière-petite-fille. Depuis la naissance d'Adeline, elle semblait avoir rajeuni. Des mèches de cheveux blancs, échappées de son chignon, encadraient son visage souriant, empreint de bonté.

Le soir venu, elle s'attarda dans le domaine de celle qu'elle considérait comme sa grand-mère et ne regagna son logis qu'à la nuit tombée. Marin s'impatientait. Elle posa sur la table de la cuisine des restes de poulet à la crème, accompagnés de gratin dauphinois, du fromage de Saint-Nectaire et des babas au rhum. Il fit honneur au repas, l'arrosa de vin de Mauves et s'affaissa sur la table sitôt le dessert achevé.

Alexandrine débarrassa, fit la vaisselle en silence et alla prendre le frais sur le devant de sa porte.

Elle appréhendait tout naturellement un nouvel acte de violence mais, par chance, Marin dormait assez profondément pour ne pas songer à l'importuner.

Elle se dévêtit dans le cagibi attenant à leur chambre, prit Adeline contre elle et, tout en la berçant, se laissa aller à verser quelques larmes.

À vingt ans, sa vie lui paraissait déjà être dénuée de tout espoir.

Elle savait qu'elle les surprendrait tôt ou tard. Il ne pouvait en aller autrement. Épiant Alexandrine, elle avait vite compris qu'Augustin Vasseur était son amant. Elle avait même découvert l'endroit où ils se rencontraient, cette ancienne bergerie qu'on évitait, mais, par la suite, elle avait eu beau guetter, elle n'avait pas pu les surprendre. À croire que la gueuse avait éprouvé quelques scrupules et s'était abstenue le temps de sa grossesse.

Cependant, Catherine était certaine qu'Alexandrine ne pourrait plus tenir longtemps. Quelque chose d'indéfinissable dans sa démarche, dans son regard, révélait son désir de caresses. Or, Catherine connaissait son fils. Il n'était pas gars à trousser des compliments ou à tenir la main d'une fille toute une soirée. C'était bon pour la période avant le mariage. S'il ressemblait à son père, il ne perdait pas son temps en vaines agaceries. Il prenait son plaisir et s'endormait, sans se soucier de l'autre.

Catherine avait lu la déception, le désenchantement, dans les yeux d'Alexandrine le lendemain des noces. Parce qu'elle haïssait sa belle-fille, elle n'avait pas voulu se laisser attendrir en se souvenant de ses propres impressions ce jour-là.

Elle n'avait qu'un but, chasser sa bru des Bois Noirs.

Aussi éprouva-t-elle une jubilation intense en apercevant Alexandrine et Augustin qui venaient de pénétrer discrètement dans la grange.

Sans faire de bruit, elle courut chercher Marin qui débitait du bois dans le bûcher, lui expliqua la situation en quelques mots. La hache à la main, il fonça vers la grange.

18

Plus tard, beaucoup plus tard, Alexandrine essaierait de se remémorer le tragique enchaînement de circonstances qui avait conduit au drame.

Sur le moment, elle éprouvait une telle hâte de rejoindre Augustin qu'elle avait baissé sa garde. Elle avait confié Adeline à Marie-Aimée, prétexté une affaire urgente.

Faire l'amour avec mon amant, avait-elle alors songé en réprimant un sourire. Elle désirait se venger de son époux. Et, surtout, elle avait envie de sentir les mains habiles d'Augustin parcourir son corps.

Il la guettait dans la grange, appuyé, désinvolte, contre un pilier.

Elle s'arrêta sur le seuil, cligna des yeux pour s'habituer à la pénombre.

— Tu en as mis du temps, lui dit-il, la voix rauque.

Elle aimait son impatience. Une chaleur soudaine

embrasa son bas-ventre. Augustin la mènerait au plaisir, sans brutalité, avec une délicieuse lenteur.

Elle le rejoignit et, hardiment, planta un baiser sur ses lèvres. Le sourire du conducteur s'accentua.

— Ça te manquait, ma belle, constata-t-il, d'un air satisfait.

S'ils avaient disposé d'un peu plus de temps, elle aurait fait durer le plaisir, l'aurait agacé de mille et une façons. Ce jour-là, elle avait trop attendu, et ce depuis trop longtemps, elle voulait qu'Augustin la désire, et s'enfonce en elle tout en la caressant.

Elle dénoua les lacets de son caraco, lui offrit ses seins, qu'il saisit à pleines mains.

— Ils sont encore plus beaux qu'auparavant, souffla-t-il.

Sa poitrine n'avait pas souffert de sa grossesse. Elle avait des seins ronds et fermes qui faisaient perdre la tête à Augustin.

— Viens ! ordonna-t-il, la bouche sèche.

Il la cala sur son sexe tout en la caressant.

Alexandrine, la tête rejetée en arrière, bougeait en cadence en laissant échapper de petits gémissements de plaisir. Augustin haletait. Il multipliait les coups de boutoir, tandis que sa maîtresse le pressait de poursuivre. Lorsqu'il éclata en elle, il fut saisi d'un long frisson.

— Encore ! le pria-t-elle. Je sais que tu peux le faire.

— Foutredieu !

La voix furibonde de Marin, résonnant dans son

dos, fit sursauter Alexandrine. Vite, elle rabattit son jupon, tenta de renouer son caraco. Ses mains tremblaient. Elle se remit sur pied, le feu aux joues, se retourna.

Son mari, le teint blême, brandissait une fourche. Elle prit peur, tout en refusant de le lui laisser voir. Elle le connaissait suffisamment, désormais, pour deviner qu'il fallait le prendre de haut et ne pas paraître coupable. Surtout pas.

— Pourquoi viens-tu en douce, comme un sournois ? Qu'est-ce que tu croyais ? Que tu me suffisais ? Tu es un piètre amant, mon pauvre Marin, et tu n'as jamais su me faire jouir. Il fallait donc bien que je me console.

Elle vit venir la gifle, formidable, ne fit rien pour l'esquiver. Sous le choc, elle tomba en arrière, resta inanimée. Elle ne vit pas Augustin foncer sur Marin et lui administrer une série de coups de poing. Malgré sa taille imposante, le fils de Catherine n'avait pas l'habitude de se battre. Incapable de parer les coups, il dut fuir sous les lazzis d'Augustin.

— Poltron, incapable ! Tout juste bon à frapper une femme ! lui lança le conducteur.

Il courut ensuite aider à se relever sa maîtresse qui reprenait lentement conscience.

Il alla à la pompe chercher un peu d'eau, humecta son mouchoir qu'il passa sur le visage d'Alexandrine. Un hématome apparaissait sur sa joue.

— La brute ! se récria-t-il, serrant les poings.

Catherine surgit alors sur le seuil de la grange.

C'était elle, à n'en pas douter, qui avait alerté son fils.

Elle considéra sa bru d'un air satisfait.

— Tu fais moins la fière, on dirait, espèce de gourgandine ! Je savais que tu trompais mon fils. Il me suffisait d'attendre pour te prendre sur le fait.

Elle jubilait. Alexandrine soutint son regard mauvais, sans même chercher à se justifier. De toute manière, qu'aurait-elle pu dire ou faire ?

— Et toi, reprit sa belle-mère à l'intention d'Augustin, ton compte est bon ! Crois-moi, je vais te faire une satanée réputation si jamais tu oses revenir aux Bois Noirs !

Alexandrine avait la tête vide et ne parvenait pas à raisonner. Elle était en tort, et Marin pouvait la chasser séance tenante. Adeline. Elle devait rejoindre sa petite fille le plus vite possible.

Elle passa devant Catherine et fila en direction de l'auberge. Elle entendit la mère de Marin hurler des insultes mais cela lui était bien égal. Il n'y avait plus moyen de revenir en arrière.

— Tu vas la chasser, j'espère, cette moins-que-rien, cette catin, cette traînée !

Le regard sombre de Catherine flambait. Folle de rage, elle enchaîna :

— Elle t'a fait cocu au vu et au su de tout le monde ici et elle n'a même pas baissé les yeux ! Elle aurait mérité que tu les tues, elle et son amant !

Mais non, tu es trop lâche. À moins que tu ne l'aimes encore, après tout ce qu'elle t'a fait ! La petite est-elle seulement de toi ?

Elle savait quels mots employer pour attiser la haine de son fils. Pour l'instant, son air hagard l'exaspérait.

Elle le lui dit, sans prendre d'égards.

— Si j'étais à ta place, je les aurais déjà mises dehors, elle et sa bâtarde ! Mais non, tu es incapable de prendre une décision ! À croire que tu l'as cherché ! Cocu, et assez lâche pour ne pas se venger !

Elle poursuivit sa diatribe, emportée par la haine que lui inspirait Alexandrine. Elle voulait la voir chassée, méprisée, rabaissée. Il y avait assez longtemps qu'elle attendait ce moment !

Cependant, son fils ne lui offrit pas ce plaisir. Il la regarda en soupirant avant de s'éloigner. Il n'avait pas prononcé un mot.

Dans la cuisine, Alexandrine se précipita vers le moïse d'Adeline. Elle prit sa fille dans ses bras, la serra contre elle.

— Prends garde de ne pas la réveiller, elle vient seulement de s'endormir, lui recommanda Marie-Aimée.

Elle remarqua le bleu sur la joue de la jeune femme mais ne lui posa pas de questions. Elle la sentait fébrile, prête à s'effondrer.

Elle lui proposa une tasse de café, la fit s'asseoir. Adeline blottie contre elle, Alexandrine ne parvenait pas à prononcer un mot.

Après avoir bu son café, elle se mit à trembler.

— Je me suis mal conduite, dit-elle.

Avant de raconter ce qui s'était passé à la grand-mère de Marin.

19

Florentin, le valet, était allé chercher une balle de foin dans la grange. Il en était ressorti en courant, blême, et avait filé à l'auberge en gesticulant.

Lorsqu'elle le vit arriver, Marie-Aimée posa son écumoire et déclara :

— J'ai peur qu'un malheur ne soit arrivé.

Durant une paire d'heures, l'auberge résonna des imprécations de Catherine. Florentin avait découvert dans la grange le corps pendu de Marin. Dans un incroyable remue-ménage, on appela les gendarmes, Catherine se lamenta en s'arrachant les cheveux tandis qu'Alexandrine demeurait sous le choc. Elle réagit seulement lorsque sa belle-mère, s'étant tournée vers elle, recommença à l'insulter.

— Laissez-nous tranquilles, lui ordonna-t-elle.

Elle savait que, sa vie entière, elle porterait le poids de sa responsabilité dans le suicide de Marin. Il n'avait pas été un bon époux mais elle aussi avait ses torts. Et, face à sa mort, elle se sentait horriblement coupable.

— Emmène la petite dans ton logement, lui conseilla Marie-Aimée.

Elle obéit. Une fois réfugiée dans les deux pièces où elle avait vécu avec Marin durant près de trois années, elle se mit à pleurer. Elle plia ses vêtements laissés en vrac sur une chaise, donna le sein à Adeline, puis la berça.

Elle appréhendait ce qui allait se passer, sans imaginer la violence de la réaction de Catherine.

Sa belle-mère fit irruption dans le logement à la nuit tombée.

— Hors de ma vue ! hurla-t-elle. Tu fais ton baluchon et ouste ! Je vous ai assez vues, ta bâtarde et toi !

Alexandrine voulut protester, arguer du fait qu'elle n'allait pas se mettre en route avec sa petite alors qu'il faisait nuit, la mère de Marin ne voulut rien entendre.

Elle essaya de trouver un soutien chez Marie-Aimée mais la grand-mère s'était claquemurée dans sa cuisine pour pleurer tout son soûl.

Florentin la poussa dehors sans ménagement.

— Il vaut mieux partir, lui dit-il, froidement. La patronne ne se calmera pas.

« La patronne »... il ne pouvait mieux lui faire sentir que Catherine régentait tout, à l'auberge.

Alexandrine n'était que la femme de Marin, et n'avait plus aucun droit puisque son époux était mort.

De guerre lasse, elle finit par céder, consciente qu'elle ne ferait pas le poids. Florentin était l'âme damnée de Catherine. La serveuse prétendait même qu'il prolongeait son service dans le lit de sa belle-mère, mais Alexandrine n'avait jamais remarqué un seul geste équivoque.

Aglaé, la femme de ménage, l'aida à attacher Adeline dans son dos, comme elle l'avait vu faire à une Africaine sur le marché de la place Dorian.

Son maigre bagage roulé dans un châle noué, Alexandrine prit la route de Saint-Étienne. Aglaé lui avait aussi donné une lampe-tempête, ce qui l'aida grandement. Les sapins jetaient de grandes ombres sur le chemin, le vent soufflait en rafales, et la jeune femme n'en menait pas large. Elle ne parvenait pas, cependant, à pleurer. Marin était mort, mais elle avait Adeline. Sa fille, pour qui elle était prête à tous les sacrifices. « Ta bâtarde », hurlait Catherine.

Force lui était de reconnaître qu'elle n'avait aucune certitude quant à la paternité de Marin. Mais cela la concernait, elle seule, depuis que Marin avait jugé bon de se pendre.

Et Augustin, se dit-elle avec un pincement au cœur. Le reverrait-elle ? Il savait où habitait sa mère, il pourrait la retrouver facilement. À condition qu'il le souhaite.

Elle aurait voulu pleurer Marin, cela se faisait, n'est-ce pas, même si elle ne l'avait jamais aimé. Elle avait éprouvé de l'affection pour lui, ainsi que de la reconnaissance, et il avait tout gâché.

Le diable l'emporte ! pensa-t-elle et, cette fois, elle se mit à pleurer.

Le glas sonnait avec une douloureuse obstination. Le visage fermé, ensevelie sous ses voiles noirs, Catherine Rousselet menait le deuil, suivant le cercueil de son fils porté par les valets et deux fermiers. Elle avait bataillé pour arracher au docteur Meyer un certificat d'aliénation mentale. C'était en effet le seul moyen d'obtenir des obsèques religieuses, d'ordinaire interdites aux suicidés.

Une raison supplémentaire d'attiser la haine que Catherine vouait à sa belle-fille.

Elle avait supplié le médecin et le curé, s'était sentie humiliée par ces démarches. Si Alexandrine s'était comportée comme une bonne épouse, Marin serait toujours là. Cette idée emplissait d'animosité le cœur de Catherine.

Marie-Aimée cheminait à ses côtés en direction de l'église de Planfoy.

La cuisinière ne parvenait pas à prier. Elle était encore sous le choc de la mort de son petit-fils, sans pour autant jeter l'opprobre sur Alexandrine. Elle connaissait le caractère abrupt et violent de Marin. Elle avait remarqué à plusieurs reprises des coups sur le visage de la jeune femme mais avait gardé un silence prudent. Pour elle, Alexandrine n'était pas une gourgandine, seulement une jeune femme malheureuse en ménage qui avait cherché à se consoler.

Cependant, elle savait que sa bru n'admettrait jamais cette réalité. Catherine estimait en effet qu'Alexandrine était seule coupable, et Marin une infortunée victime. Elle ne voudrait pas en démordre.

Elle rajusta son voile noir sur ses cheveux gris. Brutalement, à soixante-quatre ans, Marie-Aimée se sentait vieille.

Postée à l'orée de la sapinière, Alexandrine suivait des yeux la procession des fidèles vers la chapelle. Tout le personnel de l'auberge s'était déplacé, ainsi que de nombreuses villageoises. Les compagnons de beuverie de Marin s'étaient abstenus, certainement parce qu'ils n'avaient pas l'habitude de fréquenter les églises. Elle était venue sans sa fille, confiée à la garde de Laurette, mais elle avait tenu à venir. Peut-être pour faire taire le sentiment de culpabilité qu'elle éprouvait. Si elle n'avait pas entretenu une liaison avec Augustin... Si Catherine ne les avait pas pistés tel un limier... Alexandrine avait pensé pouvoir maîtriser le destin, et avait tout perdu. Marin comme Augustin. Le conducteur, en effet, l'avait soigneusement évitée depuis la survenue du drame. Avait-il eu peur d'être compromis alors que de nombreuses personnes avaient eu vent de ce qui s'était passé ? Elle pensait pourtant qu'il n'était pas homme à se laisser impressionner par des commérages.

Dans ce cas, pourquoi n'avait-il pas cherché à la revoir ? S'était-il lassé d'elle ? Pensait-il, comme Catherine, qu'elle portait malheur ?

C'était stupide, pensa-t-elle. Augustin n'aurait jamais accordé foi à ces contes de bonne femme.

Il y avait autre chose.

Alexandrine se glissa jusqu'au porche de l'église de style roman, jeta un coup d'œil à l'intérieur. Il lui était difficile d'imaginer Marin immobile dans son cercueil. Un sanglot noua sa gorge. Elle se rappelait leur mariage, ses interrogations, déjà, au sujet de son époux. Elle s'était mariée pour échapper à un destin tout tracé et elle allait devoir repartir de zéro.

Comment allait-elle gagner leurs vies, à Adeline et à elle ? Elle était partie sans un sou ; d'ailleurs, c'était Marin et, surtout, sa mère qui tenait les comptes. Même si Julia les hébergeait de bon cœur, elle-même avait fort peu de moyens et ce ne pouvait être qu'une solution provisoire.

Le cœur lourd, elle embrassa du regard l'assistance arborant une mine de circonstance, sa belle-mère et sa belle-grand-mère assises au premier rang, avec les serviteurs de l'auberge par rang d'âge derrière elles.

La condamnaient-ils tous ? Était-elle vraiment la seule coupable ?

Étouffant un sanglot, Alexandrine se détourna et reprit la route de Saint-Étienne.

Elle avait l'impression que sa vie était finie.

20

Vêtue, comme ses compagnes, d'un grand tablier noir, un foulard noué étroitement sur la tête pour protéger ses cheveux, Alexandrine, debout, passait plus de dix heures par jour à trier à la main les pierres du charbon. Le premier jour, elle avait observé ses camarades avant de les imiter. Ses mains, dépourvues de protection, étaient souvent abîmées par des morceaux de charbon encore brûlants.

C'est un métier comme un autre, se répétait Alexandrine, histoire de ne pas se laisser gagner par le désespoir.

Pourtant, même s'il lui permettait non pas de vivre mais plutôt de survivre, elle l'avait en horreur. Elle détestait la mine et tout ce qui y avait trait. Son père puis son frère étaient restés prisonniers des entrailles de la terre. Alexandrine refusait un autre drame, une nouvelle tragédie.

Elle travaillait en surface, « au jour », même si, échec pour échec, elle aurait préféré descendre sous la terre. Au fond, au moins, elle se serait sentie moins dépendante de la contremaîtresse ou du règlement. Illusion ? Peut-être... mais Alexandrine tenait avant tout à sa liberté.

Elle ne devait pas penser aux étreintes d'Augustin ni à Marie-Aimée dans sa vaste cuisine. L'un comme l'autre ne lui avaient pas envoyé de leurs nouvelles, ne l'avaient pas contactée. À croire qu'elle était devenue une pestiférée parce que son époux s'était suicidé ! C'était lui le coupable, pas elle. Elle avait été une victime elle aussi, tout comme Adeline. Laurette avait beau répéter que Marin était mort en état de péché mortel, Alexandrine refusait de se rendre à la messe chaque dimanche prier pour le salut de son âme.

D'ailleurs, sa mère avait bien du mérite de croire encore en son Dieu, après tous les drames de sa vie ! Alexandrine voyait avec inquiétude sa santé décliner. Après une embellie, Laurette avait à nouveau pris froid. Sa fille supportait mal de l'entendre tousser sans relâche et craignait la contagion pour Adeline. Le logis de Julia, situé au nord, était très humide. Alexandrine regrettait l'air pur du Pilat mais comment faire autrement ? Son salaire leur permettait tout juste de ne pas mourir de faim. Lorsqu'elle regagnait leurs deux pièces, Alexandrine titubait de fatigue. La colère éprouvée l'aidait à tenir. Elle englobait dans son ressentiment Marin et sa mère, même si elle acceptait au fond d'elle-même sa part de responsabilité dans le drame.

Le tri du charbon était un travail répétitif et terriblement salissant, n'ayant rien à envier à son ancien emploi de passementière. Rien de commun avec les moments passés dans l'immense cuisine de l'auberge. Elle aurait tant aimé s'y retrouver en compagnie de Marie-Aimée ! De plus en plus souvent, pour faire tourner plus vite les aiguilles de la grosse pendule de l'atelier, elle se remémorait ses recettes préférées.

Il lui arrivait aussi de penser à innover. Elle aimait alors à user des épices, qui apportaient aux plats une note subtile.

« Ni trop, ni trop peu, lui répétait Marie-Aimée. Avec le temps, tu sauras, toi aussi. »

C'était vrai. La cuisine était une affaire d'amour, et de patience.

Prisonnière de son travail à la mine, Alexandrine rongeait son frein.

Julia guettait le retour de sa protégée. Adeline dans les bras, elle s'avança à sa rencontre, le visage fermé.

— Ta mère se trouve à la Charité, lui annonça-t-elle d'emblée.

Alexandrine tressaillit. L'hospice, créé à la fin du XVIIe siècle, accueillait aussi bien les plus pauvres que les vieillards et les enfants abandonnés.

— Qu'est-ce qui s'est passé ?

D'un air désolé, elle lui donna les dernières nouvelles.

— Tu sais comme moi qu'elle est au bout du rouleau. Elle a tant toussé depuis ce matin qu'elle s'est mise à cracher du sang. Je suis allée chercher Passebon. Il l'a fait emmener aussitôt à la Charité. Ta mère préférait aussi, elle a peur de la contagion, tu comprends, pour la petite.

Le cœur lourd, Alexandrine hocha la tête. Elle avait voulu se persuader que Laurette allait guérir, que ce n'était pas la tuberculose tant redoutée mais devait se résoudre à admettre la tragique réalité.

— Tu veux bien continuer à me garder la petite ? Je file à la Charité.

— Pas dans cet état !

Alexandrine soutint froidement le regard effaré de Julia.

— Avec mon grand tablier, mon fichu sur les cheveux, mon visage et mes mains noircis ? Tant pis pour eux si ça les offusque ! Je n'ai pas le temps de faire toilette.

Elle se mit en route aussitôt après. Elle ne ressemblait plus guère à celle que Marin appelait « ma belle Nine », mais quelle importance ?

Ses galoches lui faisaient mal. Elle les ôta pour marcher plus aisément.

Connue de tous les Stéphanois, la Charité, à l'origine « maison de charité et d'aumône », avait été créée sous le règne de Louis XIV grâce aux dons de la population après le terrible hiver 1679-1680.

Elle atteignit l'hospice en sueur ; s'arrêta dans la cour cernée de bâtiments pour reprendre son souffle. Un point de côté la faisait souffrir. Elle serra les dents, s'approcha d'une religieuse portant la cornette des Sœurs de Saint Vincent de Paul.

— Je cherche ma mère, Laurette Girard, lui dit-elle poliment. Elle est arrivée chez vous ce matin.

Son interlocutrice ne manifesta pas le moindre dédain face à sa tenue. Elle la considéra avec bonté.

— Vous sortez du travail à la mine, mon enfant ? Venez vous désaltérer.

— Ma mère, insista Alexandrine.

La religieuse marqua une hésitation. Alexandrine sentit la panique monter en elle.

— Vous l'avez vue, n'est-ce pas ? Dites-moi !

— Venez, reprit-elle.

Elle l'entraîna vers la chapelle, construite en grès houiller comme les autres bâtiments.

Alexandrine réitéra sa demande d'une voix affolée :

— Où se trouve ma mère ? J'exige de la voir !

De nouveau, ce sourire compatissant qui lui donnait envie de tourner les talons et de s'enfuir.

— Elle est passée il y a moins d'une heure, répondit enfin la religieuse. J'étais auprès d'elle, je lui tenais la main. Et elle a reçu les sacrements de Notre Seigneur. Soyez rassurée, mon enfant.

Cette dernière précision provoqua la révolte chez Alexandrine.

— C'est elle qui croyait en Dieu, pas moi ! Quel

aveuglement, d'ailleurs, quand on connaît sa vie ! Des drames, des tragédies, et la foi, par-dessus le marché ! Une belle fumisterie, oui !

— Mon enfant, ne blasphémez pas.

Alexandrine se raidit.

— Je veux la voir.

Une dernière fois, pensa-t-elle. Elle était partie au petit matin sans songer une seule seconde qu'elle ne la reverrait plus. Comment l'aurait-elle pu ? Laurette avait déjà failli mourir à plusieurs reprises. Alexandrine préférait la croire fragile, mais immortelle.

La religieuse inclina la tête.

À sa suite, Alexandrine franchit le grand portail, remonta la nef bordée de tribunes jusqu'au maître-autel en marbre de différentes couleurs.

Elle se trouva face au corps sans vie de sa mère, posé sur des tréteaux, les mains croisées sur son chapelet qu'Alexandrine lui avait toujours vu égrener.

Sans sa pâleur, elle aurait pu la croire encore vivante.

La jeune femme, la main sur la bouche, incapable de faire un geste, contempla Laurette durant plusieurs minutes, sans mot dire avant de faire demi-tour et d'éclater en sanglots irrépressibles.

C'était fini.

Elle était seule au monde avec sa petite fille.

Se retournant après être sortie de la chapelle, elle remarqua dans une niche au centre une grande statue de la Vierge berçant dans ses bras un enfant malade, deux autres petits l'implorant à ses pieds.

Elle exhala alors un hurlement, révolte et chagrin mêlés.

21

1892

Ils étaient venus en nombre pour l'enterrement de Laurette. Des mineurs et leurs épouses qui avaient bien connu la famille Carrel, à commencer par le grand-père, Jules, bâti en force, dont les moustaches blanches chatouillaient la joue d'Alexandrine.

Pour sa part, Damien n'avait pas fait le déplacement et n'était même pas venu s'incliner devant le corps de celle qui était encore son épouse. Son attitude était critiquée de façon unanime mais Alexandrine n'attendait rien d'autre de la part de son beau-père.

Dans ses vêtements de deuil, Adeline dans les bras, elle inspirait de la compassion. Pour les mineurs, elle était la fille de Clément Carrel, la sœur de Georges Carrel et, comme telle, suscitait le respect. S'ils se rappelaient qu'elle avait épousé, près de quatre ans auparavant, l'héritier de l'Auberge des Bois Noirs, ils l'avaient vite oublié. Ce n'était pas un mineur, il ne faisait pas partie de leur grande famille. D'ailleurs, avait-on jamais vu un mineur mettre fin à ses jours ? Ceux-ci connaissaient trop bien le prix de la vie.

Le père Moreau célébra une messe émouvante. Il rendit hommage à Laurette, rappelant sa générosité et sa foi. Tout au long du sermon, Alexandrine se contint pour ne pas hurler sa peine. Elle se sentait seule au monde, jusqu'à ce que Julia se rapproche d'elle et lui serre la main, très fort. Alors seulement, elle laissa libre cours à ses larmes.

L'hiver, cette année-là, fut particulièrement rigoureux. Plusieurs miséreux moururent de faim et de froid, en dépit des actions charitables.

Dans les logements des plus misérables, la glace recouvrait les vitres, les habitants tremblaient de froid malgré les épaisseurs de vêtements qu'ils superposaient.

Alexandrine tenait bon, elle-même ayant été élevée à la dure, mais son bébé se mit vite à souffrir d'une mauvaise toux.

L'appartement était trop humide, l'eau coulait le long des murs et le poêle ne dégageait qu'une fumée nauséabonde. Julia attrapa une méchante grippe, qu'Alexandrine soigna à l'aide de sirop de navets, de fumigations et de sinapismes, mais la détresse et la fièvre de sa petite fille renforçaient son sentiment d'impuissance. Impuissance que le docteur Passebon, consulté, partageait.

— Les enfants tombent comme des mouches, cet hiver, fit-il remarquer. Faites-lui boire des biberons d'infusion de reine-des-prés, pour faire baisser la fièvre, ça ne devrait pas lui faire de mal. En revanche, il faut à tout prix la sortir de ce taudis. Une humidité pareille ! Seigneur ! C'est partout la même chose. Les enfants paient un lourd tribut à ces lamentables conditions d'existence.

Que pouvait-elle faire ? Elle n'avait pas les moyens de chercher un autre logement, dépensait une partie de son maigre salaire en frais médicaux et remèdes pour Adeline. La situation lui paraissait sans issue. Le troisième jour, son bébé toussait si fort, le corps arqué, le teint blême que le cœur d'Alexandrine se serra. Son amie Étiennette ne lui serait d'aucun secours. Logée chez ses bourgeois de la place Jacquard, elle ne disposait même pas d'un jour de congé.

Il y avait une solution. Elle la connaissait, sans parvenir à se décider, de crainte d'être rejetée.

Cependant, puisque la vie d'Adeline était en jeu, elle n'avait plus le droit d'hésiter. Fût-ce pour une question d'amour-propre.

Adeline accrochée contre sa poitrine et bien emmitouflée dans deux châles, Alexandrine cheminait vers Planfoy, après être descendue de l'omnibus. Chaque pas ravivait en elle des souvenirs doux-amers. Ici, elle venait lire le dimanche à l'ombre du grand chêne, quand elle travaillait encore chez Bollard.

Là, l'intersection du chemin emprunté pour courir rejoindre Augustin à l'ancienne jasserie. Il lui manquait toujours. Ou, plutôt, ses étreintes lui manquaient. L'un et l'autre n'avaient pas vraiment cherché à se connaître. Leurs caresses leur suffisaient.

De plus, Augustin aimait à cultiver le secret. Elle ignorait tout de son passé, de sa famille. Était-ce pour cette raison qu'elle ne l'avait pas revu ? Elle lui en voulait encore, même si elle commençait à se dire qu'ils n'avaient pas d'avenir commun.

Elle frissonna sous les assauts du vent, s'assura que sa petite était toujours bien protégée. L'air était plus pur, plus vif. Elle avait laissé derrière elle les miasmes de la ville, la poussière de suie qui maculait tout, s'infiltrait partout. Il fallait que Marie-Aimée accepte, il en allait de la survie d'Adeline.

De nouveau, la question de la paternité de Marin s'imposa à elle. Il lui faudrait vivre avec cette interrogation cruciale. Qui était le père de sa petite fille ? Son époux, ou Augustin ? Elle n'aurait jamais de certitude.

Les battements de son cœur s'accélérèrent en apercevant la silhouette trapue du bâtiment de l'auberge conçu tout en robustesse, comme pour mieux résister au vent des Hauts.

Elle ralentit le pas, désireuse de retarder la confrontation avec sa belle-famille. Adeline s'agita et toussa.

Résolument, Alexandrine s'engagea sur le chemin carrossable. Elle ne pouvait plus reculer.

Une douce chaleur régnait dans l'immense cuisine. Le contraste avec le froid extérieur était si important qu'Alexandrine en éprouva un vertige.

— Eh bien ! répéta Marie-Aimée, s'essuyant les mains à son grand tablier bleu. Si je m'attendais à ça...

Ses yeux brillaient, et elle contemplait Adeline avec une sorte d'avidité.

Elle s'affaira, proposant à Alexandrine un bol de soupe bien chaude, du pain perdu... Elle s'attendrit devant son arrière-petite-fille, qui toussa de nouveau.

— Quelle misère ! Cette petite est bien trop pâlotte ! se récria-t-elle.

Prenant son élan, Alexandrine se mit alors à raconter. La maladie puis la mort de sa mère, la fièvre, la toux de sa petite, les recommandations du médecin... Tandis que sa mère parlait, se raidissant pour ne pas laisser voir son émotion, Adeline fixait ses grands yeux sur Marie-Aimée.

— Elle a les yeux de Marin ! s'écria brusquement la cuisinière.

Pour Alexandrine, Adeline ne ressemblait à personne, ce qui accentuait ses interrogations. Elle se garda bien, cependant de le faire remarquer.

— Donne-la-moi, ajouta Marie-Aimée, tendant les bras. Elle est si menue, ajouta-t-elle. Un vrai poids plume.

Elle la berça, avec douceur, évoqua Séraphine,

nourrice de son état, qui avait justement perdu son nouveau-né.

— Il y a toujours une solution, glissa-t-elle.

Alexandrine se laissait aller à espérer quand sa belle-mère surgit dans la cuisine. Toute de noir vêtue, elle jeta un regard glacial à Alexandrine.

— Je ne voulais pas y croire quand on me l'a dit ! s'écria-t-elle. Pourtant, c'est bien vrai : tu as eu le culot de revenir ici ! Décidément, tu n'as guère de fierté !

— Je suis venue voir la grand-mère de mon époux, répondit la jeune femme d'une voix unie, en s'efforçant de ne pas trembler.

Revoir Catherine, supporter son animosité, constituait pour elle une véritable épreuve. Pourtant, elle n'avait pas le choix.

Catherine pinça les lèvres.

— Les temps ont changé, sale petite intrigante ! Ma belle-mère a vu clair dans ton jeu. Elle ne veut pas te voir ici !

Alexandrine se tourna vers Marie-Aimée.

— Pouvez-vous nous dire ce que vous en pensez, grand-mère ? Je vous demande seulement de garder Adeline quelques semaines, le temps pour elle de se remettre. Elle… – sa voix se brisa – elle mourra si elle reste à Saint-Étienne.

Catherine haussa les épaules.

— C'est faire grand cas d'une bâtarde ! Des enfants meurent chaque jour. Il est bien connu qu'en ville, un nourrisson sur deux n'atteint pas l'âge d'un an.

Sa belle-mère la fit taire d'un coup d'œil impérieux.

— Je décide toujours dans cette maison, ne t'en déplaise ! Je garderai la petite, le bon air des Bois Noirs lui fera le plus grand bien.

— Oui, c'est vous la propriétaire des Bois Noirs, acquiesça Catherine, la mine sombre, mais j'ai mon mot à dire parce que Marin était mon fils.

Elle marqua un arrêt, pour donner plus de force à ce qu'elle allait dire, et d'une voix plus assurée, reprit :

— Si la vie de la petite est vraiment en danger, tu n'as pas à hésiter. Tu nous ramènes ta gamine, tu ne la reverras plus. Elle restera ici, nous l'élèverons. Sans toi.

Alexandrine, blême, tendit une main implorante.

— Vous ne pouvez pas... Catherine ! Vous n'êtes pas si mauvaise ! Il s'agit de ma fille.

Sa belle-mère lui décocha un regard chargé de haine.

— Quelle merveilleuse vengeance pour moi ! Tu ne peux pas imaginer... La décision t'appartient.

Elle ne céderait pas, Alexandrine en était persuadée. Tout comme elle savait qu'elle n'avait pas le choix. La guérison d'Adeline était à ce prix.

Marie-Aimée lui sourit, comme pour lui faire comprendre que la situation pouvait évoluer par la suite. Alexandrine se raccrocha à cet espoir.

S'agissait-il d'une illusion ? Elle refusait de l'envisager.

Cependant, elle osa une ultime tentative.

— Je ne peux pas, murmura-t-elle d'une voix éteinte. C'est impossible, elle n'a pas un an.

— Choisis ! lui lança Catherine, impitoyable.

De nouveau, Alexandrine chercha du secours du côté de Marie-Aimée. Mais la cuisinière secoua la tête, comme pour lui signifier qu'elle ne pouvait rien faire de plus. La jeune femme devinait pourquoi. Marie-Aimée avait besoin de sa bru pour diriger l'auberge. Elle-même ne s'était jamais intéressée à la gestion comme à l'intendance. En dehors de la cuisine, Marie-Aimée laissait les coudées franches à Catherine, et les deux femmes n'avaient aucune envie que cela change.

Qui était-elle, elle, Alexandrine, sans le sou, épouse adultère, pour tenter d'imposer ses vues ? Elle baissa la tête, crispa la main sur l'épaule d'Adeline qui commença à pleurer et se mit à tousser, de plus en plus fort.

— Prenez bien soin de ma petite fille, je vous en supplie, souffla Alexandrine.

Elle venait d'abdiquer, toutes trois le savaient.

Et, comme elle le redoutait, il n'y aurait pas de retour en arrière possible.

22

1892

Chaque matin, Alexandrine tentait de se convaincre qu'elle avait agi pour le mieux, qu'il n'existait pas d'autre solution. Pourtant, au fond d'elle-même, elle ne l'acceptait pas. Elle avait abandonné son enfant.

Même si c'était le seul moyen de la sauver, la réalité était là, intangible.

Chaque nuit, elle sanglotait sur sa paillasse, se tournant et se retournant sans trouver le sommeil. Julia s'efforçait de la réconforter : « Ma pauvre petite, tu n'avais pas le choix. » Mais Alexandrine ne pouvait pas se pardonner son acte. Que se passait-il à l'auberge ? Le lait de la nourrice convenait-il à Adeline ? Dormait-elle bien ? Sa mère lui manquait-elle ? Toutes deux avaient une relation fusionnelle, avant.

Le dimanche, elle montait vers Planfoy, pour

s'arrêter le cœur serré avant d'atteindre l'auberge. De toute façon, Catherine la ferait chasser par Florentin et ce serait encore pire après. Elle humait l'air, en se disant que sa fille respirait le même, cela suffisait à lui mettre du baume au cœur l'espace d'une heure. Ensuite, il fallait tout recommencer. Le manque, la culpabilité. La souffrance.

Elle haïssait Catherine, même si elle se défiait de la haine. Elle l'avait déjà éprouvée à l'égard de Damien, puis de Marin. Pour quel résultat !

Elle regagnait la ville, le cœur lourd, persuadée qu'elle ne pourrait supporter longtemps pareil désespoir.

Le lendemain, elle retournait sur le carreau de la mine, retrouvait ses camarades, avec qui elle avait sympathisé.

L'ambiance chaleureuse régnant entre les clapeuses la rassérénait. Elle finirait par s'habituer à cette existence, se répétait-elle, cherchant à se convaincre.

Même si elle n'y croyait pas vraiment.

Les jours et les semaines s'écoulaient pesamment, sans qu'Alexandrine parvienne à obtenir des nouvelles de sa fille.

Julia l'incita à se rendre à la fête de la Sainte-Barbe.

— Regarde-toi ! lui dit-elle. Tu as maigri, tu es pâle à faire peur. Ta pauvre mère serait désolée de te voir dans cet état. Pince-toi les joues, ma fille, et ajuste cette robe qui traîne dans mon placard depuis des lustres.

Elle avait obéi parce que Julia ne lui avait pas laissé le choix. De plus, elle devait reconnaître au fond d'elle-même que sa vieille amie avait raison. Il lui fallait se ressaisir.

À ce prix seulement, elle pourrait récupérer la garde de sa fille.

La Sainte-Barbe constituait une date sacrée pour les mineurs. Depuis toujours, semblait-il, ce jour-là, le 4 décembre, était chômé et payé.

Une messe était célébrée dans l'église Sainte-Barbe pour tous les mineurs. On distribuait des brioches bénites à l'assistance, une aubaine ! À la fin de l'office, on se rendait en cortège à la salle paroissiale. Tout au long, enfants et adolescents « tiraient des boîtes », faisaient exploser des boîtes remplies de poudre. La poudre… n'était-ce pas le domaine de Sainte-Barbe ? Des amis de son père, ainsi que leurs épouses, vinrent saluer Alexandrine. Ce jour-là, comme lors des obsèques de Georges et de Laurette, elle eut l'impression de faire partie de la grande famille des mineurs, et éprouva des sentiments ambivalents. Fierté et lassitude mêlées. Elle, elle désirait devenir une cuisinière reconnue, et créer de nouvelles recettes. Elle détestait revenir du travail en se sentant sale et poussiéreuse, les mains et le visage noircis. Ce n'était pas son monde, et ne le serait jamais.

Elle se détendit, cependant, durant la célébration

de la Sainte-Barbe, rassérénée d'être entourée ainsi, dans une ambiance joyeuse et bon enfant. On continuait à servir des parts de brioche et du vin blanc. Le soir, en famille, on se régalait du traditionnel gâteau de la Sainte-Barbe.

— Cela me fait plaisir de vous revoir, mademoiselle Alexandrine, déclara un homme qu'elle ne reconnut pas.

Sa casquette à la main, il lui souriait.

Elle leva un sourcil.

— Excusez-moi, souffla-t-elle, gênée.

Le sourire de l'inconnu s'accentua. Il était plus grand qu'elle, avait d'épais cheveux noirs, un visage ouvert.

— Vous m'avez oublié, n'est-ce pas ? Je suis Félix. Félix Beauchêne. Votre père m'a pris sous sa protection alors que j'avais à peine douze ans et que j'étais orphelin.

Confuse, la jeune femme soupira.

— Désolée, je ne me rappelle pas.

Elle n'avait pas envie de lui expliquer qu'elle avait tiré un trait sur leur vie d'avant, quand ses parents et Georges vivaient encore. Ses souvenirs étaient trop douloureux alors qu'elle était seule désormais.

— Je vais vous chercher un café, proposa-t-il.

Lorsqu'il revint, il lui tendit aussi une part de brioche.

— Mangez ! lui recommanda-t-il. Je vous trouve beaucoup trop mince.

Elle soutint son regard.

— Les derniers mois ont été difficiles.

Elle qui avait eu tendance à fuir ses connaissances de peur de craquer se sentit curieusement en confiance avec le mineur.

Il se pencha, lui tapota l'épaule. Ce n'était pas un geste familier, plutôt une marque de sympathie.

— Je comprends.

Il lui sourit.

— Excusez-moi, je dois rejoindre mes camarades de la société de sarbacane.

Le simple fait d'entendre prononcer ce mot raviva les souvenirs d'Alexandrine. Son père jouait lui aussi à la sarbacane.

« J'appartiens à la confrérie des baveux », aimait-il à dire, faisant allusion au fait que, pour éjecter une fléchette, le souffle devait être fort et qu'il générait parfois un filet de bave.

Petite, elle accompagnait son père dans le local abritant à la fois un bistrot et une salle des compétitions. Comme nombre de mineurs, Clément Carrel pensait, en « jouant au jeu de la souffle », libérer ses poumons des conséquences néfastes de la poussière de charbon.

Oh ! Papa… tout aurait été différent si tu étais resté en vie, pensa-t-elle.

Elle suivit Félix des yeux tandis qu'il traversait la salle. Avec sa haute taille, il en imposait.

Un homme solide, comme l'était son père.

23

Quelle que soit la saison, chaque matin, Félix embauchait à six heures. Levé avant l'aube, il buvait debout un bol de chicorée, passait sa veste, prenait sa « portion » emballée avec soin dans un morceau de tissu en toile qu'il avait lui-même préparée et empruntait le chemin menant au puits Malakoff.

Il connaissait par cœur le paysage, si familier qu'il ne le remarquait même plus. De toute manière, son horizon était borné par le chevalement et les crassiers.

Félix était fier de son travail de piqueur. Il constituait la troisième génération de mineurs dans la famille. Son père, et son grand-père avant lui avaient été boiseurs, chargeurs ou piqueurs.

Il salua son ami Norbert, se dirigea vers la salle des Pendus, où il déposa ses vêtements de jour dans un panier, qu'il fit monter à l'aide d'une poulie jusqu'au plafond. Il enfila alors sa tenue de travail, les « loques ed'fosse », comme disait sa mère, habits de coutil foncé, chemise, pantalon retenu à la taille par une ceinture de flanelle, sabots et barrette, le traditionnel chapeau en cuir bouilli.

Il se trouvait dans son élément à la mine.

Même si la bonne humeur régnait chez les clapeuses, Alexandrine ne parvenait toujours pas à se sentir à son aise. Ce travail lui déplaisait énormément et, au fil des jours, elle n'y trouvait pas le moindre intérêt. De plus, jour après jour, sa petite Adeline lui manquait de plus en plus. Elle ne pouvait s'empêcher d'éprouver une bouffée de jalousie chaque fois qu'une de ses camarades évoquait ses enfants. Elle souffrait.

Lorsqu'elle rentrait, le soir, elle prenait le temps de se débarbouiller et de se savonner, longuement, dans la bassine préparée par Julia. Son corps était redevenu mince et ferme. Ses cheveux fauves ondulaient sur ses épaules. Elle les relevait d'un geste empreint de sensualité, et suspendait son mouvement. Pourquoi diable Augustin n'avait-il jamais cherché à la contacter ? Il connaissait l'adresse de Julia ; il aurait pu retrouver facilement son ancienne maîtresse. Elle devait se résigner, il l'avait bel et bien abandonnée. De crainte de perdre des clients ? Elle était lasse de ce monde dominé par l'argent. Elle-même était née du mauvais côté de la barrière, chez ceux qui n'avaient rien, ni fortune, ni relations, ni pouvoir. Et si elle ne l'avait jamais aimé, Augustin lui manquait. Ou plutôt, ses étreintes lui manquaient.

Julia avait préparé une soupe de pommes de terre. Alexandrine y faisait honneur sans réel appétit. Chaque fois qu'elle songeait à Adeline, son estomac se nouait. Sa petite fille de bientôt deux ans poussait-elle bien ? Avait-elle repris des forces ?

— Ne te mets pas ainsi la rate au court-bouillon, déclara soudain Julia. Il faut tenir bon. Tu finiras par retrouver ta petite, crois-moi. Ta belle-mère ne peut pas être si mauvaise.

— Tu ne la connais pas assez, tu ne sais pas ce dont elle est capable ! répliqua Alexandrine.

Catherine lui ferait payer au centuple le suicide de Marin. Parfois, la jeune femme se disait qu'elle le méritait, qu'elle était une criminelle. Pour, l'instant d'après, se ressaisir. Catherine n'avait pas le droit d'exercer une vengeance contre elle et, surtout, contre Adeline.

Un jour, espérait-elle, il faudra bien que cette vieille charogne paie pour ses méfaits.

Cette pensée ne lui était pas d'un grand secours. Catherine était maîtresse du jeu, et cette certitude la minait.

Elle alla se coucher aussitôt après avoir débarrassé la table et lavé les bols.

Encore une nuit de désespérance.

Félix plissa légèrement les yeux, prit une inspiration avant de souffler dans la sarbacane, ou canon, héritée de son propre père. Il s'agissait d'un tube en fer, long d'un mètre cinquante environ, pesant entre deux et trois kilos. Du côté de l'embouchure, elle était de section octogonale alors que, de l'autre côté, elle se terminait comme un tuyau cylindrique. La sarbacane de Félix portait, gravée sur sa face extérieure, le nom du fabricant et celui de son propriétaire.

La fléchette ainsi éjectée se ficha dans la cible à points.

— Joli ! commenta Pierre, son ami d'enfance, adepte lui aussi du « jeu de la souffle ».

Tous deux se retrouvaient dans la salle dédiée à ce sport, jouxtant le bistrot, depuis plus de quinze ans. Leurs pères avaient travaillé ainsi leur souffle avant eux, suivant une tradition remontant à la fin du XVIIIe siècle.

Marié et père de famille, Pierre s'accordait cette distraction le dimanche après-midi. Félix, de son côté, vivait seul depuis la mort prématurée de sa jeune femme.

Les deux amis échangèrent un coup d'œil complice.

— Alors ? lança Pierre.

Félix ne s'y trompa pas. Son camarade faisait allusion à sa rencontre le jour de la Sainte-Barbe.

Depuis le 4 décembre, il avait souvent évoqué devant lui la beauté de la fille de Clément Carrel. Au point que Pierre l'avait souvent brocardé : « La femme de tes rêves ? »

— Elle est trop belle pour moi, réfléchit-il à voix haute.

Pierre fronça les sourcils.

— Hé ! Tu es plutôt beau gars, toi aussi ! Regarde comme Clémence te fait les yeux doux.

Ils rirent tous les deux. Clémence, une veuve d'une quarantaine d'années, se plaçait pour le ménage et la lessive chez les familles bourgeoises de la ville. Il était de notoriété publique qu'elle éprouvait un faible pour Félix, même si ce dernier avait toujours pris le soin de ne pas la laisser espérer.

Pierre lui donna une bourrade.

— Lance-toi ! Tu n'as rien à perdre.

— Elle a eu des malheurs, répondit Félix. Je ne sais pas si le moment est bien choisi.

— Avec toi, il ne le sera jamais !

Pierre fit claquer sa langue. Il avait un visage jovial, surmonté d'une tignasse rousse qui lui avait valu nombre de quolibets durant l'enfance. Il y demeurait insensible, et s'arrangeait pour mettre les rieurs de son côté.

Félix suspendit son geste alors qu'il allait de nouveau viser la cible. L'image d'Alexandrine dansa devant ses yeux.

— Après tout, pourquoi pas ? murmura-t-il pour lui-même.

24

Plantée devant la maison de Félix, Alexandrine se demanda une nouvelle fois si elle n'avait pas commis quelque folie. Était-ce raisonnable, en effet d'accepter d'épouser un mineur ? Elle tremblerait pour lui sans répit, elle paniquerait dès que retentirait la sirène. N'était-ce pas le lot des épouses de mineurs ?

Tout était allé très vite entre eux, « mais c'est aussi bien ainsi », avait commenté Julia. Félix avait mené sa cour tambour battant, sans lui accorder le temps d'émettre des objections.

Il l'avait emmenée danser dans une guinguette des bords de Loire.

Elle avait découvert à cette occasion qu'il était un excellent danseur, qui valsait avec maestria. Elle-même se laissait entraîner par cet homme de douze ans son aîné, large d'épaules, au regard bleu pénétrant. Elle éprouva une flambée de désir lorsqu'il accentua la pression de sa main sur sa hanche pour une polka endiablée. Leurs yeux se prirent, une plongée sans garde-fou qui troubla profondément Alexandrine.

Ce jour-là, Félix l'avait demandée en mariage après l'avoir embrassée à l'extérieur de la salle, à l'ombre d'un platane et elle avait accepté.

« Je ne sais pas ce qui m'a pris, avait-elle confié le lendemain à Julia. J'ai eu l'impression que je ne devais pas laisser passer un homme comme Félix. »

Julia avait souri.

« Ça a été la même chose avec mon homme. Comme une évidence. »

C'était tout à fait ça.

Ils s'étaient mariés avec seulement chacun leur témoin. Pas de cérémonie à l'église, pas de grand tralala. Rien qu'eux deux, et Julia et Pierre. Alexandrine portait une robe noire toute simple, qui faisait ressortir son teint clair et sa chevelure incandescente.

À la sortie de la mairie, ils avaient partagé un repas avec leurs témoins, avant de s'éclipser en direction de la maison de Félix. Leur discrétion leur avait évité le charivari réservé aux veufs. Alexandrine avait ressenti une sourde appréhension en pénétrant dans le logis. Elle savait peu de chose de Félix et encore moins de sa première femme. L'intérieur était propre et soigné, le mobilier d'aspect solide et rassurant. Comme Félix, avait-elle pensé.

Tous deux avaient bu un verre de vin clairet.

Il avait toussoté, comme pour dissimuler sa gêne, lui avait souri.

« Eh bien, c'est fait, nous voici mariés. »

Elle avait souri en retour.

« Pas de regrets ? »

« Je n'en ai pas eu le temps. Pas encore. »

Ils avaient ri en même temps, et ce rire avait dissipé leur gêne.

Ensuite, tout s'était enchaîné de façon très naturelle. Ils s'étaient embrassés dans la salle, de plus en plus intensément, avant de gagner la chambre et de tomber enlacés sur le lit. C'était un lit en cuivre surmonté d'une image de Sainte-Barbe. Alexandrine avait, vite, chassé la pensée que Félix et sa première épouse y avaient dormi ensemble. Elle-même n'était plus une jeune fille innocente !

Les caresses de Félix, sa tendresse, la douceur avec laquelle il l'avait étreinte, lui avaient permis de surmonter les mauvais souvenirs liés à Marin. Félix était un amant attentif à la montée de son désir. Dans ses bras, elle avait oublié, durant quelques minutes, tout ce qui n'était pas eux.

Jusqu'à Adeline.

Elle avait songé à sa petite fille avec une peine, une acuité accrues, dès que Félix avait relâché son étreinte. Recroquevillée sur elle-même, elle avait essuyé une larme.

« Raconte-moi… » avait-il suggéré en l'attirant de nouveau contre lui.

Elle avait parlé d'une voix ténue. Son veuvage

– sans rentrer dans les détails –, la mort de sa mère, la maladie d'Adeline, l'odieux marché imposé par Catherine... La main large de Félix avait alors broyé son épaule.

« Je t'aiderai à reprendre ta petite fille », lui avait-il promis.

Et elle l'avait cru. Parce qu'elle avait déjà compris que son mari était un homme de parole.

— Le bonheur te va bien, ma belle ! lança Jeanne, sa voisine, à Alexandrine.

C'était une mère de famille d'une trentaine d'années, dure à la tâche malgré sa silhouette menue.

La jeune femme lui sourit sans répondre.

Elle aurait pu dire qu'elle était presque heureuse. Presque, à cause d'Adeline, bien sûr. Félix lui faisait une vie douce, il l'aimait et elle l'aimait. C'était curieux de constater à quel point tous deux s'étaient accoutumés l'un à l'autre. Il n'y avait pas entre eux de lutte pour le pouvoir à l'intérieur de leur foyer, ni de jalousie. Était-ce parce qu'il approchait de la quarantaine ? Félix était un compagnon solide et rassurant. La nuit, après l'amour, elle se blottissait contre son épaule et s'endormait rapidement, ce qui ne lui était pas arrivé depuis longtemps.

Cependant, elle rêvait encore d'Adeline. Elle courait sur le chemin menant à l'ancienne jasserie, et appelait sa petite fille. Elle l'apercevait dans les bras de Catherine, qui disparaissait entre les sapins.

Alexandrine sanglotait, l'implorait, en vain. Elle se réveillait en sueur, tremblant et pleurant.

« Là, là... » disait Félix en lui caressant les cheveux.

Elle s'apaisait peu à peu auprès de lui, tentait de se convaincre que tout finirait par s'arranger.

Même si, au petit matin, elle comprenait qu'il n'en était rien. Elle avait bel et bien perdu Adeline.

— Ça sent drôlement bon ! s'écria Félix en soulevant le couvercle de la cocotte en fonte. On dirait du lapin, non ?

Alexandrine rougit de plaisir.

— J'aime cuisiner. Là-haut, aux Bois Noirs...

Elle s'interrompit, la gorge nouée par l'émotion.

Bravement, elle reprit :

— Marie-Aimée, la grand-mère de mon mari, m'a tout appris. Et, surtout, elle m'a donné le goût du travail bien fait. Je l'entends encore me rappeler alors que mon mari s'énervait contre moi : la cuisine est un acte d'amour.

— En tout cas, c'est sacrément bon ! lança Félix, quelques minutes plus tard, en reprenant du lapin aux pruneaux.

Le sourire d'Alexandrine s'élargit.

— J'ai mis des herbes, et je l'ai fait mijoter un long moment.

— Le secret... murmura Félix. Ma mère aimait aussi cuisiner.

Il n'évoquait jamais sa première épouse, Élise.

L'avait-il aimée comme il l'aimait, elle, Alexandrine ? Cette interrogation lui taraudait parfois le cœur, jusqu'à ce qu'elle se dise, lucide : C'est avec moi qu'il vit, à présent. Il ne sert à rien de jalouser une morte.

La rude leçon de la vie lui aurait au moins appris ça : profiter de l'instant présent, ne pas laisser passer une chance de bonheur.

Elle s'efforçait même de se convaincre que ce n'était pas si terrible de travailler au tri, sans y parvenir. Elle avait trop envie de retrouver la cuisine de l'auberge, les odeurs d'herbes et de champignons, les arômes des viandes mijotant…

Au lieu de quoi, elle restait enfermée « au jour », dans la poussière et la crasse.

« Arrange-toi de ce que tu as », lui recommandait son amie Étiennette.

Elle-même, après s'être consacrée à ses parents, les avait perdus à deux mois d'intervalle. Son amoureux en avait épousé une autre, elle s'était raidie pour ne pas laisser voir sa peine et « servait » toujours chez ses bourgeois, un couple aisé habitant place Jacquard. Elle avait changé, il ne subsistait plus grand-chose chez elle de la jeune fille gaie et délurée, croquant la vie à belles dents. Désormais, elle était fermée, mélancolique, et même amère.

« Le destin a décidé pour moi », déclara-t-elle un jour à son amie d'enfance.

Elles se retrouvaient une fois par semaine sur le marché de la place du Peuple et allaient boire un café dès leurs emplettes terminées. C'était pour elles l'occasion de partager un moment ensemble et de se raconter leur vie.

Étiennette était une admiratrice de Félix qu'elle trouvait « bel homme et attentionné ».

Alexandrine souriait d'un air lointain parce qu'elle ne voulait pas causer de la peine à son amie. Lorsqu'elles se séparaient, elle pressait le pas pour rejoindre Félix et se jeter dans ses bras. Elle l'aimait.

Sans pouvoir se défendre d'éprouver une sourde angoisse. Combien de temps pourrait-elle sauvegarder ce semblant de bonheur ?

25

1894

— Viens là, ma blonde. Tu as bien assez travaillé comme ça.

Félix tendit le bras et attira contre lui Alexandrine, qui se laissa faire avec un léger soupir de bien-être. Ses jambes étaient gonflées, elle avait l'impression que ses pieds avaient doublé de volume, et une méchante sciatique lui arrachait de petites grimaces de douleur à chaque mouvement brusque.

Elle s'assit sur les genoux de son mari et sourit.

— Je dois être horriblement lourde, non ?

— Je suis encore capable de te porter !

Ils échangèrent un regard empreint d'amour. Même si la grossesse d'Alexandrine la fatiguait beaucoup, elle était très heureuse d'attendre l'enfant de Félix.

Elle refusait d'évoquer la première fois, alors qu'âgée d'à peine vingt ans, elle portait l'enfant de Marin. Rien n'était pareil.

Félix et elle s'aimaient, d'un amour à la fois passionné et serein. Entre eux, pas de disputes, ni de jalousie. Félix ne buvait pas, et s'octroyait seulement quelques heures de détente par semaine pour rejoindre ses camarades jouant à la sarbacane.

Il entourait sa jeune femme d'attentions. Les autres épouses de mineurs le lui faisaient souvent remarquer : « Ton Félix te traite comme une reine, tu as bien de la chance ! »

Alexandrine opinait du chef en souriant. Après avoir connu un mariage mal assorti, elle savourait son bonheur. Même si… même si Adeline lui manquait toujours autant.

Elle avait fini par céder aux instances de Félix et renoncé à monter rôder autour de l'auberge. Catherine la ferait chasser par les valets, et Alexandrine en mourrait de honte et de désespoir.

Elle s'efforçait de ne penser qu'à son enfant à naître, sans vraiment y parvenir. Dieu merci, elle avait désormais un autre travail, qui lui permettait de s'épanouir. Lorsqu'il avait entendu dire par madame Céline, la gouvernante de monsieur Lanson, le patron de la mine, que la cuisinière venait de rendre son tablier pour épouser un gars de Bordeaux, Félix avait tout de suite pensé que la place conviendrait à Alexandrine. Il était donc allé en parler avec madame Céline, sans en informer sa femme, de crainte de lui donner de faux espoirs.

Après en avoir référé au maître de maison, madame Céline avait accepté de recevoir Alexandrine.

La jeune femme avait passé plus d'une heure dans la bassine en galvanisé afin d'ôter toute trace de noir de son corps.

En effet, les clapeuses avaient beau se laver chaque jour, elles avaient l'impression que la poussière de charbon imprégnait leurs cheveux, leurs mains et jusqu'à leurs ongles.

La peau rouge à force de l'avoir frottée, Alexandrine avait mis sa tenue du dimanche, robe taillée dans sa tenue de mariée vert bronze, veste souple créée par Julia, discipliné ses boucles fauves, et chaussé son unique paire de souliers, bien cirés.

Ensuite, le cœur battant, elle s'était présentée à l'entrée de service de la maison Lanson, située sur la colline des Pères. Imposante, cette demeure, avec son allée bordée de buis taillés, sa façade d'un délicat ton de jaune, son toit d'ardoises, orné de tourelles.

Madame Céline, une personne d'âge mûr toute vêtue de noir, au regard acéré, avait paru surprise en la découvrant sur le pas de la porte.

« Je vous trouve bien jeune, mon petit. »

Une sueur froide avait coulé le long du dos d'Alexandrine. Il lui fallait cette place ! C'était pour elle le moyen d'échapper à la mine, qu'elle avait en horreur et de cuisiner à nouveau, ce dont elle rêvait depuis des années.

« J'aurai bientôt vingt-quatre ans, madame, avait-elle répondu, j'ai été formée à l'Auberge des Bois Noirs, au-dessus de Planfoy. »

Elle avait alors ajouté : « Si vous le désirez, vous pouvez me prendre à l'essai. Vous verrez si je vous donne satisfaction. »

Même si elle savait qu'elle était tout à fait capable de cuisiner pour une vingtaine de personnes, sa première mise à l'épreuve, un dîner pour douze, l'avait terrorisée. Elle s'imaginait multipliant les catastrophes. Madame Céline lui avait transmis les recommandations de madame Lanson. Celle-ci désirait un dîner de bon goût. Alexandrine avait alors proposé deux menus, et madame Céline avait choisi les asperges, les poulardes demi-deuil, le rôti de bœuf en croûte, les petits légumes glacés, le Paris-Brest et les coupes de fruits rouges à la crème Chantilly.

Madame Céline l'avait emmenée chez « les fournisseurs de Madame ».

Les halles avaient émerveillé la jeune femme. Elle aurait voulu tout humer, tout acheter. Quelle griserie, aussi, de pouvoir choisir les meilleurs produits, tandis que madame Céline glissait : « Vous mettrez ceci sur le compte de madame Lanson. »

Lorsqu'elle s'était retrouvée dans la vaste cuisine, si claire, d'une propreté étincelante, elle avait éprouvé une sensation de vertige. Leur maison tout entière aurait tenu dans cette seule pièce.

D'abord, un luxe inouï, l'eau était installée sur le double évier en pierre.

Le fourneau, un véritable piano, offrait plusieurs possibilités de cuisson ainsi que deux fours. Le rêve !

Elle avait pris la mesure de ce domaine qui pourrait devenir le sien, si elle réussissait le défi imposé, et s'était mise aussitôt au travail.

Éplucher asperges, carottes, navets, petits oignons. Puis, préparer la sauce hollandaise, légère et mousseuse, tandis que les asperges, liées en petits fagots, cuisaient dans l'eau frémissante.

Confectionner la pâte destinée au rôti en croûte. Brider et faire cuire les poulardes.

Au fur et à mesure qu'elle progressait dans ses préparatifs, ses gestes se faisaient plus assurés, elle reprenait confiance en elle, se rappelait les conseils de Marie-Aimée.

« Petite, surtout, ne panique pas. Tu es capable d'y arriver si tu ne penses qu'à ton ouvrage. »

Quand elle revint dans la cuisine, madame Céline remarqua les plats posés sur la grande table, et le visage confiant d'Alexandrine. La jeune femme paraissait assurée. Sereine.

— Je crois que vous ferez l'affaire, déclara la gouvernante.

Elle ne lui avait pas adressé de compliment. Ce n'était pas son genre, Alexandrine l'avait déjà compris.

En revanche, monsieur Lanson en personne vint la féliciter en cuisine après le départ des invités. C'était un homme imposant, âgé d'une petite quarantaine d'années. Des favoris impressionnants le rendaient encore plus intimidant.

— C'était délicieux, lui dit-il.

Alexandrine hocha la tête comme si ce compliment lui revenait de droit. D'ailleurs, elle savait qu'elle s'était surpassée.

— Vous êtes engagée, reprit-il. Céline verra cela avec vous.

Il lui semblait que madame Lanson aurait dû venir, plutôt que son époux mais, après tout, elle connaissait mal les usages.

C'était ainsi que tout avait commencé.

Chaque jour, Alexandrine se rendait à la grande maison, comme elle disait, et s'attelait à la tâche, aidée de Perrine, une fille de cuisine pas trop dégourdie mais pleine de bonne volonté.

Les premiers temps, elle avait voulu soumettre ses menus à madame Lanson, offre que la maîtresse de maison avait déclinée.

« Voyez cela avec madame Céline », avait-elle répondu d'un ton las.

C'était une jeune femme à la beauté éthérée, toute en blondeur, qui sortait peu de ses appartements. On chuchotait en cuisine qu'elle s'était mal remise d'un accouchement difficile et souffrait d'une maladie de langueur.

Les Lanson avaient un fils, Émile, un garçonnet de huit ans qui paraissait aussi fragile que sa mère. Il descendait parfois à la cuisine et lui réclamait un biscuit. Il était poli et timide. Alexandrine éprouvait de l'affection pour lui, parce qu'il lui rappelait son cher Georges.

À présent, cependant, parvenue à son huitième mois de grossesse, elle peinait à assurer son travail.

Pourtant, elle n'avait pas le choix. Si elle déclarait forfait, elle risquait de perdre cette place qui lui plaisait tant.

Pour cette raison, Félix la soulageait de la plupart des tâches domestiques dès son retour de la mine.

— Je suis sûr que c'est un garçon, lui dit-il en caressant d'une main prudente son ventre proéminent.

Elle sourit.

— Garçon ou fille, peu importe, pourvu que tout se passe bien.

Elle avait réclamé les services de Juliette, la sage-femme attitrée des épouses de mineurs. Celle-ci lui avait assuré que sa grossesse se déroulait de façon tout à fait normale.

Ce qui n'empêchait pas Alexandrine de s'angoisser.

Elle se souvenait encore de son premier accouchement. Au fond d'elle-même, une question la taraudait. Avait-elle droit au bonheur malgré tout ?

26

1894

Alexandrine se souviendrait longtemps de la naissance de son deuxième enfant. Les douleurs l'avaient surprise alors qu'elle venait d'enfourner une tourte à la viande.

Elle ne s'était pas méfiée quand, dès potron-minet, elle avait eu une envie irrésistible de faire un grand ménage chez elle.

D'après Juliette, la sage-femme, la date de l'accouchement était prévue pour la fin du mois de juin, c'est-à-dire deux semaines plus tard. Malgré sa fatigue, Alexandrine continuait à travailler. Madame Céline lui avait adjoint en sus de Perrine une petite bonne, Marinette, qui était chargée de porter les marmites lourdes et des tâches de vaisselle. Quand Alexandrine avait voulu la remercier, l'intendante avait froncé les sourcils.

« Cette petite a besoin de travailler pour aider

sa famille. C'est bien si cela vous aide même si ce n'était pas le but initial. »

Les deux femmes avaient échangé un regard indéfinissable. Une relation un peu particulière les unissait. Elles s'appréciaient et se respectaient, même si madame Céline n'en laissait rien voir.

Ce jour-là, donc, une douleur intense avait torturé les reins d'Alexandrine tandis qu'elle perdait les eaux. Horriblement gênée, elle avait éclaté en sanglots. Elle se sentait humiliée, honteuse.

Marinette avait couru alerter l'intendante, tandis que la cuisinière, toujours en larmes, se retenait à la table.

Madame Céline avait pris les choses en main. Sans laisser à Alexandrine le loisir de protester, elle l'avait entraînée dans sa propre chambre, située au deuxième étage, et fait chercher la sage-femme.

Allongée dans un lit de cuivre aux draps fleurant bon la lavande, Alexandrine s'était très vite laissé faire, sentie dépassée par les événements. Rien ne se passait comme la première fois ! Elle poussait à un rythme rapide, elle suivait la progression de l'enfant en elle et, malgré la situation étonnante – accoucher dans la maison des maîtres –, elle était étrangement sereine.

La sage-femme était arrivée juste à temps pour recueillir le nouveau-né. Il fut aussitôt enveloppé dans une serviette blanche ornée du chiffre des

Lanson et, soulevée sur un coude, le visage en sueur, Alexandrine aperçut son petit minois chiffonné.

— Seigneur ! Tout est allé si vite ! s'étonna-t-elle.

Juliette lui sourit.

— Incroyable, n'est-ce pas ? D'après madame Céline, le travail n'a pas duré trois heures. C'est un petit garçon, précisa la sage-femme, et il est en bonne santé.

— Alors, tout est bien…

Alexandrine bâilla. Brusquement, la fatigue la rattrapait, elle était épuisée.

Juste quelques instants, se dit-elle en fermant les yeux. Elle sombra dans un sommeil lourd.

À son réveil, elle éprouva une certaine confusion en réalisant qu'elle avait accouché dans la maison des maîtres. Le soir même, après qu'elle eut dormi plus de cinq heures d'affilée, le cocher des Lanson déposa Alexandrine et son bébé devant la porte de sa maison. Félix s'élança à leur rencontre. Il saisit le nouveau-né dans ses bras et soutint sa femme.

— Tu ne feras jamais rien comme les autres, ma belle blonde ! lui glissa-t-il en souriant.

Quelques minutes plus tard, allongée dans leur lit, accotée aux oreillers, Alexandrine éprouvait un sentiment de béatitude.

— Il est parfait, murmura Félix. Et il te ressemble.

— Je suis heureuse, murmura Alexandrine. Deux hommes merveilleux pour moi seule.

« Et une fille », chuchota une petite voix intérieure.

« Mon fils... »

Tout, chez le nourrisson, émouvait Félix, à commencer par son front haut, son duvet brun, et ses grands yeux verts, si semblables à ceux d'Alexandrine.

Le bébé – leur bébé – l'impressionnait.

Alexandrine lui adressa un sourire rayonnant.

— Il est beau, n'est-ce pas ?

— Superbe ! Que dirais-tu de Julien comme prénom ?

— Julien... répéta-t-elle, pensive. Oui, ça me plaît.

— Mon grand-père s'appelait ainsi, reprit Félix. C'était un modèle pour moi.

Alexandrine avait fort peu de souvenirs de ses grands-parents. Marie-Aimée avait joué ce rôle pour elle. Pas suffisamment, malheureusement, pour qu'elle y croie.

— Mon fils...

Félix toussota pour réprimer son émotion.

— Nous allons installer ce jeune homme dans son moïse.

Aidée de Julia, Alexandrine avait confectionné une garniture de berceau et des draps brodés. Rien n'était trop beau pour son fils, comme si elle avait cherché à rattraper les années perdues d'Adeline.

Les Lanson lui avaient accordé deux semaines de congé. « Ils doivent drôlement tenir à toi pour se montrer aussi généreux ! » avait commenté Étiennette.

Elle était venue admirer Julien deux jours après sa naissance, s'extasiant sur la finesse de ses traits et son corps bien proportionné.

« Je t'envie, ma belle ! avait-elle lancé à son amie. Déjà, ton Félix est quelqu'un de bien. »

Elle-même désespérait de rencontrer un jour l'âme sœur. Toutes deux savaient que son dévouement à ses parents avait fait fuir son fiancé, mais ce sujet demeurait tabou. Étiennette regrettait-elle de s'être sacrifiée ? Elle ne s'était jamais confiée à son amie. Elle travaillait, comme un brave petit soldat, sans se poser de questions.

Alexandrine en était désolée pour elle.

Une ombre voila le regard clair de son amie. Deux rides encadraient sa bouche.

— Ma grand-mère avait coutume de dire que notre vie est ce que nous en faisons, déclara-t-elle. Je dois avoir raté le coche à un moment ou l'autre.

C'était tout Étiennette, cette attitude d'autodérision qui bouleversait Alexandrine.

Cependant, elle n'eut pas le cœur de lui servir une consolation banale. Leur amitié méritait mieux.

La jeune femme se dérida à l'arrivée de Félix. Elle redevint l'Étiennette de jadis, dynamique et gaie.

Il faudra demander à Félix qu'il lui présente un camarade, pensa Alexandrine.

Pourtant, elle savait au fond d'elle-même que cela ne suffirait pas. Étiennette n'avait pas guéri de son premier amour.

27

1897

Alexandrine n'aurait jamais imaginé le revoir un jour. Stupéfaite, elle écarquilla les yeux, laissa échapper un petit cri de surprise. Lui, très à l'aise, comme toujours, beau parleur, usait de son charme.

Il y eut un moment de gêne, perceptible car Perrine jeta un coup d'œil interrogateur à Alexandrine. C'était une adolescente timide, aux mains rouges, à l'air toujours affolé mais Alexandrine savait pouvoir compter sur elle.

Elle la rassura d'un sourire. « Tout va bien, ne t'inquiète pas », signifiait ce sourire, et il permit à la jeune femme de se reprendre.

Elle réceptionna les deux caisses de vin livrées par Augustin sans rien laisser voir de son trouble, lui rappela qu'il devait aller se faire régler par l'intendante.

Quand Perrine eut disparu dans l'escalier de la cave, le voiturier posa la main sur le poignet d'Alexandrine, comme pour la retenir.

— Que deviens-tu ?

Elle soutint son regard.

— J'ai survécu. Merci de t'inquiéter de mon sort... plus de cinq ans après !

Il pâlit sous la pique.

— C'était... un peu compliqué, déclara-t-il avec peine.

Elle haussa les épaules.

— Inutile de chercher à te justifier. Le temps a fait son œuvre.

C'était vrai. Elle n'éprouvait plus rien pour lui, à peine un léger pincement au cœur. Dire que, pendant des mois, elle avait attendu, espéré, un signe de sa part... Il avait vieilli, remarqua-t-elle. Des poches sous les yeux, une silhouette un peu empâtée... les années écoulées l'avaient marqué.

Face à lui, Alexandrine se sentait en pleine possession de sa beauté.

Le premier, il posa la question qui la démangeait :

— Que deviens-tu ?

— Je suis mariée, nous avons un petit garçon.

Il hocha la tête, comme s'il enregistrait l'information.

Lui-même était toujours célibataire, elle en aurait mis sa main à couper.

Il y eut un silence. Et puis, il s'enquit, d'un ton négligent qui ne la trompa pas :

— Et Adeline ?

Le sang se retira du visage d'Alexandrine. Il lui était impossible de se comporter comme si de rien n'était. Évoquer Adeline équivalait pour elle à creuser une blessure à vif. Elle croisa ses mains pour les empêcher de trembler.

— Adeline vit aux Bois Noirs, déclara-t-elle d'une voix mal assurée.

Augustin lui décocha un coup d'œil intrigué.

— Vraiment ? fit-il.

Entre eux, flottait la question qu'il n'avait jamais osé lui poser. De qui Adeline était-elle la fille ? De Marin ou d'Augustin ?

Alexandrine elle-même n'avait pas de certitude mais elle ne l'avouerait jamais.

Il y eut un nouveau silence, lourd de non-dits. Le premier, Augustin rompit les chiens, comme s'il avait compris qu'il valait mieux ne pas insister.

— Eh bien... à une autre fois, peut-être ! lança-t-il sans bouger d'un pouce.

Elle aurait voulu, le supplier de l'aider à récupérer Adeline, mais elle préféra s'abstenir. Augustin n'avait jamais cherché à connaître la vérité, ni à s'investir en tant que père potentiel alors que lui aussi devait se poser nombre de questions.

Qu'il aille au diable ! pensa-t-elle sombrement.

Elle avait trouvé son équilibre entre Félix, Julien et son emploi de cuisinière chez les Lanson. Seule l'absence d'Adeline ternissait son bonheur. Elle n'allait pas, cependant, se laisser perturber par ce rappel du passé.

De retour de la cave, Perrine jaugea la tension entre Alexandrine et le voiturier.

La cuisinière lui donna congé d'un bref signe de tête et lui tourna le dos pour se consacrer à sa sauce Périgueux. Son cœur battait à grands coups précipités. Ce n'était pas tant suite à sa rencontre avec Augustin mais plutôt l'évocation d'Adeline.

Elle ignorerait toujours avec certitude l'identité du père de sa fille et cette idée la plongeait dans le désarroi.

Les remords ne servent à rien, se dit-elle.

Elle se répéta à haute voix les conseils de Marie-Aimée pour sa fameuse sauce Périgueux : faire un velouté avec un roux brun. Y ajouter dans un bain-marie gelée de veau, bordeaux blanc et cognac. Faire réduire. Lier la sauce avec du beurre frais et ajouter pour cinquante centilitres de sauce environ cent cinquante grammes de truffes coupées en dés.

Le fait de se raccrocher à son travail, sa passion, la réconfortait, lui conférant en quelque sorte une certaine légitimité. Augustin l'avait connue épouse bafouée, bru méprisée. Elle était désormais une jeune femme respectée, dont le savoir-faire était reconnu. Il n'empêchait... Cette rencontre l'avait perturbée.

Le soir, pourtant, elle ne la mentionna pas à Félix. Augustin faisait partie de sa vie d'avant.

Si elle obtenait de bonnes notes à l'école, si elle faisait bien ses prières, si elle aidait sa mamée en cuisine... Adeline parviendrait peut-être à retrouver la trace de sa mère. Cette idée l'obsédait de plus en plus. Elle était certaine que sa mère était toujours en vie. Sinon, pourquoi grand-mère Catherine prendrait-elle la peine de la critiquer avec une telle véhémence ? À six ans, Adeline réfléchissait beaucoup, tentant de trouver des réponses à ses questions existentielles.

Catherine ne s'en rendait pas compte. Pour elle, seul Marin comptait. La perte de son fils avait provoqué chez elle une forme d'indifférence à tout ce qui n'était pas lui.

Le mariage de Catherine n'avait été ni heureux, ni malheureux. Son époux, un homme maladif au teint cireux, passait la plus grande partie de son temps au coin du feu où il ressassait ses souvenirs de la guerre de Crimée. Très tôt, la jeune femme avait dû s'occuper de l'auberge et imposer sa loi.

Robert, son mari, ne le lui avait pas pardonné et ce même s'il était incapable de le faire.

Les relations entre les époux s'étaient tendues jusqu'au jour où il avait levé la main sur elle. Fille d'un homme violent, Catherine ne l'avait pas supporté. Elle s'était « arrangée » pour que cela ne se reproduise pas. Robert était mort trois mois plus tard au terme d'une longue agonie. Personne n'avait soupçonné que la soupe cuisinée par l'épouse dévouée contenait de la jusquiame qui l'avait tué à petit feu.

Un crime parfait... que Catherine avait fini par oublier. Cependant, depuis le suicide de son fils, elle y songeait sans cesse. Était-ce le prix à payer pour être devenue la maîtresse des Bois Noirs ? Âme tourmentée, sans cesse tiraillée entre bien et mal, Catherine supportait difficilement ce sentiment de culpabilité, nouveau pour elle. Il était donc normal dans son esprit qu'elle rejette la faute sur Alexandrine et, accessoirement, sur Adeline.

C'était pour elle le seul moyen de s'accommoder de sa conscience.

Et puis, elle avait Florentin. Les étreintes du valet, le plus souvent à la sauvette, dans l'écurie, lui permettaient de se sentir encore désirable. Elle savait bien qu'il agissait plus par intérêt personnel que par réelle affection mais peu lui importait. Lorsqu'il la troussait sans égards, elle éprouvait une profonde jouissance, se sentait vivante.

À la différence de Robert, qui dormait sous une pierre froide, au cimetière.

Comme son fils.

Mais, pour Marin, c'était une autre histoire, une autre responsabilité.

Alexandrine n'aurait pas assez de toute une vie pour expier.

28

1897

Les yeux mi-clos, Félix ajusta son tir. Les dimanches après-midi consacrés au jeu de la sarbacane constituaient pour lui un moment de détente apprécié. Il en avait besoin, après toutes les heures passées au fond de la mine. Au fur et à mesure qu'il avançait en âge, il prenait plus conscience des risques liés à son métier. Les premiers temps, il ne se posait même pas de questions, il était à la fois heureux et fier de prendre la suite de son père, de son grand-père avant lui. Les différentes catastrophes survenues, telle celle de 1889, l'avaient marqué.

Il y avait perdu non seulement des amis mais aussi nombre d'illusions. Or, depuis son mariage avec sa « belle blonde », comme il appelait Alexandrine, et la naissance de leur petit Julien, Félix avait appris à apprécier plus encore la vie.

Le soir, il guettait son retour du travail, le petit dans les bras. Il était allé le chercher chez Julia après s'être lavé et changé en rentrant de la mine. Il n'était pas de ces hommes à approcher les petits enfants avec moult précautions. Non, il savait changer les couches, et ne craignait pas de fredonner une berceuse. D'ailleurs, Julien était un bébé adorable qui s'endormait facilement et pleurait rarement. Il marchait à présent mais, le plus souvent, Félix le portait sur ses épaules, ce qui le faisait rire aux éclats.

Le dimanche après-midi, après son service, Alexandrine venait les rejoindre à la salle de l'association et, quand le temps le permettait, tous trois allaient se promener jusqu'au Rond-Point.

Félix avait besoin de respirer la nature, Alexandrine de marcher pour soulager ses jambes douloureuses. Elle se souvenait des conseils de Marie-Aimée : « Des infusions de vigne rouge, rien de mieux pour faire dégonfler tes jambes. »

Elle aurait aimé se confier à la cuisinière qui lui avait transmis son savoir et son expérience. Lorsqu'elle s'en ouvrait auprès de Félix, il tentait de la raisonner.

« Tu as déjà essayé à plusieurs reprises. Tu ne réussiras qu'à te faire un peu plus mal. »

Elle croyait deviner ce qu'il pensait : elle l'avait, lui, et leur fils. Il ne servait à rien de chercher à récupérer Adeline, elle était perdue pour elle.

Pourtant, Félix n'était pas égoïste. Il cherchait seulement à protéger sa jeune femme.

— Papa ! articula Julien, lui tendant les bras.

Maguy, une camarade d'enfance de Félix, tenait la buvette de la salle. Elle gardait aussi Julien pendant que son père effectuait ses tirs.

Félix posa son « canon » et rejoignit le comptoir. Julien se blottit contre lui. Il avait les cheveux blond foncé et les yeux verts de sa mère.

— Ta femme travaille toujours chez le patron de la mine ? s'enquit Maguy après lui avoir servi une chope de bière.

Félix, qui la connaissait bien, lui trouva une voix un peu bizarre.

Âgée de quarante ans, elle n'avait pas eu la vie facile entre des parents morts jeunes de tuberculose et un époux porté sur la boisson. Il avait été écrasé par un tram une nuit alors qu'il rentrait ivre chez lui. Maguy ne l'avait pas pleuré. La veille, il lui avait cassé un bras au cours d'une énième scène de violence. Elle élevait seule sa fille handicapée. Le cœur sur la main, elle ne pouvait cependant s'empêcher de manifester quelque amertume.

— Oui, Alexandrine est cuisinière chez Lanson, répondit Félix avec une pointe de fierté. Pourquoi ?

Maguy baissa la tête sur son comptoir qu'elle astiquait alors qu'il n'en avait pas besoin.

— Oh ! comme ça, pour rien.

Il y avait quelque chose, c'était flagrant. Il le lui dit, et elle releva la tête.

— Il y en a qui parlent au sujet de ta femme, reprit-elle enfin. Comme quoi le patron lui mangerait dans la main. Tu sais comment sont les gens.

— J'ai confiance en ma femme.

Maguy haussa les épaules. Elle parut soudain très lasse.

— Naturellement, Félix. De toute manière…

Il aurait pu terminer sa phrase à sa place. « C'est toujours le mari qui est informé en dernier. »

Félix crispa les poings.

— C'est infâme ! Alexandrine est…

— Elle est une belle femme, et occupe une place enviée. Il n'en faut pas plus pour exciter les gens. Les commérages… Seigneur ! Si tu savais tout ce que j'ai déjà entendu dans mon existence !

— Oui, mais cette fois, tu as voulu m'en parler.

Maguy se troubla sous le regard aigu de Félix.

— J'ai pensé que c'était mieux. Les belles femmes attirent les jalousies. Tu mérites mieux. De plus…

Cette fois, elle baissa la voix. Félix dut tendre l'oreille pour comprendre ce qu'elle chuchotait. Il réagit vivement.

— Toi, Maguy, colportant de tels ragots ? Ça me déçoit, venant de toi.

Elle se rebiffa.

— Je te préviens simplement, Félix. Ne le prends pas mal !

Il fit un geste las de la main. Comment voulait-elle qu'il accueille ces confidences ? Il souffrait pour

Alexandrine, pour eux, que sa femme fasse l'objet de racontars. C'était... dégradant.

Il posa sa chope à demi pleine sur le comptoir, installa Julien sur son dos.

— Au revoir, Maguy.

Il s'en fut sans un sourire, sans un signe de tête, et elle songea qu'elle aurait mieux fait de garder le silence. En son for intérieur, elle devait bien admettre qu'elle était jalouse de la cuisinière. Trop belle, mariée à un homme bon comme Félix, mère d'un petit garçon... alors que Maguy avait connu plusieurs fausses couches après la naissance de sa fille. Ce n'était pas une raison pour blesser Félix. De toute manière, il donnerait toujours raison à son épouse.

Elle passa un nouveau coup de chiffon sur son comptoir en soupirant. Elle avait peur d'avoir joué un mauvais rôle dans cette affaire.

Ils marchaient le long du cours Fauriel, aux larges allées, bordées d'arbres. Félix portait toujours Julien sur ses épaules. Alexandrine appuyait légèrement la tête contre celle de son mari.

Elle était heureuse, monsieur Lanson était venu la voir en cuisine pour la complimenter à propos du buisson d'écrevisses préparé la veille. Perrine, rougissante, avait eu sa part de félicitations car Alexandrine avait insisté sur son aide. Elle eut beau le raconter à Félix, il ne se dérida pas. Il garda le silence durant une ou deux minutes avant de laisser tomber :

— Il paraît que Lanson se rend souvent en cuisine.

La jeune femme prit tout de suite conscience du danger. Son premier mari avait été jaloux. À juste titre d'ailleurs. Mais Félix... pourquoi se laissait-il prendre au piège du soupçon ?

Elle soutint froidement son regard.

— C'est le patron, il agit comme il l'entend. Mais sache que je ne fais rien pour l'attirer dans mon domaine. Je ne suis jamais restée seule avec lui, si c'est ce qui te tourmente. Je te suis fidèle, Félix.

Il se troubla légèrement, gêné. Cependant, il devait aller jusqu'au bout.

— On m'a parlé d'un amant, à l'auberge, reprit-il.

Alexandrine ferma les yeux. Ça y est, pensa-t-elle. Le passé me rattrape.

Était-ce la vengeance de Catherine qui s'exerçait à ses dépens ?

En tout cas, son bonheur était en train de lui échapper.

29

1897

Dès qu'elle avait su se tenir sur ses jambes, la petite fille avait trottiné jusqu'à la grande cuisine de celle qu'elle appelait « mamée ». Toujours souriante, celle-ci se penchait au-dessus d'elle, la saisissait dans ses bras et la faisait tourner au-dessus de l'immense table à l'épais plateau de bois.

« Encore ! » criait Adeline, au comble du ravissement.

Plus tard, juchée sur un tabouret, elle avait observé sa mamée confectionnant de la pâte, chemisant un moule, tournant des sauces. C'était pour elle un moment de joie et de partage. Le nez en l'air, elle humait les arômes qui faisaient partie de son environnement familial. Catherine, qu'elle appelait « grand-mère », lui inspirait une certaine crainte. Le jour de ses cinq ans, elle l'avait emmenée jusqu'au cimetière sur la tombe de son père et lui avait longuement parlé de lui. La petite l'avait écoutée, sans réellement prendre conscience de ce qu'elle lui racontait.

Ce père qu'on lui présentait comme un quasi-héros, elle n'en avait aucun souvenir. Pour elle, son domaine se limitait à l'auberge. Sa petite chambre jouxtait celle de mamée, grand-mère Catherine ayant affirmé qu'elle ne savait plus s'occuper des enfants en bas âge.

Cet arrangement convenait fort bien à Marie-Aimée et à son arrière-petite-fille. Cependant, Adeline se disait parfois qu'il devait exister une autre vie, avec une maman et un papa. Aux Bois Noirs, son entourage était essentiellement féminin.

Elle se défiait de Florentin, le valet. Il la regardait toujours comme s'il lui reprochait son existence et ricanait. Adeline le détestait. Elle s'en défiait, aussi. Il l'avait un jour poussée dans la mare aux canards située derrière la grange et Sylvette, la serveuse, l'en avait sortie toussant et crachant comme un chaton en colère. Comme personne n'avait vu Florentin lui administrer une bourrade dans le dos, elle s'était fait sévèrement tancer par grand-mère. Celle-ci l'avait d'ailleurs obligée à laver elle-même ses vêtements souillés. En pleurs, la petite fille s'était sentie abandonnée. Un sentiment qu'elle avait déjà éprouvé à plusieurs reprises.

Le jour de la rentrée à l'école, c'était Sylvette qui l'avait conduite à l'école communale. Adeline aimait l'étude, et avait vite appris à lire et à écrire.

Catherine insistait pour qu'Adeline fasse chaque jour ses prières. Elle lui transmettait une notion de Dieu vengeur, plus prompt à punir qu'à pardonner. La petite en faisait des cauchemars.

Elle réclamait aussi régulièrement des précisions au sujet de sa mère. On lui avait répondu qu'elle l'avait abandonnée. Catherine avait même lancé : « C'est une femme de mauvaise vie, elle ne mérite pas que tu la regrettes, ou même que tu penses à elle ! »

Des mots qui lui avaient fait horriblement mal. À six ans, elle était encore une petite fille qui avait besoin de sa mère. Elle avait grandi dans un environnement clos, délimité par des interdits et des non-dits qui avaient stimulé son imaginaire.

La découverte des livres lui avait ouvert un monde nouveau, inaccessible à son entourage. Aux Bois Noirs, on lisait peu. Essentiellement le journal local.

Marie-Aimée consignait ses recettes dans un grand cahier vert à tranche noire et consultait de temps à autre ce qu'elle appelait sa bible : *L'Art de la cuisine française au XIXe siècle* d'Antonin Carême.

Le reste du temps, elle consacrait ses rares loisirs à la broderie et au tricot, sans éprouver le besoin d'ouvrir un livre.

Quant à Catherine, elle se bornait à l'étude des chiffres. Responsable des approvisionnements, elle gérait les commandes, le paiement des salariés, les prix des repas, et serrait les cordons de la bourse.

Depuis qu'elle était toute petite, Adeline l'entendait répéter que le gaspillage équivalait au péché.

« Nous ne sommes pas riches, aimait à rappeler Catherine. Notre travail et celui de nos ancêtres nous ont permis de vivre un peu à l'aise, c'est tout mais une seule mauvaise saison et nous risquons de tout perdre. »

C'était son obsession, et elle était parvenue à la faire partager à Adeline. La petite fille se réveillait souvent la nuit en proie à des angoisses irrépressibles. Elle avait peur du noir, du loup qui avait égorgé deux brebis l'hiver précédent, de Florentin qui faisait peser sur elle un regard mauvais... Elle n'osait pas aller réveiller son arrière-grand-mère. D'ailleurs, Marie-Aimée dormait d'un sommeil profond et avait perdu de son acuité auditive.

Sylvette affirmait qu'elle devenait « sourde comme un pot », ce qui faisait rire Adeline. Comme si un pot avait eu des oreilles... Sylvette avait parfois de ces idées ! Adeline l'aimait bien, cependant, car elle était toujours prête à la consoler quand sa grand-mère lui avait parlé durement ou quand elle avait eu une mauvaise note.

Adeline était fâchée avec le calcul, et Catherine le prenait comme une offense personnelle.

« À croire que tu n'es pas une vraie Rousselet ! » lui lançait-elle alors.

Lorsqu'elle explosait, elle ne se contenait plus et, un jour, elle était allée jusqu'à traiter la petite fille de bâtarde. Ce jour-là, témoin de la scène, Marie-Aimée s'était interposée.

« Ça suffit, Catherine ! Cette enfant n'est pas responsable des agissements de sa mère. »

Sa mère, toujours. Cette mère qui l'avait laissée aux Bois Noirs alors qu'elle n'avait pas un an et n'avait jamais pris de ses nouvelles depuis. Chaque fois qu'elle songeait à elle, c'est-à-dire à peu près dix fois par jour, Adeline éprouvait des sentiments ambivalents. Désir de la connaître et colère d'avoir été abandonnée. Elle n'avait personne à qui se confier, hormis Sylvette qui, malgré sa patience, lui conseillait de poser moins de questions.

« Prends la vie comme elle vient », telle était sa philosophie. Même si elle travaillait dur, Sylvette n'avait qu'une hâte, voir arriver le dimanche pour aller danser à Saint-Genest-Malifaux. Un violoneux suffisait pour mettre l'ambiance. Sylvette adorait danser, la valse, la polka, la mazurka.

Elle retrouvait son bon ami, Jacques-Henri, menuisier de son état. Tous deux projetaient de se marier dès qu'ils auraient assez économisé. Sylvette faisait partager ses rêves à Adeline, et l'enfant imaginait Jacques-Henri comme le prince charmant des contes de fées.

Aussi fut-elle particulièrement déçue le jour où sa grande amie le lui présenta. Il était venu chercher Sylvette à l'auberge un dimanche après-midi à la fin de son service.

La petite fille le vit tel qu'il était : de taille

moyenne, avec une balafre qui lui conférait un air patibulaire, et des mains énormes. Effrayée, elle se sauva en direction de la cuisine.

Ce jour-là, elle se promit de ne plus croire au prince charmant.

30

1899

Depuis plus de vingt-cinq ans, Félix travaillait à la mine. Chaque matin, il ôtait ses vêtements du jour dans la salle des Pendus, aux sol et murs carrelés, les rangeait avec soin dans un panier rond en métal et remontait celui-ci presque jusqu'au plafond à l'aide d'une chaîne. Ce système était conçu pour gagner de la place et, aussi pour que les vêtements « du fond » sèchent plus aisément grâce à la soufflerie.

Félix passait ensuite à la lampisterie où il troquait au guichet son jeton numéroté contre une lampe, et empruntait la « cage » pour descendre au fond.

Il avait travaillé au puits Verpilleux avant de se faire embaucher par la Compagnie Lanson, l'une des rares entreprises du secteur minier à avoir conservé son indépendance.

Piqueur, c'était sa fierté. Il utilisait le pic à charbon pour forer, évider des blocs énormes mais aussi la poudre. Le dosage était connu de tous : vingt pour cent de soufre, soixante-cinq pour cent de nitrite, quinze pour cent de charbon. Il introduisait ce mélange dans une cartouche, un trou étroit et profond creusé avec la masse, allumait la mèche – trois brins de coton passés dans du soufre fondu – avec son briquet et s'élançait dans une course éperdue pour se mettre à l'abri.

Dans ces conditions, il importait de ne pas avoir la tête ailleurs.

Ce jour-là, pourtant, Félix ne pouvait s'empêcher de ruminer.

Les confidences d'Alexandrine – provoquées par les insinuations de Maguy – avaient perturbé le mineur et, malgré le temps écoulé, il ne parvenait pas à les chasser de son esprit. Ainsi, sa belle blonde avait eu un amant. Même si elle lui avait affirmé que le voiturier avait été une simple passade, des images choquantes l'obsédaient désormais. Il l'imaginait dans les bras de ce type, brûlante de désir et de fougue, comme elle savait l'être avec lui.

Il crispa les poings. Il l'aimait, passionnément, éperdument, mais la jalousie lui brûlait le cœur. S'était-elle blottie contre le voiturier ? L'avait-elle appelé avec cette voix légèrement rauque qui exacerbait son désir ? Avait-elle dérivé dans ses bras ? Autant de questions qui taraudaient Félix.

Il reporta son attention sur la galerie, veillant à ce que le boisage[1] soit bien effectué.

Il travaillait avec Léon, un vieux camarade. À force, il s'était établi entre eux deux une certaine connivence. Ils n'avaient pas besoin de se parler, un simple échange de regards leur suffisait. Tous deux connaissaient bien le puits Malakoff. Léon avait été le témoin de Félix pour son mariage avec Élise. Leurs relations s'étaient distendues à la mort de celle-ci. Une maladie de cœur handicapait la jeune femme qui ne pouvait pas avoir d'enfant. Elle s'était éteinte à la fin de l'hiver 1882, après avoir été victime d'une mauvaise grippe.

Pourquoi évoquait-il Élise précisément aujourd'hui ? s'interrogea Félix.

Alexandrine et elle n'avaient aucun point commun. Élise était pour Félix un amour de jeunesse. Il ne l'avait pas aimée comme il aimait son Alexandrine, de toute son âme.

La jeune femme avait bien perçu son recul.

« C'est du passé, avait-elle insisté. De plus, j'étais si malheureuse avec Marin... »

Mais elle l'avait trompé. Cela ne se faisait pas pour Félix, qui respectait un code de l'honneur. Profondément choqué, il avait tenté, lui aussi, de se persuader que cette histoire appartenait au passé. Mais elle continuait de l'obséder. Une...

1. Technique de menuiserie destinée à retenir les terres lors du creusement de galeries de mine.

une coucherie, comme aurait dit sa tante Annette, une femme rigide connue pour ses jugements à l'emporte-pièce.

Félix avait été élevé dans le sens du devoir. Il comprenait – ou, tout au moins, il l'affirmait – mais en restait chagriné.

Il se concentra sur son travail, allongé dans la galerie pour impulser plus de force à ses coups de pic.

Lui qui aimait son métier n'avait goût à rien ce matin-là. Il avait bu debout son bol de chicorée, ce qui ne lui arrivait jamais, était retourné dans leur chambre avant de partir pour embrasser Alexandrine et Julien. Elle dormait encore, ses cheveux fauves répandus sur l'oreiller. Leur fils s'agitait dans son petit lit. Une bouffée d'amour avait submergé Félix. Qu'importait le comportement passé de sa belle blonde ? Alexandrine et lui avaient fondé leur famille. Ils s'aimaient.

Perdu dans ses pensées, il ne prêta pas attention à l'odeur douceâtre, évoquant vaguement celle de la pomme de terre qui flottait dans la galerie.

Léon, lui, leva le nez.

— Félix ! s'écria-t-il. Ça sent mauvais !

Les deux hommes échangèrent un regard effrayé. Tous deux connaissaient le danger du grisou, gaz théoriquement inodore.

— Cours ! intima Félix à Léon, qui était le plus proche de la sortie.

L'explosion les surprit par sa rapidité et son intensité.

Le corps de Léon vola et retomba sur le sol comme un pantin. Un madrier s'effondra sur Félix qui sombra.

Alexandrine se trouvait dans son domaine, la cuisine des Lanson, occupée à préparer des vol-au-vent quand monsieur Lanson descendit la voir. Elle laissa tomber sa cuiller en bois dans le cul-de-poule et s'essuya les mains à son tablier tout en lui décochant un coup d'œil interrogateur.

Lanson se racla la gorge.

— Alexandrine… il y a eu un accident au puits Malakoff. Je suis désolé.

— Un accident ? réagit aussitôt la jeune femme. Félix ? Que lui est-il arrivé ?

— Il se trouvait au fond. Nous le savons par son jeton accroché à la lampisterie.

Fille, sœur et épouse de mineur, la jeune femme savait que c'était le meilleur moyen de savoir qui était « au fond » et « au jour ».

Éperdue, elle défit son tablier. Monsieur Lanson lui adressa un sourire gêné.

— Je suppose que vous désirez vous rendre sur le carreau. Je vous emmène.

Trop choquée pour parvenir à émettre un son, elle le fixa, les yeux agrandis. Il l'entraîna doucement, la saisissant par le coude.

— Venez, Alexandrine.

La calèche attendait dehors. Elle y grimpa, sans prêter attention aux domestiques qui assistaient à leur départ. Elle agissait dans un état second, incapable de se projeter, de réfléchir à l'après.

Elle ne pouvait pas prier, les mots lui échappaient. Assise toute droite, elle regardait devant elle sans prononcer un mot.

Lanson respectait son silence. Il s'inquiétait pour son époux comme pour elle.

Au fil des mois, il avait appris à apprécier cette belle jeune femme au talent certain. Son épouse ne partageait pas son sentiment : elle trouvait qu'on faisait un peu trop de cas de la belle Alexandrine. Cuisinière… la belle affaire ! Issue d'une famille de soyeux lyonnais, Florence Lanson avait une conscience aiguë de son nom comme de sa fortune. Elle trouvait déjà l'activité de son époux trop commune, presque dégradante. Les mines… imaginait-on ? Ces pauvres gens étaient si sales. À croire qu'ils se complaisaient dans cette atmosphère déprimante. Elle détestait cette ville industrieuse et sombre. Lyon lui manquait, comme sa famille.

Sur le carreau de la mine la situation avait quelque chose de tragiquement familier. Les familles des mineurs rassemblées, le silence, qui vous pinçait le cœur.

Dans un état second, Alexandrine aperçut Julia qui portait son petit garçon. Elle s'élança vers eux, saisit son fils dans ses bras, se cramponna à lui comme pour puiser de la force à son contact.

— Maman ! tu me fais mal ! protesta Julien.

Une larme roula sur la joue de la jeune femme. Autour d'elle, on parlait à mots prudents, comme pour ne pas donner de nom à l'angoisse.

Des femmes priaient. D'autres, farouches, gardaient le regard fixé sur le chevalement sans ciller.

Alexandrine était de celles-là. Incapable de prier, elle échafaudait des hypothèses. S'il commençait à pleuvoir... Si elle récitait une neuvaine... Félix s'en sortirait.

Elle avait l'impression d'entendre la voix de sa mère. « On ne marchande pas avec le Seigneur ! »

Elle n'en avait cure. C'était à la vie qu'elle demandait une grâce.

Un sanglot courut le long de l'assistance quand on remonta les premiers corps. Julia pressa l'épaule de sa jeune amie.

— Ils sont tous morts... Dieu ait pitié de nous !

Les yeux secs, le visage durci, Alexandrine contemplait sans mot dire les brancards qu'on s'empressa de recouvrir de draps blancs. D'où venaient-ils, ces draps immaculés alors qu'autour d'eux la mine n'était que poussière sombre et suie ? Alexandrine se posa cette question pour ne pas hurler. Il lui fallait tenir, pour Félix et pour leur petit Julien.

Plusieurs remontées se succédèrent. Les sauveteurs, le visage mâchuré, étaient exténués, leurs gestes se faisaient saccadés.

Monsieur Lanson restait au premier rang, échangeant de temps à autre quelques mots avec l'ingénieur et le médecin arrivé en hâte.

Alexandrine sentait parfois son regard se poser sur elle. Elle détourna la tête, l'enfouit dans les cheveux bouclés de son fils. Elle avait peur. Un sentiment horrible qui lui nouait le ventre.

Douze corps étaient alignés au pied du chevalement. Combien d'autres, encore ?

À ses côtés, une vieille femme pleurait lentement, sans bruit. Les larmes roulant le long de ses joues avaient quelque chose d'inexorable, comme si rien au monde ne pouvait les arrêter. Cette vision paniqua Alexandrine, plus encore que celle des corps sans vie.

Elle eut l'impression que la vieille femme montrait le chemin, à elle comme aux autres épouses de mineurs, et eut le sentiment que leur destin à toutes était déjà scellé.

« Femmes de mineur, femmes de seigneur », disait-on. Au prix de combien de souffrances et de sacrifices ?

Une douleur violente dans le ventre fit perler la sueur au front d'Alexandrine. Elle se raccrocha au bras de Julia.

« S'il te plaît, prends le petit, il faut que j'aille m'asseoir. »

Elle pressentait ce qui était en train de se passer. Elle allait perdre l'enfant, celui qu'elle attendait depuis un peu moins de deux mois et dont elle n'avait pas encore parlé à Félix.

31

Les premiers temps, il avait pensé ne pas pouvoir survivre. La dizaine d'heures interminables au fond de la mine, le corps à demi écrasé par un madrier, dans l'obscurité la plus totale l'avaient profondément marqué dans sa chair et son âme, et plus encore la mort de ses collègues et celle de Léon.

Les sauveteurs étaient parvenus à le délivrer au terme d'efforts insensés. Ils l'avaient encouragé en lui recommandant de tenir bon, et il avait lutté pour ne pas s'évanouir sous l'effet de la douleur.

Il se rappelait la longue remontée vers la lumière, et ce cri poussé par Alexandrine lorsqu'il avait cligné des yeux sur son brancard.

Elle s'était jetée vers lui, en refusant d'entendre les conseils de prudence des sauveteurs. Malgré la douleur éprouvée, Félix avait souri à sa jeune femme.

« Tu es là, ma belle blonde », avait-il soufflé.

Et elle avait compris qu'il serait sauvé.

Ensuite, il avait fallu s'organiser après le mois d'hôpital. Le verdict était tombé : la colonne vertébrale touchée, Félix avait perdu l'usage de ses jambes.

Malgré sa bonne humeur affichée, Félix se sentait extrêmement diminué. Comment, cependant, aurait-il pu se plaindre alors que soixante-dix-neuf de ses camarades avaient été tués dans l'explosion ? Il se demandait encore par quel miracle il avait pu survivre, ainsi que cinq autres mineurs.

Il revoyait le visage livide d'Alexandrine. Il avait voulu la rassurer à ce moment-là, même s'il avait l'impression d'être à moitié mort. Curieusement, il ne sentait plus ses jambes, exactement comme si elles avaient été séparées du reste de son corps. Cela l'avait plus intrigué qu'inquiété. De toute manière, il était si épuisé qu'il avait été pris d'une faiblesse et avait perdu conscience.

Il s'était réveillé à l'hôpital, dans la salle commune. Alexandrine se tenait à son chevet. Ses joues étaient sillonnées de larmes mais elle lui souriait bravement. Sur l'instant, il avait été si bouleversé de la revoir qu'il n'avait pu songer à rien d'autre. Leurs mains s'étaient nouées.

« Je veux rentrer chez nous », avait soufflé Félix.

Avait-il compris que les médecins ne pouvaient rien pour lui ? Il n'aurait su le dire mais ne supportait déjà plus l'odeur d'éther et de sanies de la salle commune.

Alexandrine n'avait pas envie de lui refuser quoi

que ce soit. Et elle savait à qui s'adresser pour obtenir gain de cause. Dès le lendemain, Félix était transporté dans leur maison. Il le regretta aussitôt, car il perdit alors tout espoir.

Il ne pourrait plus marcher à nouveau, ni mener la vie d'avant.

Le prix à payer... pensa Alexandrine, le cœur lourd.

Depuis qu'elle avait rencontré Félix, elle se demandait avec angoisse à quel moment le destin chercherait à prendre sa revanche. C'était ainsi... Elle savait au fond d'elle-même qu'elle n'avait pas droit au bonheur, comme si quelque obscure malédiction l'avait poursuivie.

Cependant, elle ne pouvait pas s'offrir le luxe de se laisser submerger par le découragement. Félix et Julien avaient besoin d'elle. Son mari prenait sur lui mais elle percevait sa désespérance. Il était passé du statut d'homme dans la force de l'âge à celui d'infirme.

Les premiers temps, muré dans son chagrin, il avait refusé qu'Alexandrine s'occupe de lui. Quand il était tombé dans la chambre, incapable de tenir sur ses jambes, elle avait eu peur pour lui et avait caché son rasoir.

Il se détournait d'elle, s'abîmait dans l'amertume et le refus de son état. Elle avait alors fait appel à ses camarades de la mine mais ceux-ci ne parvenaient pas à dérider Félix. Seul Julien lui arrachait un sourire. L'enfant se blottissait contre son père qui, prenant sur lui, lui fredonnait des chansons d'antan.

Julien riait, battait des mains. Il fronçait les sourcils quand il constatait que le visage de son père s'assombrissait, ce qui incitait Félix à se ressaisir.

Alexandrine s'émouvait de voir s'épanouir leur affectueuse complicité. La nuit, elle se blottissait contre le torse de son mari, comme pour puiser de la force à son contact. Elle souffrait de voir Félix rester immobile comme un gisant, sans même esquisser une caresse.

Combien de temps resteraient-ils ainsi, tels deux étrangers ? Elle ne supportait plus la distance qu'il avait mise entre eux, volontairement de toute évidence.

De quoi lui tenait-il rigueur ? Était-ce à cause de sa liaison avouée avec Augustin ? Cela ne pouvait pas être, il la connaissait assez pour savoir qu'elle n'y songeait plus depuis longtemps.

Pourtant, le silence obstiné qu'il gardait empoisonnait leur relation.

N'y tenant plus, un soir, alors qu'elle avait couché Julien, elle provoqua son mari. Ne portant que son corset, elle passa devant lui à plusieurs reprises, lui décochant à chaque fois un sourire coquin.

À son troisième passage, il lui saisit le poignet, brutalement.

— Arrête ! lui ordonna-t-il, la voix changée. Nous valons mieux que ça, toi et moi.

Les yeux de la jeune femme s'embuèrent de larmes.

— Aime-moi ! supplia-t-elle. Je n'existe plus pour toi.

La main de Félix accentua sa pression sur le poignet d'Alexandrine.

— Regarde-moi ! rugit-il. Je ne suis plus qu'un pauvre infirme. Tu ferais mieux de me placer à l'hospice et de refaire ta vie. Je suis un vrai poids mort !

— Tais-toi ! (Elle plaqua la main sur sa bouche.) Je t'aime, Félix, enfonce-toi bien ça dans ta fichue caboche. Je t'aime, et ta vie est la mienne. Ensemble… pour le meilleur comme pour le pire. N'espère pas te débarrasser de moi aussi facilement. Je m'accrocherai tant et tant que tu finiras bien par céder.

Elle se pencha, l'embrassa avec passion. Il ne put s'empêcher de répondre à son baiser. Le désir montait en lui.

— Oh ! ma belle blonde ! gémit-il.

Elle roula contre lui. Enlacés, ils s'embrassèrent, lentement, savourant l'instant, se redécouvrant avec une sorte d'émerveillement.

Ils s'aimèrent d'une autre manière. Félix fit crier Alexandrine sous ses caresses de plus en plus audacieuses. Elle sut trouver les arguments pour lui démontrer qu'il pouvait toujours jouir et la faire jouir.

Lorsque enfin il retomba en arrière, le souffle court, il esquissa un sourire attendri.

— Ma belle blonde… sais-tu combien je t'aime ?

La gorge nouée, elle hocha la tête.

À ses yeux, il s'agissait d'un moment de grâce, les difficultés entre eux n'étaient pas aplanies pour autant, mais ils s'étaient retrouvés, enfin.

L'espoir monta en elle. Ils s'en sortiraient. Parce qu'ils s'aimaient.

32

1900

Elle avait pris soin d'aller choisir elle-même son foie d'oie chez le meilleur boucher de la ville. Elle l'avait paré pour ôter les vaisseaux sanguins, puis mis à dégorger quelques heures dans de l'eau bien fraîche. Elle l'égoutta et l'épongea avant de le saler, le poivrer et de le clouter de truffes.

Alexandrine le déposa dans une terrine avec un verre de cognac et une demi-bouteille de porto. Il allait mariner toute la nuit. Le lendemain, elle le ferait cuire à feu très doux au bain-marie pendant environ quarante minutes.

Dans sa cuisine, elle se sentait chez elle, protégée. Elle ne pouvait plus supporter la vision du chevalement et des crassiers, qui constituaient autant de rappels des tragédies minières.

Dans leur malheur, Félix et elle n'avaient pas le droit de se plaindre : son travail la passionnait et monsieur Lanson leur avait laissé la jouissance de leur maison à titre gratuit.

Alexandrine devinait que le directeur éprouvait de la culpabilité et, d'ailleurs, elle-même en voulait à la Compagnie Lanson comme à tout ce système économique qui s'enrichissait sur la sueur et la vie des hommes.

Elle aurait voulu quitter la ville, s'installer sur les pentes du mont Pilat où l'air était plus pur. Elle avait besoin, aussi, de se rapprocher de sa fille. Cependant, elle était prisonnière de son emploi, de Félix. Son mari, même s'il ne se plaignait pas, souffrait de plus en plus de ne constater aucune amélioration de son état. Il était le seul, d'ailleurs, à l'avoir espérée, contre les avis des médecins. Alexandrine frictionnait chaque matin ses jambes mortes, et l'aidait à se lever. Il s'installait sur un siège à haut dossier près de la fenêtre, et observait le manège de la rue.

Sa femme lui apportait sa tasse de café, qu'il buvait noir et bien sucré, accompagné de quatre tartines beurrées.

Il la regardait s'affairer, en maudissant sa propre impuissance. Elle était mieux que jolie, belle, dans sa robe bleue confectionnée par Julia sur laquelle elle glissait un châle gris.

Elle prenait la main de leur fils pour le déposer à l'école, se penchait pour embrasser Félix. Il humait le parfum de sa savonnette, qui fleurait bon la racine d'iris. Il la retenait un instant contre lui, lui caressait la joue d'un geste infiniment tendre, avant de la laisser aller. Elle s'écriait « Julien ! Nous sommes en retard », et tous deux filaient. Félix devait alors apprivoiser la journée qui s'étirait, beaucoup trop longuement à son goût.

Julia passait de temps à autre. Elle faisait un peu de ménage, devisait avec Félix de politique. Malgré ses efforts pour s'intéresser à l'actualité, Alexandrine n'y entendait rien.

Félix suivait de près l'adoption de la loi Millerand qui avait limité à dix heures trente par jour le temps de travail des mineurs âgés de moins de dix-huit ans et des femmes.

Alexandrine rapportait le soir le journal. Elle câlinait son fils, faisait réchauffer des restes avant de servir le repas. Elle s'asseyait alors en réprimant un léger soupir parce que ses jambes la faisaient souffrir. Mais comment aurait-elle pu se plaindre alors que Félix ne pouvait plus marcher ?

Le savoir prisonnier de leur maison lui arrachait le cœur. Elle était persuadée qu'il irait mieux s'il pouvait sortir, se rendre par exemple au siège de l'Association des joueurs de sarbacane.

Elle avait entendu parler de chaise roulante et, depuis, cherchait le moyen de s'en procurer une.

Elle avait même osé en parler à monsieur Lanson, alors qu'il était une nouvelle fois venu à la cuisine la féliciter pour sa recette de foie gras qu'il appréciait fort.

Les joues empourprées, Alexandrine avait reçu

ses compliments avec des sentiments mêlés, gêne et plaisir.

Elle était désormais habituée au fait que Madame ne vienne jamais discuter avec elle des menus. De toute évidence, Florence Lanson estimait ne pas avoir à se commettre avec la cuisinière et donnait ses ordres par l'entremise de madame Céline. Cela ne dérangeait pas Alexandrine, mal à l'aise en présence de la maîtresse de maison.

Le fils de cette dernière n'avait pas ces réticences et avait gardé l'habitude de se rendre en cuisine dès qu'il revenait du collège.

À quatorze ans, Émile était fluet et avait le teint pâle. Alexandrine gardait toujours pour lui des gâteaux aux amandes et des macarons dont il était très gourmand. Il lui sautait au cou en arrivant, s'écriait : « Alexandrine ! Vous m'avez manqué », et elle riait : « Ce sont plutôt mes macarons qui vous ont manqué, beau masque ! »

De temps à autre, elle songeait qu'elle était plus proche de ce garçon, un parfait étranger, qu'elle ne le serait jamais de sa propre fille, et le désespoir la submergeait. Elle éprouvait toujours la même haine, viscérale, à l'encontre de Catherine. De quel droit lui avait-elle imposé cet arrangement cruel ?

Félix évitait d'aborder ce sujet avec elle, comme beaucoup d'autres.

Il ne fallait pas parler de sport, de sorties, de bal… Elle se disait souvent qu'elle ne pouvait pas imaginer les souffrances de son mari, et avait alors tendance à l'entourer encore plus. Pour réaliser l'instant d'après qu'il le vivait fort mal. Il lui reprochait en effet de le considérer comme un invalide. Félix connaissait des moments d'abattement, puis de révolte. Elle redoutait toujours qu'il ne tente de mettre fin à ses jours, sans oser lui en parler. Leur comportement était devenu prudent, retenu. Elle songeait souvent avec nostalgie à leurs fous rires, leurs étreintes, leurs rêves.

La mine avait brisé leur existence. Elle ne l'oublierait jamais.

Aussi fut-elle très étonnée le jour où monsieur Lanson l'invita à l'accompagner dans le hall.

Il arborait une mine de conspirateur.

Alexandrine avait toujours emprunté l'entrée de service et n'aurait jamais eu l'idée de s'aventurer dans le hall, imposant avec ses fenêtres hautes décorées de vitraux.

— Regardez ! fit monsieur Lanson, dévoilant un fauteuil roulant en bois naturel, au dossier et à l'assise cannés, aux accotoirs à manchette. Il reposait sur deux roues latérales et une roulette postérieure.

Bouleversée, la jeune femme joignit les mains.

— C'est pour Félix ? Oh ! Comment pourrais-je vous remercier, monsieur Lanson ? C'est si important pour lui, pour nous…

Il l'avait gratifiée d'un sourire, comme pour signifier que ce n'était rien.

Et elle, les yeux pleins de larmes, ne trouvait plus ses mots.

Madame descendait le grand escalier. Elle toisa Alexandrine, puis fronça les sourcils en découvrant le fauteuil.

— Qu'est-ce que cette horreur ? laissa-t-elle tomber, sur un ton de souverain mépris. Mon cher, vous allez nous en débarrasser au plus vite, n'est-ce pas ?

— Je ne pense pas que cela vous dérange beaucoup, répondit-il avec froideur.

— Nous n'avons pas d'infirme chez nous, que je sache ! répliqua-t-elle.

À cet instant, Alexandrine la détesta.

Pour qui se prenait-elle ? On voyait bien qu'elle n'avait jamais dû travailler, et ignorait tout des difficultés de la vie.

Son époux se tourna vers la cuisinière.

— Je vais vous faire livrer ce fauteuil à votre domicile. Félix pourra s'en servir dès ce soir.

— Merci, murmura-t-elle, profondément émue.

Ce fauteuil permettrait à Félix de recouvrer une certaine liberté, elle en était sûre.

Le début d'une nouvelle existence.

Elle ne vit pas le regard haineux de madame Lanson.

Et, si elle l'avait remarqué, elle ne s'en serait pas souciée.

33

1901

Le fauteuil roulant procuré par monsieur Lanson avait changé la vie de Félix, même s'il ne l'aurait avoué pour rien au monde. Au fond de lui, en effet, il se défiait du patron. On chuchotait que le ménage Lanson n'était pas heureux. Madame, languide, n'avait pas donné un deuxième enfant à son époux. Lui menait sa vie à sa guise. Selon la rumeur, il entretenait une liaison avec une modiste qui tenait boutique du côté de la place Dorian.

Jadis, Félix n'aurait jamais accordé foi à ce genre de racontars. À présent, ceux-ci le rassuraient. Il redoutait, en effet, que monsieur Lanson ne cherche à séduire sa belle blonde. Certes, il avait confiance en sa femme. Il n'empêchait... il était diminué et son Alexandrine était si belle. À l'approche de la trentaine, son corps aux formes pleines évoquait un fruit mûr, une pêche, par exemple, au toucher velouté. Son travail lui avait conféré de l'assurance, elle ne ressemblait plus à la gamine craintive d'autrefois.

Pour toutes ces raisons, Félix songeait de plus en plus souvent qu'elle n'était pas à sa place dans une simple maison de mineur.

Il l'imaginait à la tête de sa propre auberge, se consacrant à sa passion pour la cuisine. Il avait le sentiment de lui rogner les ailes à cause de son infirmité. Et, cependant, il ne pouvait supporter de vivre loin d'elle. Il l'aimait. Seigneur ! Il l'aimait si fort…

Il se tourna vers Julien, qui avait poussé son fauteuil jusqu'au jardin.

— Merci, mon fils. Arrête-moi là, sous le cerisier. Tu vas creuser un sillon jusqu'à la cabane à outils, d'accord ? Et ensuite, nous sèmerons des poireaux et des carottes pour la soupe de ta maman.

Julien acquiesça avec enthousiasme. À sept ans, il aimait à jardiner en compagnie de son père. C'était une activité d'homme, dont il était fier. Aux beaux jours, il cueillait les fraises et les framboises, et en subtilisait une partie qu'il mangeait dissimulé derrière la cabane. Le cerisier donnait une récolte abondante. Sa mère confectionnait des clafoutis et des cerises à l'eau-de-vie.

Julien était jaloux lorsqu'elle lui parlait d'Émile Lanson. Celui-ci avait tout, une grande maison, des parents riches, des jouets à n'en savoir que faire, et jusqu'à un poney, pour se rendre en ville.

Il n'allait tout de même pas, par-dessus le marché, lui prendre sa maman ?

Elle riait, et le serrait contre elle en le traitant de « gros bêta » mais il n'était pas tout à fait rassuré. D'ailleurs, sa maman était souvent inquiète, il le lisait dans ses yeux, et cela l'effrayait.

Julien avait compris depuis longtemps que son père n'était pas comme les autres, et en souffrait. Il aurait désiré le voir se rendre chaque jour à la mine, pouvoir aller ramasser des champignons en sa compagnie, ou partir se promener le long de la Loire. Sa mère lui répétait qu'il avait de la chance d'avoir un papa tel que le sien. C'était vrai, mais Julien aurait voulu plus encore. Bien plus.

Il secoua la tête et commença à creuser. La terre était assez meuble, ce n'était pas une tâche trop difficile. Il se retourna pour le dire à son père, suspendit son mouvement.

Assis bien droit sur son fauteuil roulant, Félix paraissait perdu dans la contemplation du jardin ouvrier.

Une larme coulait le long de sa joue.

— Allez devant, je passe un coup de loque sur mon parterre et je vous rejoins, suggéra Alexandrine.

Elle regarda d'un air attendri le père et le fils s'engager sur le chemin menant au siège de l'Association des joueurs de sarbacane.

Julien commençait à se débrouiller et aimait partager ce moment avec son père.

Alexandrine rentra chez elle, effectua son ménage avant d'aller se faire belle.

Elle brossa ses cheveux, les noua en chignon sur le sommet de la tête, et passa sa robe du dimanche, en basin à carreaux ivoire et vert.

Elle jeta un coup d'œil à l'unique miroir de la maison, accroché au-dessus de la pierre à évier. Elle était encore assez jolie, se dit-elle, même si de légères rides étoilaient le coin de ses yeux. Brusquement, elle songea à Adeline, avec une brutalité et une intensité telles qu'elle dut se cramponner à la pierre à évier pour ne pas vaciller. Sa fille lui ressemblait-elle ?

Cette interrogation l'obsédait. Elle ne pouvait la partager avec Félix, qui avait déjà assez de problèmes à supporter. Elle souffrait en silence, en essayant de se persuader qu'il n'existait pas d'autre solution.

Elle se détourna du miroir après avoir ajusté sur son chignon un canotier de paille.

Elle se rappela à cet instant une réflexion de sa mère. « Nous, les pauvres gens, n'avons guère le choix. Il nous faut avancer, toujours. »

C'était exactement ça, se dit-elle. Avancer, sans se poser de questions.

Parce que la vie l'exigeait.

Julien avait soif. D'autant plus soif qu'il avait couru dehors avec plusieurs camarades, venus eux aussi accompagner leur père. Les enfants s'étaient vite lassés du jeu de sarbacane, préférant se livrer à une bataille à coups de branches d'orties dans le terrain vague jouxtant le siège de l'Association.

Il se présenta haletant devant Maguy, qu'il salua poliment, et lui demanda un verre d'eau.

— Tiens, voici du jus de chicorée, lui proposa-t-elle. Ça te rafraîchira.

Le gamin la remercia. Il aimait bien Maguy, qui avait toujours un mot gentil pour lui.

Il but lentement son jus de chicorée, faisant durer le plaisir, sortit sur le seuil. Le grand soleil invitait à la promenade. Il avait hâte que sa mère vienne les rejoindre.

À l'intérieur, Maguy essuyait les verres en bavardant avec une inconnue aux cheveux sombres. Celle-ci regarda à plusieurs reprises du côté de Julien, si bien qu'il tendit l'oreille.

— Pauvre gamin ! disait l'inconnue. Entre son père infirme et sa mère qui…

— Chut ! lui intima Maguy.

La femme haussa les épaules et cria :

— Quoi ? Ce n'est pas vrai, peut-être ? Tout le monde sait qu'elle couche avec Lanson. Sinon, pourquoi son homme et elle auraient gardé leur maison ? C'est aussi Lanson qui a déniché un fauteuil pour l'infirme. Va savoir combien il l'a payé !

— Félix est mon ami, répliqua fermement Maguy. Tu n'as pas à mal parler de lui.

Elle croisa alors le regard effrayé de Julien et tendit la main vers lui.

— Julien ! héla-t-elle.

Le gamin fit demi-tour et s'élança hors du bâtiment.

Maguy se tourna vers son interlocutrice.

— Tu te rends compte, j'espère, du mal que tu as fait ? C'est toi qui as tenu la chandelle, peut-être ? On ne parle pas comme ça des gens !

— Si ça peut lui rabattre son caquet, à l'Alexandrine ! Pour un peu, elle se croirait la reine du quartier.

Soucieuse, Maguy posa son torchon sur le comptoir et sortit dans l'espoir d'apercevoir Julien. Elle devinait que le fils de Félix avait été choqué, et blessé.

Ne le voyant pas, elle se résolut à prévenir Félix.

34

1901

Les cloches sonnaient le glas sous la pluie d'avril fine et obstinée. Un temps en harmonie avec son chagrin, pensa Alexandrine, raidie dans ses vêtements de deuil. Elle avait conscience de la présence de son fils à ses côtés. Lui aussi était muré dans la peine et le silence. D'ailleurs, depuis le drame, la mère et le fils ne s'adressaient plus la parole, comme s'ils avaient eu peur de prononcer des mots irréparables.

Enfui après avoir surpris la conversation entre Maguy et l'inconnue, Julien avait essuyé un orage d'une violence exceptionnelle. Parti à sa recherche, son père avait pris froid. Alexandrine, éperdue, les avait retrouvés tous deux en pleine campagne. Julien s'en était tiré avec un gros rhume mais Félix avait été victime d'une pneumonie. Malgré les efforts de sa femme et la visite du médecin, il n'avait pu surmonter l'infection et s'était éteint en l'espace de quelques jours.

Sa mort avait fait grand bruit parmi les mineurs. On aimait et on estimait Félix Beauchêne, l'un des rares rescapés du drame de 1899.

Le jour de l'enterrement ils étaient tous venus, ceux du puits Verpilleux et du puits Jabin comme ceux des mines Lanson.

Quatre des amis de Félix s'étaient proposés pour porter son cercueil. Derrière eux, Alexandrine, livide, avançait en regardant droit devant elle.

Elle était seule avec son fils. Félix, comme elle, n'avait plus de famille. Julia se tenait un rang plus loin, prête à secourir son amie à la moindre défaillance. Antoinette l'avait rejointe alors que l'office avait commencé. Mais Alexandrine tiendrait bon, elle l'avait promis à Félix sur son lit de mort.

Elle ferma les yeux. Elle aurait tout donné pour avoir à nouveau son mari à ses côtés, même avec ses jambes mortes.

Tous deux s'étaient tant aimés... Une nouvelle fois, le destin avait frappé, la persuadant qu'elle n'avait pas droit au bonheur.

Un sanglot noua sa gorge. Jusqu'au bout, elle avait espéré parvenir à le sauver. Folle qu'elle était ! Comme si elle n'avait pas encore compris que les dés étaient pipés depuis toujours, leur amour condamné d'avance.

Un murmure courut le long de l'assistance quand monsieur Lanson se glissa au deuxième rang.

Murmure de défiance ou de déférence ? Alexandrine n'aurait su le dire. En tout cas, elle était reconnaissante à son patron de s'être déplacé. Tant pis pour les fâcheux qui critiqueraient sa venue ! Julia avait coutume de dire qu'il était impossible de plaire à tout le monde.

Charles Lanson s'inclina légèrement devant sa cuisinière à la sortie de l'église. Elle le remercia d'un sourire tremblé, continua de recevoir les condoléances dans un état second. Elle refusait d'accepter la réalité, Félix ne pouvait pas être mort. Et pourtant ! Elle avait assisté à la mise en bière, un mouchoir pressé sur ses lèvres pour retenir son cri de révolte, après qu'une religieuse du Soleil fut venue procéder à la toilette mortuaire du mineur.

C'étaient des moments atroces, qu'elle aurait voulu ne jamais connaître.

La pluie s'intensifia alors que le cortège funèbre s'ébranlait en direction du cimetière. Julien glissa sa main dans la main de sa mère face à la fosse creusée. Il songeait à la passion de son père pour le jardinage, aux conseils qu'il lui avait si souvent prodigués, et il ne put retenir ses larmes. Pourquoi son père l'avait-il abandonné alors qu'il avait encore tant besoin de lui ? Aux côtés de son fils, Alexandrine se raidissait pour ne pas s'effondrer. Était-elle responsable du drame comme cela lui avait été rapporté ? Cette idée lui donnait la nausée. Elle n'avait jamais trahi Félix, et ses échanges avec monsieur Lanson étaient des plus innocents. Était-ce de sa faute s'il recherchait sa compagnie ? Elle-même ne l'avait jamais encouragé en ce sens.

— Maman...

Julien tremblait.

Alexandrine se pencha vers son fils, le serra dans ses bras.

Les fossoyeurs avaient presque terminé leur tâche. Elle garda les yeux fixés sur eux, tandis que le cercueil de Félix descendait lentement dans la fosse. Un gémissement sourd lui échappa. Elle se mordit la lèvre, soucieuse de ne pas se donner en spectacle. Elle savait que, parmi la foule, de bonnes âmes étaient prêtes à la déchirer. Elle-même s'en souciait peu mais elle tenait à protéger Julien.

Une haute silhouette se pencha vers elle.

— Je suis désolé, Alexandrine, déclara une voix familière.

Elle leva les yeux, soutint le regard indéchiffrable d'Augustin.

La colère monta en elle. Qu'avait-il besoin de venir jusqu'au cimetière lui présenter ses condoléances ?

Les bonnes langues allaient se déchaîner. À se demander s'il ne l'avait pas fait exprès pour la placer dans l'embarras.

Alexandrine retira très vite – trop vite ? – sa main alors qu'il la lui serrait et lui tourna le dos. Augustin repartit en silence mais le mal était fait. Elle se sentait souillée par sa seule présence, presque indigne de porter le deuil de son époux.

Pourtant, elle n'avait rien à se reprocher vis-à-vis de Félix ! se dit-elle, furieuse contre elle-même et contre la terre entière.

À cet instant, elle comprit.

Parce qu'elle était belle, et que Catherine l'avait chassée des Bois Noirs à la mort de Marin, Alexandrine serait toujours obligatoirement coupable.

Jusqu'à sa propre mort.

35

1901

Ainsi donc, voici notre nouveau domaine, pensa Alexandrine, en contemplant la chambre mansardée qu'elle allait partager avec son fils. Elle se sentait entièrement dépendante des Lanson, et cette certitude la déprimait. Elle aurait dû avoir la force de partir en claquant la porte, mais où seraient-ils allés Julien et elle ? Ici, au moins, elle avait son travail, et était logée. Petitement, certes mais ils avaient un toit au-dessus de la tête.

Au cours des dernières semaines, elle avait dû assumer sur tous les fronts et avait failli craquer à plusieurs reprises. Félix, son Félix, lui manquait horriblement. Elle se réveillait chaque nuit en proie à des cauchemars qui la laissaient accablée. Elle devait aussi affronter les questions et la culpabilité de Julien. Pourquoi son père était-il mort ? Si vite, si brutalement ? Était-ce de sa faute ? S'il ne s'était pas enfui, Félix n'aurait pas essuyé ce violent orage et n'aurait pas pris froid. Malgré son désespoir, Alexandrine s'était efforcée de réconforter son fils. Félix était fragilisé depuis l'accident survenu au puits Malakoff. Elle lui avait rappelé, la voix nouée de larmes : « N'oublie pas, mon grand, ce que mon propre père me racontait : la mort fait partie de la vie. »

C'était tragiquement vrai. Toutes ces morts... De sa famille ne restaient désormais qu'elle, ainsi que son fils. Et Adeline.

Mais la situation était déjà bien assez compliquée...

Monsieur Lanson s'était montré compréhensif. Il les avait laissés, Julien et elle, occuper leur maison durant plusieurs mois, ce qui était rarissime. Il avait fallu se résoudre à vendre les meubles, jusqu'à leur lit, à Félix et à elle, qui n'aurait pas tenu dans la chambre de la Grande Maison. Elle avait gardé les photos des temps heureux, réunies dans un album à la couverture en carton bouilli, ainsi que les bijoux offerts par Félix, une chaîne en or ouvragé et une paire de boucles d'oreilles.

Le reste était parti chez Théodore le brocanteur. Julia avait entreposé chez elle des vêtements de son amie ainsi que quelques pièces de vaisselle comme une soupière en faïence de Gien, elle aussi un présent de Félix.

Alexandrine et son fils avaient quitté leur foyer

sans se retourner. S'ils l'avaient fait, ils n'auraient pas eu le courage de poursuivre leur chemin.

Le ciel était couleur de suie, et avait crevé alors qu'ils arrivaient en vue de la Grande Maison. Alexandrine et Julien avaient couru. Dans un sens, c'était beaucoup mieux ainsi, cela leur avait permis de moins appréhender ce moment où leur vie basculait.

Entrée par la porte de service, réception par madame Céline, toujours très digne, découverte de leur nouveau domaine... Alexandrine et Julien étaient seuls, à présent, dans leur chambre située sous les toits. Deux lits de fer, une table de toilette, ornée d'une cuvette et d'un broc en faïence, une armoire et une commode en pitchpin, constitueraient dorénavant leur cadre de vie.

Qu'aurait pensé Félix de tout ça ? Elle ne devait pas y penser, sous peine de s'effondrer en larmes. Elle sourit à son fils.

— Nous allons nous installer, mon grand.

Elle avait déjà l'impression d'étouffer.

La chambre de Catherine Rousselet, d'une rigueur monacale, avait pour seuls ornements deux portraits de son fils, posés sur la commode.

« Ton père, disait-elle à sa petite-fille. Enfin... à condition que ta garce de mère ne l'ait pas trompé juste après leur mariage ! »

Adeline était assez grande pour comprendre que

son aïeule vouait une haine absolue à sa mère. Il était difficile pour elle de se faire une opinion. Elle avait toujours vécu à l'auberge, ne connaissait pas d'autre univers, hormis celui de l'école, où elle était tenue à l'écart. Son arrière-grand-mère refusait de prendre parti, se bornant à rappeler qu'en dehors de sa cuisine, elle ne s'intéressait plus à grand-chose. C'était vrai.

Marie-Aimée ne se contentait pas d'appliquer ses recettes éprouvées. Elle était constamment à la recherche de nouvelles saveurs, de nouveaux accords. Adeline avait l'impression qu'elle vivait uniquement pour sa cuisine.

Elle-même s'y consacrait avec une sorte de ferveur, pour surmonter les blessures de l'enfance. Sa mère lui manquait et, plus encore, elle avait besoin de se sentir aimée. Or, à l'Auberge des Bois Noirs, seul le travail comptait. La vie y était plus difficile pour Adeline depuis le départ de Sylvette. Sa protectrice s'était enfin mariée avec son promis et installée à Saint-Genest-Malifaux. Elle avait eu des jumeaux et se consacrait à sa famille, tout en élevant poules et lapins. Dès qu'elle le pouvait, Adeline courait lui rendre visite, encourant les foudres de Catherine à son retour. Elle se confiait à Sylvette, lui parlait de sa mère. L'ancienne serveuse s'efforçait de la réconforter lorsqu'elle désespérait de la revoir.

« Ce qui doit être se fera », lui répétait-elle.

Adeline se raccrochait à cet espoir. En même temps, elle se demandait quelle serait sa réaction le jour où elle se retrouverait en présence de sa mère. En elle, la colère et la rancœur le disputaient au besoin de reconnaissance. C'était une situation complexe pour une fillette de dix ans.

— Adeline ! Ta grand-mère t'appelle !

Florentin, le valet exécré, la hélait depuis le seuil de la grange. La fille d'Alexandrine passa devant lui sans lui jeter un regard. La haine entre eux était palpable. Que lui reprochait-il au juste ? se demanda-t-elle une nouvelle fois. D'être la fille de sa mère ? Elle avait appris au fil des conversations surprises dans l'arrière-cuisine que non content d'être l'amant de Catherine, il aurait volontiers entraîné la belle Alexandrine dans le grenier à foin.

« Elle l'a toujours ignoré, avait raconté Sylvette. Ta mère était quelqu'un de bien, petite. »

Pourquoi n'était-elle jamais venue la chercher à l'auberge dans ce cas ? Cette question taraudait Adeline.

Sa grand-mère, rouge et essoufflée, l'attendait dans la buanderie.

— J'ai besoin de toi ! lança-t-elle. Cette idiote de Pélagie s'est cassé le bras, me voilà avec toute la lessive sur les bras.

Aux Bois Noirs, on changeait nappes et serviettes midi et soir. Pélagie, la laveuse attitrée, venait deux fois la semaine pour s'acquitter de la lessive.

— Au travail ! lui ordonna Catherine. Il est grand temps que tu gagnes ton pain.

C'était le genre de réflexion qui paralysait la

fillette. Elle ne s'était jamais sentie à sa place à l'auberge. Cependant, connaissant le caractère emporté de Catherine, elle garda un silence prudent.

De toute façon, l'expérience lui avait appris qu'il était inutile de se rebeller. Elle n'était pas de taille face à sa grand-mère.

Elle s'attela donc à la tâche, descendant au lavoir le linge à laver dans la grosse brouette à roue cerclée de fer. Elle y avait ajouté la caisse où poser ses genoux, battoir, brosses de chiendent et bassines.

Elle commença par mettre à tremper le linge dans le lavoir, le savonna et le frotta sur la pierre avec la brosse de chiendent.

Elle remonta ensuite tout le linge dans l'arrière-cour de l'auberge, alluma le feu sous la lessiveuse.

À l'ébullition de l'eau, elle y déversa le linge qu'elle remua à l'aide d'une grande pince en bois. La vapeur chaude la fit tousser. Elle s'essuya le front sous le regard goguenard de Florentin. Elle savait qu'il l'épiait pour le compte de Catherine et que celle-ci cherchait à la prendre en faute.

Réprimant un soupir, Adeline empila à nouveau le linge gorgé d'eau dans sa brouette et retourna au lavoir afin de le rincer. Elle était épuisée et avait les bras et les épaules en feu.

Vaillamment, elle battit encore les nappes et les serviettes avant de les tordre.

Exténuée, elle contempla son ouvrage d'un air satisfait. Il ne restait plus qu'à aller étendre sur le pré le linge lavé de frais. Elle plaça les nappes et les serviettes dans la brouette préalablement couverte d'un vieux drap propre puis se mit en route. La roue de la brouette grinçait, on l'entendait arriver de loin. La chatte Mitsou la suivait, l'air de rien. Catherine, qui n'aimait guère les bêtes, avait accepté de la garder car Mitsou était une bonne chasseuse de souris. Mais ce n'était qu'une solution provisoire. Une fois les souris disparues, Catherine se débarrasserait de Mitsou.

Et cette perspective désolait Alexandrine.

Elle étendit sa lessive pièce après pièce, la maintint sur le pré grâce à des pierres blanches stockées à cet effet, et se redressa.

Le ciel d'été, d'un bleu étonnant, était rassurant. Un parfum de racine d'iris émanait du linge fraîchement lavé.

Un traquet tarier, reconnaissable à sa poitrine rosée, perché sur un piquet, sifflait joyeusement sur deux notes : « Beau temps, beau temps. »

Adeline éprouva alors un sentiment de bien-être qui la surprit par son intensité.

Elle aimait ce pays, où elle était née.

Elle connaissait chaque sous-bois, chaque chemin. Petite, elle donnait des noms aux grands sapins montant la garde derrière l'auberge et se répétait qu'ils étaient ses amis.

Cela faisait-il d'elle pour autant une véritable Rousselet ? Elle n'en était pas certaine. Elle avait toujours, fichée dans le cœur, l'insulte de Catherine lancée quelques années auparavant : « Sale petite bâtarde ! »

Chassant ce souvenir, elle reprit le chemin de l'auberge. Depuis qu'elle avait obtenu avec succès le certificat d'études, sa grand-mère avait décrété qu'il était inutile de poursuivre des études supérieures à Saint-Étienne. Une fille de son âge devait savoir tenir une maison. De plus, Marie-Aimée avait besoin d'elle en cuisine. Elle avait donc fait ses adieux aux études avec un pincement au cœur. Elle avait souffert, pourtant, à l'école, où des enfants cruels l'appelaient « la fille du pendu ». La directrice, mademoiselle Andrée, qui l'avait soutenue tout au long de sa scolarité, lui avait offert une encyclopédie illustrée. Adeline s'y plongeait dès qu'elle en avait le loisir, ayant ainsi l'impression d'ouvrir une fenêtre sur le monde extérieur. Des rêves se bousculaient dans sa tête.

L'Auberge des Bois Noirs lui paraissait de plus en plus souvent trop petite pour elle, mais comment aurait-elle pu vivre ailleurs ?

— Bonjour, petite !

Perdue dans ses pensées, elle n'avait pas remarqué l'inconnu. Ce n'était pas tout à fait un inconnu d'ailleurs, elle avait déjà croisé son chemin sur la route du village.

Elle le salua à son tour, timidement.

— Bonjour.

Il se rapprocha d'elle. Il avait le teint fleuri de ceux qui boivent facilement, tout en étant encore bel homme avec ses cheveux sombres abondants et ses yeux clairs.

— Tu es la gamine des Bois Noirs, n'est-ce pas ? reprit-il.

Elle acquiesça d'un signe de tête, le cœur serré.

— Oui, je m'appelle Adeline.

Le sourire s'accentua.

— Adeline… c'est joli. Il y a longtemps que je souhaitais faire ta connaissance.

Elle lui décocha un coup d'œil intrigué. Que pouvait-il donc avoir à lui dire ?

Sylvette lui avait un jour conseillé de se défier de lui.

« C'est un homme à femmes, qui ne s'attache à personne », lui avait-elle dit.

L'avait-elle fréquenté ? C'était fort possible.

Sylvette n'avait pas froid aux yeux avant de rencontrer son menuisier et de tomber amoureuse de lui.

Le voiturier considéra l'adolescente durant une longue minute avant de laisser tomber : « Tu ressembles à ta mère, même si tu es moins jolie qu'elle. La faute à ton nez, peut-être… »

Ce nez ! Adeline se détournait des miroirs chaque fois qu'elle y croisait son reflet. Ainsi, sa mère était belle… Plus jolie qu'elle. Cette remarque piqua son amour-propre.

— Vous connaissez donc ma mère ?

Un sourire indéfinissable étira les lèvres de son interlocuteur.

— C'était il y a longtemps… L'auberge était plus gaie, alors. Tout était différent.

Il se tut. Il paraissait être en proie à une sourde mélancolie. Adeline n'osa pas lui poser d'autres questions. Elle demeura indécise, au bord du chemin.

Lorsqu'il reprit conscience de sa présence, ce fut pour déclarer d'une voix assourdie :

— J'aurais voulu que les choses se passent autrement. J'étais encore un peu jeune, à l'époque.

— Je ne comprends pas, osa glisser Adeline.

Son sourire s'accentua.

— Quelle importance ? Il est trop tard de toute manière. Oublie-moi, petite.

Elle planta son regard dans le sien.

— Pourquoi m'avez-vous arrêtée, dans ce cas ? Il faut bien que vous vous intéressiez à moi !

Il se troubla, avant de répliquer, presque méchamment :

— Pas à toi, mais à ta mère. Elle était si belle, tout le monde, aux Bois Noirs, rêvait de la culbuter. Moi, je l'ai fait, et plus d'une fois, crois-moi !

Les yeux écarquillés, Adeline le fixa comme s'il avait été l'incarnation du diable.

— Mais alors… vous êtes peut-être mon père ? hasarda-t-elle.

Il partit d'un grand rire qui se brisa net.

— Va savoir, fit-il, le visage défait.

Avant d'ajouter :

— Avec ta garce de mère, toi et moi ne saurons

jamais ce qu'il en est. Allons, adieu, petite ! Tâche de bien grandir.

Il s'en alla sans plus de façons, à grandes enjambées.

Adeline le suivit des yeux jusqu'à ce qu'il disparaisse au détour du chemin.

Alors seulement, tremblant de colère, elle saisit les manches de sa brouette et repartit vers l'auberge.

36

1902

Alexandrine s'était persuadée qu'elle ne le reverrait pas. D'ailleurs, elle avait prévenu Perrine : pas question de la déranger lors du passage du voiturier. Elle avait bien assez d'ouvrage, sa petite aide pouvait se charger de vérifier les livraisons.

Perrine, le rose aux joues, avait acquiescé. Était-elle sensible au charme d'Augustin ? Ou simplement fière de se voir confier de nouvelles responsabilités ? La fille ne se livrait pas aisément. Pourtant Alexandrine et elle travaillaient en bonne harmonie.

Aussi, lorsque Alexandrine reconnut Augustin dans le cellier, elle ne put réprimer un mouvement de recul.

— Que venez-vous faire ici ? lui lança-t-elle d'un ton peu amène.

Il lui adressa un large sourire.

— Ma livraison. Tes patrons aiment le bon vin.

Elle fronça les sourcils. Manifestement, elle n'avait pas envie qu'il la tutoie.

— Arrangez-vous pour passer par Perrine. Je ne tiens pas à vous croiser dans ma cuisine.

Il la salua avec une révérence accentuée.

— Madame… je ne cherche pas à vous déranger.

Elle se sentit rougir sous son regard moqueur. Tant de souvenirs voluptueux, qu'elle croyait avoir oubliés, lui revenaient.

Elle se raidit et se livra à une confidence qui était vérité :

— Partez, à présent. Je n'ai pas envie de discuter avec vous.

Il hocha la tête, comme pour indiquer qu'il comprenait. Mais, au moment de franchir le seuil de la cuisine, il se retourna vers la jeune femme.

— J'ai vu Adeline. Nous avons parlé tous les deux.

Le sang se retira du visage d'Alexandrine. Elle tendit la main vers le dossier de la chaise la plus proche, comme pour s'assurer de ne pas tomber.

Augustin revint vers elle, esquissa le geste de lui offrir son bras. Elle le repoussa, farouche.

— Comment va-t-elle ?

Il aurait pu s'émouvoir du chagrin de la mère. Mais il n'était pas homme à se laisser attendrir, pas après l'enfance qu'il avait connue.

Augustin s'était forgé une carapace pour survivre. Il n'était pas question pour lui de fendre l'armure.

Il répondit d'un ton uni :

— Elle est assez grande, plutôt jolie. Elle te ressemble, et est timide. Une gamine comme tant d'autres.

Alexandrine enregistra les informations sans laisser voir son trouble. Son cœur battait à grands coups précipités.

— Elle s'intéresse à toi, reprit-il. Apparemment, Catherine a laissé échapper quelques pistes puisque la gamine m'a demandé si j'étais son père.

Cette fois, Alexandrine s'empourpra.

— Seigneur ! Quelle vieille teigne ! Qu'a-t-elle bien pu lui raconter ?

— À ton avis ? lança Augustin, goguenard, tout en laissant son regard s'attarder sur la silhouette de la cuisinière.

Celle-ci s'affola.

— Augustin ! Pas de sous-entendu grivois !

Il leva la main en guise de signe d'apaisement.

— Je cherche seulement à te venir en aide. Pourquoi faut-il que tu me croies capable du pire ?

— Parce que tu l'es, pardi !

— Madame Alexandrine…

Perrine, toute pâle, venait d'entrer dans la cuisine.

— Vous avez besoin de moi ? questionna-t-elle.

Alexandrine prit sur elle pour lui sourire.

— Il faudrait que tu coures chez le boucher

chercher le rosbif commandé. Je l'ai complètement oublié ce matin.

— C'est comme si c'était fait !

Dès qu'elle eut quitté la pièce, les anciens amants poursuivirent le cours de leur explication.

Augustin tenta d'exploiter le trouble d'Alexandrine.

— Tu peux bien me le dire, depuis tout ce temps. Adeline est ma fille ?

Une lueur de détresse traversa les yeux vert pâle.

— Je n'ai jamais réussi à le savoir, avoua la jeune femme. Ce peut être toi, comme ce peut être Marin.

Le visage d'Augustin se contracta.

— Décidément, tu étais déjà une belle garce !

Alexandrine pâlit.

— Je croyais t'aimer, et je détestais Marin. Mais il était mon époux et je n'étais pas de force. Si je me refusais à lui, il me battait jusqu'à ce que je tombe évanouie.

— Pourquoi ne pas me l'avoir raconté ?

Elle secoua la tête.

— Que pouvais-tu faire ? Il y a déjà eu assez de drames.

— J'aurais pu t'emmener. Loin. Nous aurions mené une autre vie.

Cette fois, elle se mit à rire.

— Toi et moi ? Nous étions trop jeunes, et un brin égoïstes. Ça n'aurait jamais marché entre nous.

— Nous aurions pu au moins essayer, insista-t-il. Les choses auraient été différentes.

— C'est trop tard, désormais, répondit-elle d'une voix lointaine.

Elle devait retourner à l'Auberge des Bois Noirs. Pour retrouver Adeline et démêler les fils du passé. À ce prix seulement, sa fille et elle pourraient avancer et reprendre une vie familiale normale.

37

Il n'y avait pas de chien, jadis, attaché à la porte de la grange. Marie-Aimée avait peur des chiens, fussent-ils microscopiques, et ne tolérait que les chats. L'animal en question aboyait comme un forcené en tirant sur sa chaîne. Guère rassurée, Alexandrine effectua un large détour et se dirigea vers l'auberge.

Quelle idée, ce chien ! se dit-elle. Rien de tel pour éloigner les clients.

Ceux-ci, d'ailleurs, ne paraissaient pas se bousculer en ce dimanche matin. Elle avait connu les abords des Bois Noirs plus avenants et mieux fréquentés. Seulement deux calèches étaient garées devant la porte principale. Alexandrine prit une longue inspiration avant d'en franchir le seuil. Le passé lui revenait par bouffées d'une force émotionnelle impressionnante. Elle croisa les bras devant sa poitrine comme pour se protéger. Par un malencontreux hasard, la première personne qu'elle rencontra fut Florentin.

Le valet s'était empâté et affichait un ventre imposant. Il fit la grimace en reconnaissant Alexandrine.

— Tu n'as rien à foutre par ici ! éructa-t-il.

Elle ne se laissa pas intimider.

— Pas plus que toi !

Il fit deux pas vers elle, menaçant.

— Attends que j'appelle la patronne, elle va te chasser vite fait !

— Ce n'est pas encore toi le patron ?

Il blêmit sous l'insolence.

— Espèce de sale garce ! Ça ne te suffit pas d'avoir apporté le malheur aux Bois Noirs ?

— Parle pour toi.

Ils s'affrontèrent d'un regard haineux.

— N'espère pas revoir ta fille, reprit-il. Elle a été élevée comme une vraie Rousselet dans la détestation de sa mère.

Alexandrine ne prit pas la peine de lui répondre. Elle n'avait pas envie d'en découdre avec lui. Elle le méprisait trop pour ce faire.

Il esquissa un rictus.

— Qu'est-ce que tu croyais ? reprit-il, la bouche mauvaise. Adeline connaît toute l'histoire et…

Alexandrine le coupa.

— Qui la connaît vraiment ? Tu n'es pas concerné.

Le regard étréci, il la fixa durant quelques secondes sans répondre.

Elle frissonna en prenant brutalement conscience du fait qu'elle était à sa merci. Perrine était la seule informée de son excursion jusqu'à l'auberge. Elle avait laissé son fils occupé à lire avec Émile Lanson, sous la responsabilité de son aide de cuisine. Les Lanson s'étaient rendus à Lyon pour la journée. Émile, encore malade, était resté au chaud. Julien et lui s'entendaient bien, même si madame Lanson n'approuvait pas leur amitié.

— Alors ? insista Florentin. Tu dégages ou bien je dois m'en charger ?

Le menton haut levé, elle le défia du regard.

— Ce n'est pas toi qui décides, je te l'ai déjà dit !

— Mais j'ai l'oreille de la patronne ! Elle me mange dans la main, vois-tu. Si tu savais à quel point elle te hait…

— C'est réciproque. Elle est ici ?

Florentin lui barra le passage.

— Ne t'avise pas de rentrer !

Alexandrine rejeta les épaules en arrière.

— Qu'est-ce que tu feras ? Tu ne vas pas lever la main sur moi, quand même ?

— Moi, non.

Prestement, il fila dans la cour et détacha le gros chien qui tirait sur sa chaîne.

— Attaque ! lui ordonna-t-il, désignant Alexandrine.

L'animal se jeta sur la jeune femme. Elle entrevit un tourbillon fauve et blanc, des mâchoires menaçantes et, instinctivement, tenta de protéger son visage.

Les mâchoires se refermèrent sur son bras. Elle hurla.

La porte de l'auberge claqua derrière elle. Elle se retrouvait seule face à un énorme chien déchaîné.

Un nouvel assaut la fit tomber. Elle cria à nouveau, mais personne ne vint à son secours. Le chien continuait de malmener son bras. Il n'aboyait plus. Mais elle sentait son souffle chaud sur sa nuque et était terrorisée.

Elle se redressa tant bien que mal, et courut vers le chemin menant à la route. Elle savait n'avoir aucun secours à attendre des gens de l'auberge.

Le chien à ses trousses, elle dévala le chemin carrossable, s'élança vers la route. Son bras lui faisait horriblement mal. Le chien se rapprochait. Elle jaillit sur la route, en hurlant au secours. Une automobile qui grimpait la côte s'immobilisa net.

— Je vous en prie, aidez-moi ! implora Alexandrine.

Une main secourable l'aida à se hisser sur le siège tandis qu'une voix familière faisait remarquer :

— Décidément, Alexandrine, vous êtes une jeune femme des plus surprenantes !

En temps normal, monsieur Lanson, malgré sa haute taille et son allure austère, n'impressionnait pas vraiment Alexandrine. Il lui avait prouvé à plusieurs reprises qu'il la soutenait, notamment contre madame Lanson, et elle savait qu'il appréciait sa cuisine. Ce jour-là, cependant, elle éprouva un sentiment proche de la panique. Qu'allait-il penser d'elle, poursuivie par un chien à moitié enragé ?

Il tendit la main et lui saisit le bras.

— Voyons cette blessure, remarqua-t-il à voix haute. Hum… pas joli, joli.

Il sortit un mouchoir immaculé de la poche intérieure de son veston, et effectua un pansement sommaire.

— Nous verrons cela de retour à la maison. À présent, dites-moi ce qui s'est passé.

Alexandrine déglutit avec peine. Si elle lui racontait la vérité, il la chasserait aussitôt, estimant qu'elle n'était pas une femme respectable.

— Mais… vous n'étiez pas parti pour Lyon ? s'étonna-t-elle.

Le directeur des mines Lanson éclata de rire. Un rire surprenant chez cet homme toujours maître de lui.

— De l'art de retourner les situations ! s'écria-t-il avec bonne humeur. Figurez-vous, ma chère, que madame Lanson n'était pas bien et que nous avons dû rentrer précipitamment. Comme je vous cherchais, Perrine m'a parlé d'une expédition jusqu'à l'Auberge des Bois Noirs. J'ai donc résolu de me lancer à votre recherche.

La jeune femme perdit pied sous son regard moqueur.

— Pourquoi donc ? Je veux dire… nous sommes dimanche, c'est mon après-midi de repos et…

Il y eut un silence. Monsieur Lanson secoua les rênes.

— Je dois l'admettre, c'est un peu surprenant, en effet, reprit-il. Mais, que voulez-vous, je suis ainsi fait, je n'aime guère les mystères. Et vous m'intriguez, Alexandrine.

Elle se sentit rougir.

De nouveau, elle éprouva le sentiment de se trouver à la croisée des chemins. Devait-elle parler ? Ou non ? De toute manière, il venait de la tirer d'une situation délicate et se posait assurément des questions à son sujet.

Elle prit une longue inspiration, chercha ses mots et, ne les trouvant pas, elle attaqua :

— C'est une histoire plutôt triste.

38

Il l'avait écoutée tout au long de la descente sur Saint-Étienne. Tenant toujours son mouchoir serré autour du bras qui l'élançait, Alexandrine avait raconté, sans même chercher à édulcorer sa relation avec Augustin. Après tout, il désirait connaître la vérité, n'est-ce pas ? Et elle était trop lasse pour s'inventer des excuses. Tout était venu de sa relation adultère avec Augustin, même si Marin n'aurait pas dû la maltraiter comme il l'avait fait.

Elle se tut alors qu'ils atteignaient les faubourgs de la ville aux toits d'ardoises. Durant le trajet, elle avait regardé devant elle, sans oser tourner la tête de son côté.

Elle guettait une réaction de sa part… réaction qui se fit attendre. Inquiète, elle jeta un coup d'œil dans sa direction. Il haussa un sourcil.

— Moi qui vous croyais une jeune femme réservée !

Elle avait brûlé ses vaisseaux et allait être renvoyée !

Où échoueraient-ils, Julien et elle ? Paniquée, elle chercha à se justifier.

— Je suis désolée de vous avoir choqué, monsieur. Vous m'avez réclamé la vérité.

— Et je vous sais gré de me l'avoir révélée. Si je suis choqué, c'est de constater l'ostracisme dont vous êtes victime. On n'a pas le droit d'infliger pareil traitement à une mère ! La loi existe...

— Le pensez-vous vraiment ? Mon Félix disait la même chose et, voyez, nous n'avons pas avancé d'un pouce. Ma belle-mère a de l'argent, elle ne me rendra jamais ma fille.

Le visage de monsieur Lanson se ferma. Alexandrine regardait sans le voir vraiment le paysage défiler, une succession de maisons de maître et de quartiers populaires.

— Me faites-vous confiance ? Si je lance mes avocats sur votre affaire, je suis quasiment certain qu'ils obtiendront gain de cause.

Comme ils vous ont permis d'être disculpé dans les accidents survenus à la mine ? pensa Alexandrine. Mais, bien entendu, elle ne pouvait se permettre ce genre de réflexion.

Elle baissa la tête. Le sang battait à ses tempes. Elle était encore sous le choc des mots prononcés par Florentin, et de l'attaque du chien. Catherine se l'était-elle procuré pour se protéger d'elle ? Tout était possible avec cette femme malveillante.

— C'est à vous de décider, poursuivit monsieur Lanson. Il va de soi que cette affaire restera entre nous. Madame Lanson a une santé trop fragile pour être informée de vos… problèmes.

— Bien entendu, répondit Alexandrine en écho.

D'un côté, les épouses fragiles des bourgeois. De l'autre, les femmes de la classe ouvrière qu'on pouvait considérer comme des bêtes de somme.

« La conscience de classe, disait Pierre, l'ami de Félix, qui avait lu Blanqui et Marx. C'est notre premier pas vers la liberté. »

Elle le pressentait, elle aussi, même si elle manquait d'instruction. Félix lui expliquait les choses, après avoir lu le journal. Elle riait en disant qu'elle se sentait moins bécasse.

Elle devait accepter. Monsieur Lanson allait prendre son affaire en main. Cela lui faisait peur, elle ne voulait surtout pas que cela s'ébruite. Avait-elle vraiment une chance de revoir Adeline ? Il le lui affirma.

Malgré la douleur pulsatile de son bras, elle respirait mieux.

Elle était rassurée.

— Comment êtes-vous arrangée ? soupira madame Céline.

Alexandrine serra les dents. L'eau oxygénée, appliquée généreusement sur sa blessure, la fit « danser ».

Monsieur Lanson lui avait suggéré de raconter avoir croisé le chemin d'un chien errant.

— Et si ce chien était enragé ? reprit l'intendante. Imaginez-vous ? Je trouve monsieur Lanson bien imprudent !

« Votre belle-mère ne se risquerait pas à garder un chien enragé si près de son auberge, avait réfléchi monsieur Lanson à voix haute. De toute manière, le docteur Pierson vient tantôt pour mon épouse. Je lui demanderai de passer à la cuisine. »

De nouveau, la jeune femme avait songé qu'il existerait toujours des différences sociales. Sans pour autant lui en faire la remarque. Elle se sentait comme ligotée.

Madame Céline lui banda le bras en émettant un « Tsst tsst » réprobateur.

— Faites bien attention de ne pas vous brûler, mon petit.

Sa sollicitude réconforta Alexandrine. Elle était plus blessée par l'attitude de Florentin que par la morsure du molosse. De plus, elle n'avait même pas pu entrevoir Adeline.

Échec complet, se dit-elle.

Elle attira contre elle son fils, venu l'embrasser dès qu'il avait appris son retour.

— Si je te préparais du pain perdu, mon grand ?

Il fallait qu'elle s'active, malgré la douleur lancinante de son bras. Pour tenter d'oublier.

L'étage des maîtres était étonnamment silencieux. Les domestiques veillaient à ne pas faire de bruit.

« Madame est souffrante », avait glissé madame Céline.

On attendait le docteur Pierson, le médecin de la famille.

— Qu'a-t-elle exactement ? osa demander Perrine.

Alexandrine avoua son ignorance.

— Je n'en sais rien, ma pauvre ! À ce qu'on dit, ce serait grave.

À vrai dire, cela la laissait plutôt indifférente. Madame Lanson était trop hautaine pour attirer la sympathie, et n'était guère appréciée du personnel. Elle avait un peu de peine, cependant, pour monsieur Lanson et, plus encore, pour Émile. L'adolescent descendit à la cuisine pour faire part de ses inquiétudes à sa grande amie.

Elle s'efforça de le rassurer, sans savoir au juste de quoi il retournait. D'ordinaire, les relations entre maîtres et domestiques restaient opaques. Pourquoi, cette fois, toute la maisonnée était-elle tenue informée de l'état de santé de Madame ?

Lucienne, sa femme de chambre, allait et venait à l'étage, le visage soucieux. Quand enfin le médecin arriva, il expliqua qu'il avait été retenu par une délivrance difficile. Madame Céline l'invita à monter après avoir prévenu monsieur Lanson. Toute la maison retint son souffle.

Une heure plus tard, le médecin passa par la cuisine et demanda à examiner le bras d'Alexandrine. Il fit la grimace en découvrant la plaie.

— J'ai connu plus joli, déclara-t-il. Je vais nettoyer à nouveau puis suturer. Vous n'avez pas peur, j'espère ?

Elle esquissa un sourire.

— Je ne crois pas. En revanche, ce maudit chien m'a effrayée.

— C'est bien compréhensible. C'était au-dessus de Planfoy, m'avez-vous dit ? Je ferai un signalement.

Elle faillit protester, se ravisa. Après tout, le molosse était dangereux. Et elle désirait prendre sa revanche sur Catherine. Elle serra les dents quand le médecin sutura la plaie. Il confectionna ensuite un nouveau pansement, promit de revenir d'ici une huitaine de jours. Alors qu'elle s'enquérait de ce qu'elle lui devait, il répondit, désinvolte :

— Lanson me réglera, ne vous souciez pas de ça.

Confuse, elle resta sans voix.

Lorsqu'il fut parti, Perrine surgit dans la cuisine.

— Madame s'est blessée ! annonça-t-elle.

Alexandrine connaissait elle aussi la vieille expression. À une époque où l'on détestait regarder en face les maux féminins, on recourait encore au terme « blessée » pour ne pas dire « fausse couche ».

— Lucienne pleure parce que Madame se vide de son sang ! reprit-elle, exactement comme si elle avait résumé un feuilleton du Grand Guignol.

Alexandrine réprima un frisson.

Perrine lui décocha un regard en coin.

— Va ! Ne t'inquiète pas pour elle ! enchaîna-t-elle, volubile. Elle est dorlotée par Lucienne, elle restera au lit une quinzaine, boira du bouillon de poule et mangera de la viande bien saignante. Elle sera vite sur pied, crois-moi !

C'était vrai, bien sûr. Les traitements n'étaient pas les mêmes suivant la classe sociale à laquelle on appartenait.

— Il paraît qu'il ne lui faut plus d'enfant, conclut Perrine.

Cette fois, Alexandrine éprouva un sentiment de compassion à l'égard de monsieur Lanson.

39

Cette année-là, madame Céline eut de la peine à faire taire les rumeurs qui circulaient dans la Grande Maison.

Lucienne, la femme de chambre, avait raconté à Rodolphe, son bon ami, que madame Lanson s'était rendue en ville trois jours avant sa fausse couche et était sortie de son rendez-vous, dans le vieux quartier du Panassa, pâle comme un linge.

Comme les membres de la bourgeoisie stéphanoise ne fréquentaient pas cette partie de la ville, on se demandait ce que Madame avait bien pu y faire. Jusqu'à ce que Lucienne lâche sa bombe : au Panassa, il y avait une certaine personne qui... enfin, qui s'occupait des femmes en situation intéressante.

Alexandrine avait été la première à protester. Que des femmes du peuple aient recours à des faiseuses d'anges, soit ! Mais une dame comme madame Lanson, qui recevait à sa table Monsieur le Préfet et Monseigneur l'Archevêque ! C'était invraisemblable ! Madame Lanson avait les moyens et le personnel pour élever ce deuxième enfant. D'ailleurs, il lui semblait que son époux ne lui pardonnerait pas un tel acte.

Elle ruminait ces pensées, tout en confectionnant le baba au rhum réclamé par Madame. Elle avait des envies… comme si elle était encore enceinte ! Et, pour une fois, la cuisinière n'avait guère envie de s'y plier. Il le fallait, pourtant.

Le docteur Pierson était descendu à deux reprises examiner son bras. Il était satisfait de son travail, et profitait de ces visites pour humer les plats préparés par Alexandrine.

« Si je n'étais pas déjà marié… » lui disait-il en riant.

C'était devenu comme un jeu entre eux deux. Le médecin était, de son propre aveu, un gourmet amateur de bonne chère.

« Le jour où vous ouvrirez votre auberge, j'exige d'être votre premier client ! » avait-il lancé après qu'elle lui eut confié son rêve.

Tout paraissait si simple avec lui. C'était l'un de ces hommes qui prenaient la vie du bon côté et l'appréciaient. Il montait voir Madame, restait une dizaine de minutes à son chevet puis redescendait à la cuisine, soulevait le couvercle des marmites, humait les arômes, donnait son avis. Il évoquait pour Alexandrine sa grand-mère cuisinière dans les Monts du Lyonnais, parlait de sa fabuleuse recette de coq au vin.

« Enfin… recette, précisait-il, une façon de parler, elle ne notait rien. Pour elle, tout était une question d'instinct. »

Alexandrine le comprenait. Marie-Aimée procédait ainsi. Elle-même avait fait l'effort de consigner les recettes de la grand-mère de Marin afin précisément d'assurer une certaine transmission avec sa propre fille.

Elle se raidissait, comme chaque fois qu'elle songeait à Adeline. Depuis qu'elle avait été agressée par le molosse, elle n'osait plus espérer une solution amiable. Elle pressentait que Catherine ne céderait pas.

Elle ne pouvait pas, cependant, se confier au docteur Pierson. Elle devait supporter la situation. Elle n'osait pas imaginer que monsieur Lanson respecterait sa promesse. Ne devait-il pas en priorité veiller sur son épouse ? Celle-ci, toujours dolente, ne quittait pas sa chambre.

Émile se tourmentait à son sujet. Il venait voir Alexandrine et lui racontait son quotidien chaque samedi, à son retour de pension. Timide et chétif, il supportait mal l'internat où nombre de camarades lui faisaient subir des brimades. Il n'osait pas en parler à son père, qui l'exhortait à se comporter en homme. Cet aveuglement exaspérait la cuisinière. Mais elle savait qu'on ne raisonnait pas de la même manière suivant la catégorie sociale à laquelle on appartenait. Chez ses parents, on se tenait chaud, même s'il n'y avait pas beaucoup à manger. Au fur et à mesure qu'elle côtoyait les habitants de la Grande Maison, Alexandrine pressentait que celle-ci, sous son apparence cossue, dissimulait de nombreuses zones d'ombre.

Elle aurait dû y prêter peu d'attention. Cependant, elle ne pouvait s'empêcher d'observer les Lanson et leur entourage. Comme si cela avait pu la consoler de son existence.

En effet, elle ne s'illusionnait pas quant à la réaction de sa belle-mère. Marie-Aimée était désormais trop âgée pour imposer son point de vue, ce qui satisfaisait Catherine. Les deux femmes travaillaient ensemble depuis trop longtemps pour remettre en cause leur arrangement. Et tant pis si Adeline comme Alexandrine en payaient les conséquences.

La jeune femme sortit du four son savarin et le mouilla d'un sirop de sucre aromatisé au rhum.

Elle ne renoncerait pas.

40

1902

La journée avait mal commencé. Comme souvent, Catherine s'était levée de mauvaise humeur et avait houspillé les domestiques et Adeline. Rien ne trouvait grâce à ses yeux. Dans ces moments-là, il convenait de faire le dos rond et d'attendre que l'orage s'éloigne.

Cependant, la visite inopinée d'un inconnu avait aggravé la situation. Ébahie, Adeline jeta un coup d'œil effrayé à l'homme en noir qui venait de parler à sa grand-mère. Elle n'avait pas tout compris, il usait d'un jargon juridique qui la laissait perplexe et exaspérait fort Catherine.

— Madame Beauchêne réclame la garde de sa fille et rien ne peut s'y opposer, reprit-il. C'est une personne honorable, qui exerce un travail régulier, et dont l'employeur se porte garant.

— Honorable ! ricana Catherine.

L'homme en noir haussa les sourcils.

— Je ne pense pas que vous soyez en position de discuter, madame. Vous avez chassé votre bru à plusieurs reprises, avez refusé qu'elle voie sa fille et, lors de sa dernière visite, elle a été sévèrement mordue par votre molosse, comme l'atteste un certificat médical.

Adeline, stupéfaite, se tourna vers son aïeule.

— Ma mère voulait me reprendre et vous ne me l'avez jamais dit ? Pourquoi ?

— Ta mère est une moins-que-rien, une sale coureuse ! jeta Catherine, la bouche mauvaise. J'avais mes raisons d'agir ainsi !

— Ce qui ne vous donne pas le droit de vous placer au-dessus des lois, madame Rousselet. Veuillez préparer les affaires de la jeune Adeline : je l'emmène chez sa mère, déclara froidement l'huissier.

L'adolescente, sous le choc, à la fois excitée et effrayée, se mit à trembler. Quel accueil lui réservait sa mère ? Allaient-elles bien s'entendre toutes les deux ? Et l'auberge ? Pourrait-elle y revenir ?

Comme s'il avait deviné ses interrogations, l'huissier de justice sourit à Adeline. Ce sourire, inattendu, lui conféra un aspect bienveillant.

— Je sais que c'est un peu compliqué, mais tu t'adapteras vite à ta nouvelle vie, déclara-t-il à Adeline.

Elle fit oui de la tête sans bien savoir à quoi s'attendre.

— Est-ce que je pourrai revenir aux Bois Noirs ? s'enquit-elle.

Catherine explosa.

— Il n'en est pas question ! rugit-elle. Si tu rejoins ta mère, tu ne nous verras plus, mamée et moi. Ta mère et nous sommes irréconciliables.

Sa dernière phrase évoquait pour Adeline une décision sans appel.

Elle frissonna. L'homme en noir posa la main sur son épaule, comme pour la réconforter, mais elle y vit une tentative de mainmise.

— Allons, nous n'avons pas beaucoup de temps, fit-il.

— Va chercher toi-même tes habits et dis adieu à mamée, ordonna Catherine.

Elle soutint le regard sévère de l'homme en noir.

— Je ne céderai pas face à cette intrigante ! lança-t-elle, résolue. Jamais !

Au même moment, dans sa cuisine, Alexandrine était partagée entre la joie et l'angoisse.

Monsieur Lanson lui avait annoncé la veille la grande nouvelle. Sous le choc, elle avait fondu en larmes.

« Comment avez-vous fait ? C'est incroyable ! » avait-elle questionné entre deux sanglots.

Monsieur Lanson avait esquissé un sourire : « Je ne supporte pas l'injustice. »

Il lui avait réservé une autre surprise. Partant du principe que la chambre sous les toits d'Alexandrine était trop exiguë pour les loger, elle et ses deux enfants, il lui avait offert d'emménager dans le pavillon du jardinier, vacant depuis que ce dernier avait pris sa retraite et été remplacé par un salarié habitant en ville.

Alexandrine n'avait pas prêté attention à la peinture écaillée sur les murs ni au mobilier disparate. Elle avait seulement vu l'espace et les possibilités d'aménagement qui s'offriraient à eux. Sa maison lui manquait toujours et, plus encore, Félix.

Là, dans ce pavillon, elle parviendrait à se sentir chez elle, elle en était convaincue. Et avec Adeline, elle pourrait peut-être croire à nouveau au bonheur. Ou, tout au moins, essayer.

Elle serra ses mains l'une contre l'autre pour les empêcher de trembler.

Comment leurs retrouvailles se dérouleraient-elles ? Allait-elle lui reprocher de l'avoir abandonnée ? Alexandrine pourrait-elle se justifier et lui faire entendre sa vérité ?

Plus le temps passait, plus elle s'angoissait. Et, lorsqu'elle vit enfin sa fille descendre d'une voiture à cheval, elle songea qu'elle avait eu raison de s'inquiéter. Adeline arborait un visage fermé.

« Avec le temps… » se répéta Alexandrine, comme pour se donner du courage.

Les semaines écoulées avaient été particulièrement difficiles. Elle avait quitté un bébé de moins de deux ans pour retrouver une inconnue butée, qui refusait de l'appeler « maman » et opposait une totale inertie à ses tentatives de rapprochement. Julien lui-même ne parvenait pas à dérider sa grande sœur. Il s'évertuait pourtant à le faire, et avait tenu dès le premier jour à lui faire visiter les abords de la Grande Maison.

Alexandrine, en plein désarroi, ne savait comment aborder sa fille. Adeline lui paraissait éteinte, mise sous le boisseau. C'était certainement ce qui s'était passé sous la férule de Catherine qui n'avait pas cherché à lui donner confiance en elle. Elle-même avait proposé à Adeline de reprendre ses études mais celle-ci avait refusé tout net.

« Pour me retrouver dans une classe où je serai la plus vieille, venue de ma campagne ? Merci bien ! »

Elle s'était résolue à suivre un apprentissage chez une repasseuse de la place Chavanelle. Adeline aimait le beau linge et le travail soigné ; elle s'appliquait chez Fernande, sa patronne, le cœur sur la main mais les reproches faciles. Elle partait chaque matin dès potron-minet, son casse-croûte enveloppé d'un torchon dans son panier. Elle se familiarisait peu à peu avec la topographie des lieux, même si elle regrettait toujours autant ses forêts.

Plus que tout, la cuisine de son aïeule lui manquait, son atmosphère chaleureuse et les arômes familiers. Elle avait été troublée d'apprendre que sa mère était elle aussi cuisinière comme si, d'un seul coup, Adeline avait été rattachée à une lignée.

Mais c'était faux. Puisque Alexandrine l'avait abandonnée.

Elle aurait voulu lui jeter tous ses reproches au visage et enrageait de ne pas y parvenir. Elle était bloquée, paralysée, par toutes ces années durant lesquelles elle avait dû se taire, et accepter.

Aussi continuait-elle de garder le silence, en se demandant combien de temps cette mascarade se poursuivrait. Même si elles se ressemblaient, Adeline ne serait jamais proche d'Alexandrine.

41

1902

Elle avait choisi avec soin chaque meuble de sa chambre parmi les collections paternelles. Lit à la polonaise, commode en bois de rose, secrétaire et coiffeuse Louis XVI, composaient un décor très féminin et raffiné. Elle aurait pu y être heureuse… si seulement elle avait aimé Charles Lanson. Leur union avait été décidée par leurs parents respectifs, dix-huit ans auparavant et l'un comme l'autre n'avaient pas eu leur mot à dire. Elle avait vaguement entendu parler d'un serment d'amitié. Le père de Charles avait sauvé son propre père durant la semaine sanglante de la Commune. Les deux jeunes gens s'étaient mariés à Lyon avant de s'installer à Saint-Étienne, où Charles venait de prendre la direction des Mines de sa famille.

Ils auraient pu être heureux, bien qu'ils aient peu de goûts communs. C'était un mariage arrangé, comme tant d'autres. Les autres s'en accommodaient généralement. Alors pourquoi n'avait-elle pu s'y résoudre ?

Elle avait porté l'enfant de Charles. Son accouchement avait été long et douloureux, une souffrance brute, à laquelle elle n'était pas préparée. Elle avait essayé d'aimer Émile, mais il ressemblait trop à son père.

Elle avait ensuite entamé une longue descente aux enfers, tiraillée entre l'obligation de tenir son rang et le désir de vivre une autre vie. De plus en plus sujette à des malaises tels que vertiges, bouffées de chaleur et évanouissements, elle était devenue une jeune femme fragile, à la santé chancelante. Elle-même avait fini par le croire, c'était plus commode, et cela lui permettait d'éviter une nouvelle grossesse. Comment son époux aurait-il eu le front de lui imposer une seconde fois l'épreuve de l'accouchement ?

Florence Lanson avait tenté de se persuader que cette existence la satisfaisait. Jusqu'au jour où elle avait rencontré Lionel.

Il avait à peine trente ans, était clerc de notaire et taquinait la muse. Il lui avait ouvert les portes d'un univers inconnu. Avec lui, elle avait découvert un Saint-Étienne insolite, celui des arts et d'une certaine bohème.

Lionel et elle se retrouvaient au gré des absences de son époux. Il lui avait fait la cour, et elle avait fini par le rejoindre dans sa garçonnière, place Roannelle.

Dans ses bras, Florence avait eu la révélation du plaisir, et appris à se préoccuper d'une autre personne qu'elle-même. Elle s'était sentie heureuse, enfin.

Jusqu'au jour où elle avait compris qu'elle était enceinte. Elle n'aurait jamais imaginé se retrouver dans pareille situation. Son adultère serait flagrant puisqu'elle n'avait plus de relations avec son époux depuis plusieurs années.

Paniquée, elle avait fait appel à Lucienne, et fini par échouer dans le logis sordide d'une faiseuse d'anges, dans le vieux Panassa.

Depuis, elle redoutait l'explication qui s'imposait avec son époux.

Il n'avait rien dit, mais il n'en avait pas eu besoin. Le regard qu'il posait sur elle était chargé de mépris.

Florence était consciente d'avoir gâché toutes ses chances. Elle n'avait pas revu Lionel. Comment l'aurait-elle pu, alors qu'elle était recluse dans sa chambre ? Elle avait envoyé Lucienne lui porter un message à son étude. Message auquel il n'avait pas répondu. Que devait-elle en penser ? Qu'il redoutait, lui aussi, le scandale ? Se serait-elle éprise d'une chimère ? Leur grand amour n'était-il qu'un leurre ? Le cœur lui manquait à cette perspective.

Ellc rcpoussa les draps brodés à son chiffre, se leva avec prudence. La tête lui tournait, elle se sentait horriblement lasse. Elle s'approcha de sa coiffeuse, contempla son reflet dans le miroir. Ses cheveux ternes, son teint livide, l'effrayèrent. Elle n'était plus que l'ombre d'elle-même.

Résolue soudain, elle saisit un flacon de parfum, le jeta contre le miroir. Celui-ci s'étoila avant d'exploser. Florence éclata alors en sanglots irrépressibles.

L'atmosphère chez Fernande la repasseuse était à la fois humide et étouffante. À longueur de journée, employées et apprenties maniaient les différents fers sur de grandes tables nappées de molleton blanc. Deux fourneaux permettaient de chauffer les fers. Il y en avait de toutes sortes : les fers « langue de bœuf », les fers « kabyles », en forme de petite feuille au bout d'un long manche, utilisés pour repasser bonnets et manches, les fers étroits qu'on appelait aussi « fers à fronçures », les fers à tuyauter... Adeline paniquait à l'idée de brûler la soie.

Elle jeta discrètement un coup d'œil à la pendule dont les aiguilles n'avançaient pas assez vite à son goût. Elle détestait ce travail, qu'elle avait pourtant choisi, elle n'était pas à l'aise avec ces femmes plus âgées qu'elle qui parlaient des hommes avec une franchise et une désinvolture déconcertantes. D'ailleurs, le sens de nombreux mots et expressions échappait à l'adolescente. Sa gêne était visible, et ses camarades ne se privaient pas pour la brocarder. On la surnommait « la rosière », et l'on se moquait d'elle. Surtout Raymonde, une belle fille à la langue bien pendue.

Les plaisanteries à propos du linge sale allaient bon train. De tout temps, on avait assimilé les lavandières, comme les blanchisseuses, à des femmes de petite vertu. La grosse Fernande, bâtie en force, les épaules carrées et les mains puissantes et larges, ne s'en laissait pas conter mais n'intervenait pas dans les affaires de l'atelier du moment que l'ouvrage était fait dans les règles. Or, Raymonde, la plus dévergondée et la plus redoutable, était aussi sa meilleure ouvrière. Il était inconcevable d'aller se plaindre de ses agissements auprès de la patronne. D'ailleurs, personne n'y aurait songé. On se débrouillait, on réglait ses problèmes seule, c'était ainsi que l'atelier fonctionnait. Et tant pis pour les gamines comme Adeline qui n'étaient pas assez délurées ni malignes. C'était à elles de s'adapter.

Adeline serra les dents sous les plaisanteries grivoises, les allusions à sa candeur, les moqueries de plus en plus méchantes. Tout y passa : ses quelques taches de rousseur sur le nez, ce nez, un peu trop retroussé, sa minceur, qui lui valut le surnom de « planche à pain »… Rien chez elle ne trouvait grâce aux yeux de ses camarades de travail mais elle ne devait surtout pas pleurer. Elle revenait le soir le dos cassé, le cœur lourd, en se demandant si elle trouverait un jour sa place. Tolérée à l'auberge, elle n'était pas acceptée à l'atelier, jugée trop différente des autres.

Heureusement, il y avait Julien, qui allait à sa rencontre et lui prenait la main. Avec son petit frère, elle était en confiance. Tous deux, orphelins de père, s'étaient choisis.

Dommage qu'elle ne parvienne pas à en faire autant avec Alexandrine…

42

Jadis, Marie-Aimée s'échappait de sa cuisine une à deux fois la semaine, allant « courir les bois », comme elle disait, pour retrouver les sensations de son enfance.

Les sens aux aguets, elle observait, attentive au moindre bruissement dans les fourrés. Elle souriait lorsqu'elle apercevait la silhouette menue d'un écureuil, dégringolant du faîte d'un arbre. Elle savait où trouver les buissons d'airelles, les ronciers et les genévriers. Récoltées durant l'été, les airelles étaient délicieuses en tartes, confitures, mais aussi en salades avec du sucre et du vin rouge. Elles avaient pour Marie-Aimée le goût de l'enfance. Elle se rappelait alors la ferme située près du Bessat, les agneaux à la toison douce, et sa grand-mère, Mélie, cuisinière hors pair. Celle-ci lui avait tout appris, notamment que la cuisine était avant tout un acte d'amour.

Marie-Aimée avait espéré transmettre son savoir

à son fils Robert, mais il n'avait pas de goût pour les fourneaux et ne supportait que la vie au grand air. Comme Marin, son petit-fils.

Le jour où Alexandrine était arrivée aux Bois Noirs, Marie-Aimée avait pressenti que la jeune fille ferait peut-être l'affaire. Elle avait une manière de froncer le nez pour humer les arômes qui révélait sa sensualité.

Comparée à Catherine, Alexandrine était merveilleusement vivante, et cet aspect de sa personnalité avait séduit la maîtresse de l'auberge. Elle savait qu'une vraie cuisinière aimait sentir, toucher, goûter...

Elle avait résolu de tenter sa chance, et n'avait pas été déçue. La petite était douée, et aimait chercher des accords originaux. Marie-Aimée se souvenait encore avec émotion d'un chapon sauté au cognac et au porto.

Alexandrine avait un don certain pour accommoder les volailles et n'hésitait pas à innover depuis qu'elle avait appris à utiliser bons vins et alcools.

L'élève a dépassé le maître, avait pensé Marie-Aimée à plusieurs reprises.

Elle ne le lui disait pas, cela ne se faisait pas, mais elle aimait travailler avec la jeune femme. Toutes deux avaient fini par s'entendre à demi-mot.

Alexandrine lui manquait et elle se reprochait de ne pas avoir imposé sa loi à sa bru. Catherine était trop rigide pour devenir une bonne cuisinière. Elle ne savait pas apprécier les couleurs d'une journée d'automne, ne connaissait pas les coins à champignons et boudait les desserts.

Marie-Aimée réprima un soupir. Elle était lasse et, pour la première fois, se demandait combien de temps encore elle pourrait continuer à cuisiner pour les clients de l'auberge. Elle avait vu un peu grand en investissant dans un nouveau fourneau, une merveille en fonte sombre, décorée de céramique bleu et blanc.

Catherine avait froncé le nez, prétendu qu'elles n'avaient pas les moyens de s'offrir ce qu'elle considérait comme une dépense inutile mais Marie-Aimée avait tenu bon. Après tout, c'était encore elle qui décidait !

Catherine supportait mal de s'entendre répéter cette vérité et n'avait rien trouvé à répliquer. Cependant, elle prenait sa revanche chaque fois qu'elle arborait une face de carême pour annoncer à sa belle-mère que l'auberge rencontrait des difficultés. Un concurrent avait ouvert à La Versanne. Il proposait des tables en terrasse, qui attiraient du monde à la belle saison.

Marie-Aimée se rendait compte qu'il aurait fallu innover, repeindre la salle de frais, mais elle n'avait plus la force de se lancer dans ce genre d'entreprise. Alexandrine aurait su, elle.

Elle jeta un regard perdu au décor qui l'entourait. Ses bois n'étaient plus les mêmes, à moins que sa vue n'ait baissé ? La promenade était plus longue que dans ses souvenirs, elle fatiguait plus vite. Elle rebroussa chemin. Tant qu'elle parviendrait à cuisiner, elle trouverait encore un peu de saveur à l'existence. Mais ce temps-là aussi lui était compté.

La première sortie en ville de Florence Lanson avait été pour les bords de la Loire.

Elle s'était fait conduire en ville, déposer devant l'immeuble du Grand Bazar du coin de rue, place Dorian, avant de filer place du Peuple et de prendre un fiacre.

Elle avait envoyé un mot la veille à Lionel par l'intermédiaire de Lucienne, lui fixant rendez-vous à la guinguette de Joséphine. « Comme avant », avait-elle précisé. C'était un endroit discret où les couples illégitimes aimaient à se retrouver.

Elle s'était préparée avec beaucoup de soin. Elle avait pris un long bain parfumé au jasmin, avait hésité quant au choix de sa tenue avant de se décider pour un tailleur en grain de poudre couleur lilas et un chemisier à guimpe en dentelle ivoire. Lucienne avait coiffé ses cheveux blonds en chignon volumineux et Florence avait posé dessus un petit chapeau en velours violet.

Elle se sentait jolie, même si elle avait encore un peu de poids à rattraper. Il fallait qu'elle reprenne confiance en elle et, surtout, qu'elle s'explique avec Lionel. Ils ne pouvaient pas se séparer ainsi, elle ne le supporterait pas.

Les chevaux allaient bon train. Florence se pencha

à la portière, huma un parfum de rose et de terre mouillée. Sortir de sa chambre la revigorait. Elle attendait avec impatience de retrouver Lionel, de se promener avec lui et de se glisser dans ses bras dans la chambre nichée sous les toits. Elle s'était raccrochée à cette perspective au cours des dernières semaines, alors que son époux continuait de l'ignorer. Pourrait-elle refaire sa vie avec Lionel ? Le scandale serait retentissant, elle serait bannie de la bonne société stéphanoise. Le cœur lui manqua. Était-elle de taille à faire face à cette situation ? Elle n'en était pas certaine. Elle préférait ces rendez-vous clandestins qui ne remettaient pas en cause son statut social. Cependant, il y avait son mari. Combien de temps se comporterait-il comme si de rien n'était ? Ils étaient mariés depuis dix-huit ans mais Florence ne s'était jamais intéressée vraiment à son caractère ou à ses aspirations profondes.

Il lui procurait une vie agréable, elle ne lui demandait rien d'autre.

La jeune femme serra ses mains l'une contre l'autre pour les empêcher de trembler. Au fond d'elle-même, elle gardait une inquiétude. Lionel allait-il venir ? Le doute lui nouait l'estomac. Elle se refusait à envisager l'échec.

43

1902

Le mois d'août avait-il exacerbé les passions ? Depuis le début de l'été, madame Lanson, déjà sujette depuis des années à des phases de mélancolie récurrentes, avait un comportement de plus en plus déroutant. Elle restait enfermée durant plusieurs jours dans sa chambre ou bien éclatait en sanglots convulsifs sous le regard perplexe des domestiques. Madame Céline avait un jour confié à Alexandrine que Madame avait « des problèmes nerveux ». Cette phrase était des plus vagues pour la cuisinière. Chez elle, en effet, on serrait les dents et on avançait, sans se laisser aller à des états d'âme. « Des problèmes de riches », avait résumé Julia.

Comble d'inconfort, une chaleur étouffante avait fait peser sur la ville une atmosphère poisseuse, chargée d'humidité. Le soir, Alexandrine avait l'impression que ses jambes lourdes ne dégonfleraient jamais.

Elle avait beau s'évertuer à confectionner beaucoup de plats froids, il faisait toujours horriblement chaud dans la cuisine. D'ailleurs, monsieur Lanson aimait à ce qu'elle serve du consommé le soir, quelle que soit la température extérieure.

Il lui inspirait de la compassion. L'été était calamiteux avec tous ces bruits au sujet de son épouse. Victime d'une nouvelle crise, madame Lanson avait été vue errant sur les bords de Loire, pieds nus et sans chapeau. Désemparé, son époux l'avait envoyée chez ses beaux-parents, espérant que le changement d'air contribuerait à lui faire reprendre ses esprits. La ville bruissait de rumeurs. On parlait d'un clerc de notaire qui avait repoussé madame Lanson. Il avait quitté Saint-Étienne. Ou alors le notaire, maître Cambre, l'avait renvoyé. On ne prisait guère les scandales dans ce genre de milieu. En tout cas, madame Lanson était désormais ostracisée. On avait trop parlé d'elle. Elle n'existait plus pour la bonne société stéphanoise.

Finalement, se disait Alexandrine en pelant ses asperges, qu'on soit bourgeoise ou fille du peuple, la sanction restait la même. L'adultère était interdit. À moins, rectifia-t-elle, qu'il ne soit interdit de se faire prendre ?

Tout, dans cette histoire, la ramenait à son propre faux pas et à la façon dont il avait bouleversé son existence. Elle avait beau se répéter que le temps avait passé, qu'il était impossible de revenir en arrière, elle ne se pardonnerait jamais sa trahison.

L'avenir de son aînée la tourmentait. Elle se rendait bien compte qu'Adeline n'était pas heureuse chez Fernande la repasseuse, en avait même parlé avec monsieur Lanson, mais ne parvenait toujours pas à établir un véritable dialogue avec sa fille. Leurs années de séparation avaient accentué le fossé entre elles. Julien s'entendait bien avec sa demi-sœur, sans réussir pour autant à rapprocher les deux femmes. Adeline avait-elle peur d'être rejetée ? La culpabilité d'Alexandrine la paralysait-elle ? C'était fort possible. Si elle pressentait les raisons de cet échec, Alexandrine ne voyait pas comment y remédier.

Elle revoyait Adeline tout bébé, avec ce sourire irrésistible qui lui creusait deux fossettes.

À l'époque, elle s'interrogeait déjà quant à l'identité du père de son enfant. Ses doutes avaient-ils contribué à faire de sa fille une enfant renfermée ? Alexandrine se posait toujours plus de questions, sans pouvoir les exprimer.

À son retour au pavillon, elle découvrit Adeline et Julien fort occupés à dévorer du pain perdu. Julien avait commencé à les préparer, et Adeline avait pris le relais, y ajoutant sa touche personnelle, une compotée d'airelles en guise d'accompagnement. Un délicieux arôme flottait dans la salle du bas qui faisait office de cuisine et de pièce à vivre.

Les enfants tournèrent un visage souriant vers leur mère.

— C'est drôlement bon ! lança Julien, en se pourléchant les lèvres.

Adeline renchérit :

« J'en faisais quelquefois dans la cuisine de l'auberge avec mamée. »

Julien posa des questions auxquelles son aînée répondit.

On se serra autour de la table pour qu'Alexandrine puisse goûter elle aussi les fameux pains perdus. Elle s'extasia comme il se devait, le sourire des enfants s'élargit. Pour la première fois depuis l'arrivée d'Adeline à la Grande Maison, Alexandrine pensa qu'un jour peut-être ils sauraient former une vraie famille.

Charles Lanson pressentit qu'un malheur était survenu en avisant le télégramme posé sur la console du hall. Tout au long de la journée, il avait souffert d'une sensation d'oppressement.

— On a porté ceci pour Monsieur en début d'après-midi, déclara Céline.

Il saisit le message du bout des doigts, le considéra durant quelques instants avant de se résoudre à l'ouvrir. Les mots lui sautèrent au cœur.

Florence décédée cette nuit, victime d'une chute accidentelle. Prière de nous rejoindre le plus rapidement possible.

Sous le choc, il froissa le papier bleu. Florence morte… Seigneur ! Même s'ils ne s'étaient jamais vraiment aimés, même si son comportement l'avait profondément choqué, elle était son épouse, la mère de son fils. Émile… Comment allait-il lui annoncer le drame ?

— Monsieur… hasarda Céline.

Charles Lanson tressaillit, comme pris en faute.

— Ce sera tout, Céline. Ou, plutôt, non, pouvez-vous contacter Franck et lui demander de tenir prête l'automobile ?

Même si elle écarquilla les yeux – une sortie en semaine ne correspondait ni aux goûts, ni aux habitudes de Monsieur –, Céline se garda bien de tout commentaire. Quoi qu'il arrive, les maîtres avaient raison, c'était une règle qui prévalait en toutes circonstances. Cependant, une fois que le maître fut parti – et ce après avoir revêtu un complet noir –, elle descendit en cuisine afin de communiquer la nouvelle à Alexandrine. Le maître prenait l'automobile en milieu de journée et paraissait bouleversé. Qu'est-ce que cela signifiait ?

Depuis la « maladie » de Madame, tout allait de travers dans cette maison. Céline aimait que les choses comme les gens restent à leur place. Or, il lui semblait qu'un vent de folie avait soufflé sur la famille Lanson. Heureusement, la cuisinière avait les pieds sur terre. Céline l'appréciait de plus en plus. Elle aimait à venir boire une tasse de café avec elle, tout en grignotant un gâteau sec. Alexandrine confectionnait des biscuits à la cannelle à se damner. Émile en était gourmand, lui aussi.

Les deux femmes ne se livraient pas à des commérages. Elles se bornaient à parler de l'actualité, des menus, et des soucis causés par l'absence de Madame. Il n'y avait plus de grands dîners, la Grande Maison était comme ensommeillée.

« Si vous aviez connu l'époque de la mère de Monsieur… racontait Céline. Une grande dame, qui connaissait tout dans sa maison, depuis le nombre de piles de draps jusqu'aux différents services à thé et à café. Nous avions tous à cœur de la servir du mieux possible. Avec Madame… enfin, la Madame actuelle, ce n'était plus la même chose. On voyait bien qu'elle ne s'intéressait pas à la tenue de la maison. »

À quoi Florence Lanson s'intéressait-elle ? Pas même à son époux ni à son fils. Elle donnait l'impression d'être une invitée dans sa propre demeure.

Alexandrine réprima un soupir. Ce n'étaient pas ses affaires.

Cependant, quand Saint-Étienne apprit avec un mélange de stupéfaction et de curiosité la mort de Florence Lanson, la Grande Maison fut bouleversée.

Les obsèques avaient lieu à Lyon, Monsieur avait fait prévenir Émile à son pensionnat, une atmosphère étrange pesait sur la famille.

On se comporta comme s'il était naturel de mourir à trente-cinq ans, après un premier scandale. On chuchotait que Madame était à moitié folle puis un nouveau bruit courut : elle s'était défenestrée. Le mot en lui-même était assez rare pour susciter les interrogations. Ainsi donc, ce ne serait pas un accident mais un suicide ? Les bonnes âmes s'indignèrent. Un prêtre ami de la famille de Florence procéda à une simple bénédiction. On le sut, et la rumeur en fut confirmée.

Un parfum de scandale était désormais attaché au nom de Lanson.

44

1904

— Tu mets toujours des baies de genièvre dans ta choucroute ? interrogea Adeline.

Alexandrine opina du chef.

— C'est une astuce de ton arrière-grand-mère. Tout comme j'en ajoute dans la sauce des pièces de gibier.

— C'est intéressant, commenta l'adolescente.

Pas à pas, sa mère commençait à l'apprivoiser. Julien avait joué un rôle majeur dans le rapprochement entre la mère et la fille. Son côté raisonnable impressionnait Alexandrine. Elle retrouvait en lui de nombreux traits de caractère de Félix, et s'en émouvait. En revanche, Adeline était une véritable Carrel et ne ressemblait en rien à Marin ou à Augustin. Ce qui accentuait la perplexité de sa mère.

Alexandrine se préparait depuis longtemps à la conversation qui aurait fatalement lieu un jour. À la place de sa fille, elle l'aurait attaquée bille en tête. Mais Adeline ne lui ressemblait pas. Elle réfléchissait longuement avant de poser des questions importantes.

Ce jour-là, pourtant, Alexandrine n'éprouva aucun pressentiment. C'était un dimanche après-midi, et toutes deux travaillaient dans le petit potager qu'elles avaient créé derrière le pavillon. Adeline, occupée à bêcher la terre, marqua une pause et s'essuya le front. La fin septembre était encore chaude, l'orage grondait du côté du Bessat. Des abeilles bourdonnaient autour des jardinières, qui les chassaient d'un geste impatient de la main. Même si les températures de l'après-midi étaient toujours élevées, les brumes matinales ne laissaient plus place au doute, l'automne était en chemin.

— Pourquoi m'as-tu abandonnée ?

Sous le choc, Alexandrine laissa tomber les paquets de semences qu'elle tenait. Bouleversée, elle ne put réprimer le tremblement de ses mains. Son cœur battait à grands coups précipités.

— Je ne t'ai pas abandonnée, déclara-t-elle fermement. On m'a chassée.

Sous le coup de l'émotion, elle se mordit les lèvres. Elle revoyait la scène avec une précision affolante. Les vociférations et les insultes de Catherine, son affreux chantage, le terrible dilemme…

Cependant, elle ne pouvait pas tout expliquer à sa fille. Car, à la base de cette lamentable histoire, il y avait son adultère et le suicide de Marin.

La mère et la fille échangèrent un regard incertain.

— Je veux la vérité ! asséna Adeline.

À treize ans, elle se sentait forte, soudain, en droit d'exiger de savoir ce qui s'était passé.

Son travail, même s'il lui déplaisait profondément, lui avait permis d'acquérir de l'assurance.

Alexandrine esquissa un sourire empreint de tristesse.

— La vérité ? Quelle vérité ? répondit-elle.

Adeline, comme ceux qui ont longtemps gardé un silence prudent, se mit alors à raconter. Les insultes répétées de Catherine, ses allusions de moins en moins voilées à l'inconduite de sa mère, sa rencontre avec le voiturier, et les semi-confidences de celui-ci.

— Je veux savoir, insista-t-elle. Qui était mon père ?

Alexandrine était pragmatique. Elle n'avait pas la moindre envie de rentrer dans des détails gênants, tant pour sa fille que pour elle. Elle soutint le regard scrutateur d'Adeline.

— Ton père ? C'était mon époux, naturellement, Marin. Ta grand-mère est à demi folle dès qu'on prononce mon nom. Je n'ai jamais voulu te laisser, Adeline, il faut me croire. Tout ce qui m'importait, c'était de te sauver. Tu avais une si mauvaise toux, et l'humidité rongeait notre logis. Tu étais à demi morte et le médecin exigeait pour toi du bon air. Je n'avais pas d'autre solution que de t'amener aux Bois Noirs. À ce moment-là, Catherine m'a soumise à un odieux chantage : elle ne te garderait pas si je ne renonçais pas à revenir te chercher.

Le visage d'Alexandrine refléta son désespoir.

— J'ai cru devenir folle de chagrin. J'ai supplié ta grand-mère, ce monstre. Elle est restée inflexible. Je suis revenue à plusieurs reprises, m'humiliant pour parvenir à t'apercevoir, ne serait-ce que quelques minutes. À chaque fois, elle m'a chassée. La dernière fois, Florentin a lancé sur moi un molosse qui m'a cruellement mordue. C'est ce qui a déclenché une action en justice. Monsieur Lanson m'a aidée à faire valoir mes droits.

— Ah oui... monsieur Lanson, fit Adeline sur un drôle de ton.

Sa mère ne releva pas. Elle savait que des bruits couraient à leur sujet mais elle avait déjà supporté tant d'avanies qu'elle ne s'y retournait plus. Elle avait trouvé une certaine paix dans la Grande Maison. C'était pour elle un luxe inestimable.

— Je ne comprends pas comment tu as pu te laisser faire, reprit l'adolescente.

Alexandrine se mordit les lèvres.

— Tu connais ta grand-mère, expliqua-t-elle. Il m'était impossible de lui faire entendre raison. Elle me hait, c'est viscéral. Il en a été toujours ainsi depuis le premier jour.

Adeline hocha la tête. Elle avait encore en mémoire la scène de sa grand-mère le jour où l'huissier était venu aux Bois Noirs.

— C'est vrai, admit-elle. Dès que je posais des questions à ton sujet, elle s'emportait. Avec mamée, c'était différent.

— Oh ! je me suis toujours bien entendue avec Marie-Aimée. Nous travaillions toutes les deux avec beaucoup de plaisir.

Il y eut un silence. Lentement, Adeline assimilait les informations communiquées par sa mère. Elle commençait d'ailleurs seulement à considérer Alexandrine comme sa mère.

Le pavillon constituait leur foyer, et chacun y avait imprimé sa marque. Julien gardait précieusement dans le grenier, aménagé en chambre, les livres donnés par Émile. Il dévorait les ouvrages de Walter Scott qui développaient son imaginaire. Alexandrine et Adeline partageaient la grande chambre, qui ouvrait sur le jardin.

Au fil des mois, Alexandrine avait acheté des meubles dans les « foires à tout ». Deux fauteuils en rotin, des coussins, une étagère, sur laquelle elle rangeait ses cahiers de recettes et les livres des enfants.

Elle mettait à sécher aux poutres des bottes de fleurs et de graminées. Elle plaçait chaque semaine des bouquets de saison dans un vase chiné sur le marché de la ferraille, derrière le théâtre municipal. « Ma petite part de bonheur », disait-elle, comme sa mère l'avait fait avant elle, quand son père lui rapportait un bouquet de fleurs des champs.

Peu à peu, elle se prenait à espérer. Adeline redeviendrait vraiment sa fille. Tous trois formeraient une vraie famille. Cependant, en même temps, une sourde angoisse la tenaillait.

Après tous ces drames qui la poursuivaient, était-elle faite pour le bonheur ?

45

1905

Chez madame Fernande, la routine était déprimante. Faire chauffer les fers sur l'un des poêles réservés à cet effet dans l'atelier, passer sa journée debout, dans une chaleur humide, à repasser des piles et des piles de linge, utiliser les fers à tuyauter pour les coiffes et les bonnets, ou encore des fers étroits dits « Pagode », réservés aux froncés des poignets et des corsages.

Pour s'occuper, les filles aimaient à harceler toujours plus Adeline, la plus jeune, la plus inexpérimentée. L'adolescente avait de plus en plus de peine à supporter leurs piques. Elle se sentait laide, mal à l'aise, empruntée. Une fille de quatorze ans mal dans sa peau, cherchant encore sa place. Le jour où Raymonde, celle qui la tourmentait depuis des mois, la traita de sale bâtarde, Adeline vit rouge. Elle se jeta sur Raymonde en brandissant son fer. Les deux filles roulèrent sur le carreau. Raymonde tordit le bras d'Adeline qui lâcha le fer. L'adolescente n'était pas de force mais la rage lui permit de se dégager de l'étreinte de son ennemie. À califourchon sur elle, elle la gifla, sèchement avant de se relever.

— Je pars ! lança-t-elle à madame Fernande qui accourait pour les séparer.

Une fois dehors, elle prit une longue inspiration. Elle était libre, enfin !

Aussitôt après, l'angoisse lui noua le ventre. Quelle serait la réaction de sa mère ?

Adeline ne s'était jamais aventurée dans la Grande Maison. Habituée à se faire discrète depuis sa petite enfance, elle ne fréquentait pas « les bourgeois », comme disait Julien.

Elle ne prit pas la peine de passer au pavillon, remonta l'allée bordée de buis et fit irruption dans la cuisine après avoir emprunté l'entrée de service.

— Mère ! cria-t-elle.

Avant de s'immobiliser net parce qu'elle venait d'apercevoir monsieur Lanson assis à la table de la cuisine, en grande conversation avec Alexandrine. Adeline ne pouvait deviner que sa mère s'ouvrait une nouvelle fois auprès du maître de maison de son souci. Elle se tourmentait au sujet de l'avenir d'Adeline, qui dépérissait chez madame Fernande.

Ils relevèrent tous deux la tête en même temps, et cette similitude dans leurs gestes troubla l'adolescente.

— Excusez-moi, balbutia-t-elle, esquissant le mouvement de battre en retraite.

Monsieur Lanson se leva.

— Non, non, j'allais regagner mon bureau.

Adeline rougit.

— J'avais hâte d'expliquer à ma mère ce qui vient de se passer. J'ai quitté madame Fernande, ajouta-t-elle à l'adresse de la cuisinière. Ce n'était plus possible pour moi.

Alexandrine commençait à la connaître et ne mit pas sa parole en doute.

— Nous en discuterons au pavillon, suggéra-t-elle.

Monsieur Lanson intervint alors :

— Si je puis me permettre... Comme vous m'aviez déjà parlé de ce problème, Alexandrine, j'ai cherché quelques pistes. Je vais téléphoner à l'une de mes relations au pays du chapeau et je reviens vers vous.

— Au pays du chapeau ? répétèrent les deux femmes, surprises.

Charles Lanson sourit.

— Je vous expliquerai. Accordez-moi quelques minutes, je vous prie.

La mère et la fille restèrent muettes le temps que monsieur Lanson se rende dans son bureau utiliser ce qu'Albertine, la vieille lingère, nommait « l'appareil du diable ». Elles se regardaient, perplexes.

Lorsqu'il les rejoignit, il paraissait tout guilleret.

— Si cela vous convient, jeune fille, vous pouvez entrer en apprentissage dans l'usine de mon ami

Chatel. Certes, c'est un peu loin, à Chazelles-sur-Lyon, mais il existe une pension des plus convenables. Aimeriez-vous apprendre à fabriquer des chapeaux ? Et, pourquoi pas, par la suite, devenir modiste ?

Les yeux d'Adeline brillèrent. Enfin ! Quelqu'un l'encourageait ! Et ce n'était pas n'importe qui ! Monsieur Lanson en personne. Elle se tourna vers Alexandrine.

— Si ma mère est d'accord, je suis prête à tenter ma chance, déclara-t-elle d'un ton résolu.

Pour la première fois depuis sa naissance, on lui laissait le choix de son destin.

Adeline éprouva une sensation étrange tout le long du trajet la menant à Chazelles-sur-Lyon. D'abord, c'était la première fois qu'elle montait dans une automobile. Une Peugeot, lui avait précisé monsieur Lanson avec une pointe de fierté, et elle avait eu envie de rire quand il lui avait recommandé de passer un cache-poussière.

Sa mère et lui étaient pareillement accoutrés : long manteau enveloppant, grande écharpe et casque en cuir attaché sous le menton.

À leurs côtés, Adeline s'était sentie une intruse. Elle avait remarqué leur entente, leur complicité, même.

Le voyage jusqu'à Chazelles constituait une véritable expédition mais monsieur Lanson avait insisté pour les conduire.

« Je tiens à vous présenter à monsieur Chatel, le propriétaire de l'usine. Ainsi, Adeline sera plus en confiance. »

Sa mère avait acquiescé. À sa place, Adeline aurait éprouvé de la confusion mais Alexandrine ne paraissait pas se poser de questions. Elle accueillait avec le sourire les attentions de monsieur Lanson. Adeline l'admirait, jusqu'à la souffrance, et enviait Julien. Sa mère l'avait élevé, avait toujours été à ses côtés alors qu'elle avait subi les brimades de Catherine et des valets.

La trentaine de kilomètres qui séparait la Grande Maison de Chazelles-sur-Lyon fut parcourue en un temps record pour Alexandrine. Au passage, monsieur Lanson leur indiquait le château de Bouthéon, la cité de Saint-Galmier, connue pour l'eau naturellement pétillante de sa source.

— Nous sommes à la montagne de ce côté-ci aussi ! s'écria Alexandrine, découvrant les Monts du Lyonnais.

Elle avait le cœur serré. Adeline ne pourrait revenir souvent, la distance était trop importante. Cependant, elle comprenait que sa fille devait saisir sa chance.

Monsieur Lanson arrêta son automobile devant une propriété imposante. Il descendit seul de voiture, après avoir recommandé aux deux femmes de l'attendre.

Adeline mordilla l'ongle de son pouce.

— À présent, je me demande pourquoi je me

suis lancée dans cette aventure, réfléchit-elle à voix haute.

— Parce que tu ne pouvais plus supporter ton travail à l'atelier de madame Fernande. Je sais ce que c'est : à seize ans, je me désespérais de travailler dans une passementerie. J'avais l'impression d'être condamnée à vivre dans cette atmosphère jusqu'à la fin de mes jours. Il a suffi d'une réprimande injuste pour que je prenne mes cliques et mes claques et, malgré tout ce qui m'est arrivé par la suite, je ne l'ai pas regretté.

Adeline sourit.

— Dans ce cas, tu peux me comprendre.

— Je pense, oui.

L'espace d'un instant, la mère et la fille se sentirent unies, et complices.

Le retour de monsieur Lanson mit fin à ce moment privilégié. Il arborait un large sourire.

— Tout est réglé avec monsieur Chatel, annonça-t-il. Adeline, vous allez faire la connaissance de madame Ferrier, qui dirige les jeunes filles. Elle vous amènera chez mademoiselle Hortense, votre logeuse.

De nouveau, la panique submergea Adeline. Trop de noms inconnus, un bouleversement total dans son existence… Contre toute attente, sa mère et son frère n'allaient-ils pas lui manquer ?

Alexandrine lui pressa l'épaule.

— Il faut aller jusqu'au bout, à présent, ma grande.

L'adolescente opina du chef. Elle se laissa guider par monsieur Lanson, salua madame Ferrier, visita sa chambre chez mademoiselle Hortense. Lit de fer recouvert d'une courtepointe rouge, table de toilette, commode en bois blanc, composaient un décor simple mais chaleureux. Le visage d'Adeline s'éclaira en découvrant plusieurs livres sur la commode. Elle continua de sourire tandis que mademoiselle Hortense lui détaillait le règlement strict.

— Je suis une fille sérieuse, tint-elle à préciser.

Ce qu'Alexandrine confirma.

Monsieur Lanson pressa le mouvement, il avait à faire à la mine. La mère et la fille s'étreignirent.

— Donne-moi des nouvelles, pria Alexandrine.

Cette nouvelle séparation, même si les circonstances étaient tout à fait différentes, lui pesait. Elle ne pouvait se permettre, cependant, de retarder monsieur Lanson.

Sur la route du retour, il respecta son silence jusqu'à Saint-Galmier. La sentant se détendre un peu, il glissa :

— Êtes-vous soulagée ? L'usine Chatel a bonne réputation, je pense que votre fille s'y plaira.

Elle s'efforça de surmonter sa mélancolie.

— Je vous remercie de tout cœur, monsieur Lanson. De toute manière, nous n'avons guère le choix, n'est-ce pas ? J'aimerais tant…

Elle s'interrompit.

— Que voulez-vous dire ?

— J'aimerais que ma fille soit heureuse, acheva-t-elle.

Plus heureuse que je ne l'ai été, songea-t-elle.

La main droite de monsieur Lanson vint chercher la sienne, la serra.

Interloquée, Alexandrine s'interrogea quant à l'attitude qu'il convenait d'adopter.

Déjà, il reposait la main sur le volant, et Alexandrine se demandait si elle n'avait pas rêvé ce geste.

46

1905

Même si le travail était pénible, Adeline se plaisait beaucoup mieux à l'usine Chatel que chez madame Fernande. Une ambiance sympathique régnait parmi les ouvrières. Adeline s'était vite liée avec Josépha, de deux ans son aînée qui logeait elle aussi chez mademoiselle Hortense. Toutes deux faisaient le chemin ensemble, tôt le matin, alors que la brume estompait les contours des Monts du Lyonnais.

Lors de sa première journée, la jeune fille avait découvert les différentes étapes de la fabrication.

D'abord, feutrer les poils de lièvres, de lapins domestiques et de garenne au moyen d'une préparation préalable, le secrétage. On mélangeait les sacs de poils dans une caisse en fer. La souffleuse, une longue machine en bois et en fonte, sélectionnait le poil le plus fin et le plus léger et éliminait les impuretés comme les poils grossiers, appelés « jarres ».

Venait ensuite l'étape du bastissage. On confectionnait une cloche, cinq à six fois plus grande que le chapeau fini. Pour un chapeau de femme, il fallait cent grammes de poils, c'est-à-dire quatre à cinq peaux de lapin. Le poil était projeté sur un grand cône perforé de trous multiples.

L'ouvrier arrosait le cône d'eau chaude, ce qui favorisait l'agglomération des poils. Cette opération était très rapide mais exigeait une certaine pratique pour acquérir le tour de main indispensable.

On passait alors au semoussage, nécessaire afin de renforcer les cloches de feutre. Pour ce faire, devant de larges fenêtres, on les pliait en tous sens par cinq ou six dans une feutrine avant de les rouler sur une table en fonte chauffée à la vapeur. Les cloches, ayant perdu cinq à six centimètres après cette opération, étaient inspectées une par une à la lumière du jour. C'était le garantissage.

Cependant, le travail n'était pas terminé ! il fallait « fouler » les cloches sur une machine spéciale tout en les arrosant d'un filet d'eau froide durant deux bonnes heures.

Adeline dépliait puis repliait les cloches, en un mouvement répétitif. Elle les arrosait ensuite d'une eau chaude additionnée d'une solution d'acide sulfurique.

Madame Ferrier avait un jour expliqué aux nouvelles apprenties qu'avant l'invention de la fouleuse mécanique, on effectuait un foulage manuel, dans d'énormes cuves en bois remplies d'eau chaude additionnée de mercure ou, plus tard, d'acide sulfurique. Les hommes, torse nu, tordaient les cloches à la main avant de les frotter et de les tremper dans le bain afin de bien les faire rétrécir. Entre chaleur, émanations d'odeurs délétères et risques de brûlures, ce travail était alors particulièrement pénible.

Adeline avait déjà les mains bien abîmées et les frottait le soir de graisse.

Puis on s'attelait à l'apprêt, appliqué soit au pinceau, soit à l'éponge, puis à l'atelier de finitions. C'était le moment préféré d'Adeline, quand elle voyait le feutre « presque » fini.

C'étaient les ouvriers les plus anciens, les mieux qualifiés, qui se chargeaient de la tâche d'appropriage. Ils empilaient les cloches dans des serpillières humides durant toute une nuit, ce qui leur rendait de leur élasticité. Elles étaient ensuite placées sur des formes en bois de tilleul, représentant les différents tours de tête. Une fois sec, le chapeau était démoulé et arrondi avec des ciseaux.

Il convenait alors de « peloter » le chapeau pour rendre de l'éclat au feutre puis de le garnir. La garnisseuse confectionnait des coiffes pour l'intérieur des chapeaux, posait galons extérieurs, rubans, nœuds.

Tout au long de ces étapes, Adeline avait compris qu'elle rêvait de devenir modiste. Produire ne lui suffisait pas, elle désirait créer des chapeaux.

Adeline Rousselet, qui ignorerait à jamais l'identité de son père, avait besoin de laisser une trace d'elle.

Lorsqu'elle était revenue pour la première fois à Saint-Étienne, elle était intarissable. Elle voulait tout raconter à sa mère et à son frère. L'atelier Chatel, mademoiselle Hortense qui, sous des dehors bourrus, gâtait ses pensionnaires en leur confectionnant de copieux repas, madame Ferrier, exigeante mais juste…

— Donc, ça te plaît ! résuma Julien.

Adeline acquiesça.

— Drôlement, tu peux me croire !

— Fais voir, s'inquiéta Alexandrine en saisissant ses mains abîmées.

— Ce n'est rien ! L'eau très chaude, l'acide sulfurique… Les risques du métier, comme dit madame Ferrier.

Sa mère opina du chef. Elle-même ne comptait plus les brûlures ni les coupures. Le fait de manipuler de lourdes marmites en fonte était aussi éreintant mais elle y prenait à peine garde tant elle aimait son métier.

— Nous allons fêter ton retour, annonça-t-elle à son aînée.

Ils se rendirent au Rond-Point où, attablés en terrasse, ils mangèrent une délicieuse omelette. Lentement, la relation entre la mère et la fille devenait plus harmonieuse, comme si elles avaient commencé à s'apprivoiser.

Une brume légère s'effilochait par-dessus les collines. Presque malgré elle, Alexandrine tourna la tête du côté de Planfoy. Sa fille sourit.

— Tu aimais le Pilat, toi aussi, glissa-t-elle.

Les joues d'Alexandrine s'empourprèrent. Julien lui décocha un coup d'œil étonné.

— Je n'y suis jamais allé ! gémit-il.

Sa mère se mit à rire et lui ébouriffa les cheveux d'un geste empreint de tendresse.

— Pauvre chéri ! Nous t'y emmènerons, va, lorsqu'il fera très chaud en ville. Tu verras, on respire bien mieux là-haut.

À condition de ne pas y croiser le chemin de Catherine ou de se faire courser par son molosse ! pensa Alexandrine.

Si Félix lui manquait toujours autant, elle goûtait une certaine douceur de vivre auprès de ses enfants. Elle avait appris à se satisfaire de ce que la vie lui offrait. Son travail la passionnait, même si elle regrettait l'époque des grands dîners. Depuis la mort de son épouse, monsieur Lanson menait une existence plus retirée. Il consacrait toujours plus de temps à son travail. Quand il revenait pour les vacances scolaires, Émile ne manquait jamais de venir bavarder avec elle. La pratique de la natation lui avait permis de forcir. À dix-neuf ans, il mesurait près d'un mètre quatre-vingts et était large d'épaules.

Pas le moins du monde intéressé par les mines, il rêvait de devenir écrivain. Rêve qu'il avait confié à Alexandrine, mais dissimulait à son père. Il n'imaginait que trop bien, en effet, la réaction de Charles Lanson, héritier d'une dynastie houillère.

« Tu me soutiens, n'est-ce pas, Ninou », priait-il.

Depuis qu'il la connaissait, il l'avait baptisée « Ninou », et ce petit mot tendre était un autre secret partagé. Elle lui conseillait de tenter de se confier à son père, il renâclait devant l'obstacle en prétendant que Charles Lanson mettrait tout en œuvre pour saboter son projet.

Alexandrine se posait des questions à son sujet. Que savait-elle au juste de monsieur Lanson ? Sa personnalité, réservée, la fascinait malgré ses zones d'ombre. Elle l'avait senti profondément blessé depuis le suicide de sa femme mais n'aurait jamais eu l'idée de l'inciter à se livrer.

Elle avait conscience de lui devoir beaucoup : c'était lui qui lui avait permis de retrouver Adeline, lui encore qui lui avait déniché cet apprentissage à Chazelles-sur-Lyon. Elle avait aussi noté qu'il recherchait sa présence, et se demandait quelle attitude adopter. Jusqu'à présent, elle était restée telle qu'elle était. L'intérêt que monsieur Lanson lui portait lui faisait un peu peur, comme s'il avait mis en danger l'équilibre fragile qui était le sien.

Elle avait beau se répéter : « Nous verrons bien », elle doutait quant à l'avenir. Elle et ses enfants ne dépendaient-ils pas de monsieur Lanson ?

Elle travaillait pour lui, ils étaient logés sur sa propriété.

Madame Céline le lui avait fait remarquer quelques jours auparavant : « Monsieur Lanson est votre bienfaiteur, Alexandrine », et elle s'était sentie rougir alors qu'elle n'avait rien à se reprocher. Cependant, elle avait été trop souvent stigmatisée, cela l'avait marquée. Elle était celle par qui le scandale était arrivé, et devrait l'assumer sa vie durant.

Augustin n'était pas revenu à la Grande Maison, au profond soulagement de la cuisinière. C'était un autre voiturier, Phaédon, qui assurait désormais les livraisons de vin. Alexandrine ne lui avait posé aucune question.

Pour elle, Augustin appartenait au passé.

Elle jeta un coup d'œil à son diplomate aux fruits confits, qu'elle venait de terminer. Émile rentrait ce soir, et il avait toujours aimé ce dessert. Elle sourit. Il lui semblait que la maison reprenait vie quand Émile occupait sa chambre.

Pourvu qu'il se décide à parler à son père ! La situation ne pouvait s'éterniser ainsi, tous deux en souffraient.

Elle s'imagina dialoguant avec Félix : « Les riches ont leurs problèmes aussi, tu t'en doutais, toi ? »

Son Félix aurait souri et répondu que leurs propres soucis lui suffisaient. Il lui manquait, avec une intensité qui lui faisait parfois peur.

Comme s'il avait tout emporté avec lui.

47

Avais-je le choix ? se demanda Alexandrine, fixant son reflet dans le miroir.

Sa mère affirmait qu'on était toujours maître de ses décisions, bien qu'elle-même se soit laissé prendre au piège des belles paroles prononcées par Damien.

Il avait suffi d'une promenade en voiture du côté du col de la République. Ce dimanche-là, Julien était parti assister à un concert, place de l'Hôtel-de-Ville, et Adeline restait chez mademoiselle Hortense. Monsieur Lanson ne lui avait pas laissé le loisir de réfléchir.

« Je vous emmène ! » avait-il lancé, alors qu'elle ôtait son grand tablier bleu et que Perrine finissait de ranger la vaisselle.

Alexandrine avait perçu l'étonnement de la petite, faisant écho au sien.

Elle avait pris le temps de tapoter son chignon, de mordre ses lèvres pour leur donner un peu de couleur.

— Allons-y, la pressait-il.

À cet instant, elle avait décidé de ne plus se poser de questions.

« Prends donc le bon temps quand il se présente », disait volontiers son vieil ami Valentin.

Il était mort l'hiver précédent, d'un froid qui lui était tombé sur la poitrine. Le quartier du Crêt de Roc et celui du Soleil s'étaient retrouvés à l'enterrement, dans l'église Sainte-Barbe qui éveillait tant de mauvais souvenirs chez Alexandrine.

Elle avait revu des visages familiers, s'était réfugiée dans les bras de Julia qui poussait la chaise roulante de Séverine.

Julien l'accompagnait. Tout naturellement, ses anciens voisins avaient évoqué Félix et elle avait eu de la peine à réprimer ses larmes. Julien se raidissait dès qu'on mentionnait le nom de son père. Alexandrine avait voulu presser sa main, il s'était dégagé d'un coup sec, ce qui l'avait blessée. Au fond d'elle, elle savait qu'il n'avait rien oublié.

« Vous êtes bien loin de moi », avait fait remarquer monsieur Lanson.

Ils roulaient vers Bourg-Argental, qu'elle connaissait seulement de nom. Elle se rappelait aussi qu'Augustin lui avait parlé à plusieurs reprises de cette petite ville.

Depuis leur excursion à Chazelles, la jeune femme avait surmonté sa peur de l'automobile. Elle appréciait, même, de voir défiler le paysage beaucoup plus rapidement qu'en calèche. Le vert des prairies et des frondaisons accentuait, par contraste, le bleu du ciel de mai. Monsieur Lanson conduisait avec une assurance tranquille, et semblait y prendre plaisir. Le vent de la course menaçait l'équilibre du chapeau d'Alexandrine, qui aimait cette sensation de liberté. Elle cria pour se faire entendre :

— Avez-vous l'intention d'apprendre à conduire à Émile ?

— Émile ? Comme c'est curieux ! J'avoue ne pas y avoir songé. Je ne l'imagine pas conduisant une automobile. Il est toujours dans la lune !

Précisément, c'est un artiste, pensa Alexandrine. Mais ce n'était pas à elle de révéler le secret du jeune homme.

Le silence revint dans l'habitacle.

Monsieur Lanson traversa Bourg-Argental, étiré autour de son église et des anciens remparts, sans s'arrêter, bifurqua sur la gauche après avoir parcouru deux à trois kilomètres.

La route grimpait, en direction des crêts. Un rapace volait devant eux à basse altitude, comme s'il avait ouvert la route.

Monsieur Lanson immobilisa son automobile sur une éminence, faisant face à la chaîne des Alpes, presque irréelle à l'horizon. Une grille flanquée de deux piliers en pierre, une allée sablée menant à une bâtisse imposante, percée de nombreuses fenêtres et nichée sous un toit d'ardoises… Le cadre était séduisant.

— Je suis tombé sous le charme de cet endroit au premier regard, poursuivit-il.

Alexandrine se demanda pour quelle raison il se livrait à cette confidence. Souffrait-il tant de la solitude ? Elle acquiesça d'un signe de tête, ne sachant que répondre.

— Venez ! l'invita-t-il.

Elle descendit de voiture, huma avec bonheur ce qu'elle appelait « l'air du Pilat », fragrances piquantes et odeur de mousse mêlées.

Les yeux de monsieur Lanson brillèrent.

— Vous aimez vous aussi, n'est-ce pas ? J'en étais sûr. Souvent, lorsque j'avais trop de soucis, je faisais atteler la voiture et je m'évadais jusqu'ici.

La jeune femme resta ébahie. Elle n'imaginait pas le moins du monde celui qui était « le patron » éprouver des états d'âme ou le besoin de quitter la ville. Pourtant, n'était-il pas un homme comme les autres ? C'était ce qu'elle se répétait depuis leur première rencontre, pour ne pas être impressionnée.

— Venez donc ! insista-t-il.

À sa suite, elle gravit un perron aux marches à demi couvertes de mousse.

La demeure, bâtie pour une famille de soyeux lyonnais, lui expliqua-t-il, avait un style indéfinissable, comme si elle avait hésité entre plusieurs options. Façade sobre de couleur crème, fenêtres encadrées de blanc, terrasse bordée d'une balustrade en pierre, séduisaient d'emblée. Un hêtre pleureur se déployait vers la terrasse tandis que des massifs de rhododendrons rouges et rose vif faisaient chanter leurs couleurs.

— Le domaine se nomme La Roche au Loup, reprit monsieur Lanson. Cela m'a plu d'emblée.

Il s'effaça pour la laisser passer, sortit une clef de taille impressionnante en fer forgé, la fit tourner dans la serrure et ouvrit grand la porte.

Alexandrine se sentit sous le charme en découvrant un vestibule dallé de noir et blanc, trois pièces de réception en enfilade, baignées de soleil grâce à de hautes fenêtres. La plus petite pièce était aménagée en bureau.

Cette maison avait une âme, elle le ressentit et esquissa un sourire. Elle ne remarqua même pas la fuite au plafond ni la poussière accumulée sous les meubles. Elle voyait des pièces hautes de plafond, ouvrant sur les collines verdoyantes. La cuisine, immense, se composait d'un fourneau de belle taille, d'une longue table en bois, de deux billots, de placards et d'une glacière.

— Quelle merveille ! s'écria-t-elle. Et ce fourneau… Une vraie cuisinière a dû habiter ici.

Le sourire de monsieur Lanson s'accentua.

— Il paraît, en effet.

— Est-ce pour cette raison que vous m'avez demandé de vous accompagner ?

Il lui décocha un regard étonné.

— Quelle idée !

Sans pour autant en dire plus, la laissant avec ses interrogations.

Le reste de la visite lui réserva d'autres surprises. Un petit salon tendu de toile de Jouy bleu et blanc, au parquet blond. Une bibliothèque dont les rayonnages montaient jusqu'au plafond. Des chambres vastes, avec des poutres au plafond, des cabinets de toilette équipés de baignoires...

— J'ai pensé à celle-ci pour vous, déclara monsieur Lanson en poussant une porte.

La pièce arracha un petit cri de ravissement à Alexandrine. Nichée sous le toit, elle avait beaucoup de charme avec ses deux fenêtres ouvrant sur la campagne, son mobilier en bois blond.

— Du bois de citronnier, précisa-t-il.

Elle aima l'idée de ce bois fruitier, avant de se tourner vers monsieur Lanson.

— Une chambre pour moi ? À quel titre ? Mes enfants et moi habitons le pavillon d'été.

— À plus ou moins long terme, je viendrai m'installer ici, expliqua-t-il. Quand Émile me succédera. Et je n'envisage pas d'y venir sans vous.

Aussitôt, elle réalisa qu'il désirait habiter La Roche au Loup et son cœur s'affola.

— À quel titre ? répéta-t-elle.

Il soutint son regard.

— Vous comprendrez aisément que je ne puis envisager de vous épouser. En revanche...

Elle n'écoutait plus. Elle avait l'impression d'avoir reçu une gifle. De nouveau, elle se sentait rejetée. Fille de rien. Elle releva le menton.

— Je ne suis pas une femme entretenue, monsieur Lanson.

Le regard étincelant, les joues empourprées, elle vibrait d'indignation.

Il leva la main dans un geste d'apaisement.

— Ce n'est pas ce que j'ai voulu dire. J'ai beaucoup de respect pour vous, Alexandrine.

— Dans ce cas, je ne comprends pas, insista-t-elle.

Comme perdue, elle craignait à nouveau de tout perdre. Depuis la mort de son père, elle savait qu'aucune situation n'était définitive et qu'elle-même était vulnérable.

Ses yeux s'emplirent de larmes. Non ! Ne pleure pas ! s'exhorta-t-elle. Reste forte !

Il tendit la main vers elle.

— Alexandrine, mon petit, loin de moi l'idée de vous causer de la peine.

Il l'attira contre lui. Le nez contre sa veste, elle humait la fragrance légèrement citronnée de son eau de Cologne. Cependant, elle demeurait sur ses gardes.

Lorsqu'il reprit la parole, elle l'écouta avec attention.

— N'attendez pas de moi de grands serments. Je me défie trop de l'amour, désormais. Je vous propose une sorte de contrat : je prendrai en charge vos enfants, vous logerai, vous allouerai une pension. Charge à moi de vous séduire.

— Comme c'est joliment dit ! ironisa Alexandrine, la bouche sèche. Je serai une servante-maîtresse, pouvant être renvoyée à tout moment.

Il la considéra froidement, choqué par sa franchise et désarçonné par sa propre incapacité à exprimer ses sentiments.

— Vous avez la liberté de refuser.

Dire qu'elle avait éprouvé de la compassion pour lui !

— J'aimerais pouvoir le faire, répliqua-t-elle.

Elle avait été forcée par Marin, s'était amusée avec Augustin. Seul Félix lui avait permis de croire à nouveau à l'amour. Avec monsieur Lanson, c'était encore différent : il usait de sa situation, de son aisance financière, pour lui imposer un statut dont elle ne voulait pas. Et le plus humiliant était qu'elle devait l'accepter. Tous deux le savaient.

À cet instant, elle maudit sa pauvreté, ainsi que la domination exercée par les hommes.

Tous, excepté Félix, s'étaient servis d'elle.

Ils prirent le chemin du retour dans un silence pesant.

De nouveau, Alexandrine se sentit prisonnière.

Elle n'avait pas le choix.

Ou, plutôt, elle n'avait pas le courage de recommencer de zéro.

48

En d'autres circonstances, Alexandrine aurait apprécié les attentions dont elle était l'objet mais la contrainte qui pesait sur elle l'en empêchait. Même si elle aimait sa chambre à La Roche au Loup, elle redoutait de devoir y recevoir monsieur Lanson. Elle disait toujours « monsieur Lanson », comme pour établir avec lui une distance nécessaire. C'était pour elle un moyen de résister.

Elle voyait bien qu'il tentait de la séduire par de multiples attentions mais feignait de ne rien remarquer. De toute évidence, il ne savait quelle attitude adopter vis-à-vis d'elle et était trop bien élevé pour la contraindre.

Ils traversèrent une période difficile. Alexandrine organisait la cuisine de La Roche au Loup, prenant plaisir à commander le matériel dont elle avait besoin. Monsieur Lanson supervisait les travaux de rénovation de la demeure, sans pour autant délaisser ses responsabilités à la mine. Tous deux se croisaient de temps à autre, sans avoir de véritable conversation. Alexandrine regrettait leur ancienne complicité, tout en se disant que monsieur Lanson l'avait bien cherché. Elle n'aimait pas cultiver l'amertume, mais ruminait sa rancœur.

Heureusement, ses enfants ne paraissaient pas souffrir de la situation. Adeline achevait son apprentissage aux usines Chatel, elle évoquait la possibilité de poursuivre sa formation chez une modiste stéphanoise. De son côté, Julien se montrait brillant élève.

Monsieur Lanson parlait de le faire entrer au lycée. Cela faisait un peu peur à Alexandrine : son fils n'allait-il pas être perdu parmi ses condisciples issus de la bourgeoisie ?

« C'est stupide, voyons ! » rétorqua monsieur Lanson après qu'elle eut osé lui faire part de ses craintes.

Il était même allé jusqu'à laisser tomber, avec une pointe de dédain : « C'est là un réflexe de pauvre ! »

Et Alexandrine, piquée au vif, de répliquer : « Mais je suis pauvre. Vous-même me l'avez fait remarquer. »

Elle aimait assez le renvoyer à ses propres paroles. Elle avait ainsi l'impression de reprendre la main. Elle refusait de se laisser intimider par celui qu'elle nommait en son for intérieur « le patron ». Lui agissait comme si de rien n'était, se montrait prévenant, comme avant. Mais la donne avait changé, Alexandrine se défiait de lui à présent.

Elle devait reconnaître qu'il faisait preuve de persévérance. Et savait donner à une femme le sentiment d'être la personne la plus importante au monde. Le jour où il lui avait commandé un dîner de gala pour célébrer la fin des travaux, elle avait préparé son fameux buisson d'écrevisses, de la lotte à la bordelaise, des coquilles Saint-Jacques au gratin et lui avait ouvert une bouteille de champagne. C'était la première fois qu'elle en buvait, et il lui avait semblé que les bulles lui montaient à la tête.

Ils avaient dîné dans le petit salon, devant la cheminée en noyer, sur un guéridon recouvert d'une nappe en dentelle.

Monsieur Lanson avait particulièrement apprécié les coquilles Saint-Jacques au gratin et les fonds d'artichaut périgourdine. Le gâteau au chocolat était moelleux à souhait, la crème anglaise un véritable délice.

« Ma chère, vous auriez un succès fou si vous ouvriez un restaurant », déclara-t-il à la fin du repas.

C'était son rêve mais elle eut la prudence de ne pas le lui confier. Elle se contenta d'accepter son compliment avec le sourire.

Après… elle avait bu une nouvelle coupe de champagne et elle ne se rappelait pas ce qui s'était passé. Elle s'était réveillée nue dans son lit, à demi enroulée dans le drap, et s'était étirée, avec une merveilleuse sensation de bien-être.

Jusqu'au moment où elle s'était souvenue de la fin de la soirée. Monsieur Lanson l'avait portée dans sa chambre, elle l'entendait lui demander si elle voulait bien et elle avait dit oui dans un souffle.

Elle rougit au souvenir de leur étreinte. Elle gardait en mémoire la délicatesse avec laquelle il l'avait dévêtue, ses caresses, et la sensation de plénitude éprouvée dans ses bras.

Elle s'empourpra derechef. Comment avait-elle pu trahir ainsi Félix ?

Cependant, elle avait l'impression qu'un sang nouveau, une vitalité accrue, coulait dans ses veines.

Malgré ses scrupules, elle esquissa un sourire.

Elle se sentait revivre.

— Écrivain ? Traîne-savate, oui ! Plumitif criant misère ! Ma parole ! tu as perdu la tête !

Les vociférations de monsieur Lanson faisaient trembler les murs de la Grande Maison. Julien, qui avait retrouvé sa mère dans la cuisine, se boucha les oreilles.

— Je n'aime pas entendre crier, gémit-il.

Alexandrine tenta de le rassurer :

— Ne t'inquiète pas trop. Émile et son père finiront bien par se réconcilier.

Elle n'en était pas certaine. Monsieur Lanson lui avait souvent fait part de son ambition pour Émile, tout en regrettant son manque de volonté.

« Il tient de sa mère », avait-il laissé tomber, et cette constatation recelait un abîme de déception.

Alexandrine ne partageait pas son avis. Pour elle,

Émile était un jeune homme attachant, émotif et rêveur.

Je dois plaider sa cause, se promit-elle sans pour autant se bercer d'illusions. Monsieur Lanson pouvait se montrer particulièrement entêté.

— Tu sais, reprit son fils, je serai le seul de ma classe à partir pour le lycée.

Alexandrine hocha la tête.

— Je sais, mon fils. Qu'en penses-tu ?

Julien marqua une hésitation. Il avait les cheveux sombres et les yeux clairs de son père. Quand il réfléchissait, en fronçant le front, il ressemblait tant à Félix que le cœur de la jeune femme se serrait.

Je ne t'oublierai jamais, mon amour, pensa-t-elle avec force.

— Eh bien... répondit enfin Julien d'une voix posée. Je crois que, même si j'ai un peu peur, ça me plaît aussi. J'ai envie d'apprendre, de lire, toujours plus. Et puis, monsieur Lanson a promis de m'aider.

Elle acquiesça, l'esprit ailleurs.

C'était bien là le piège, se dit-elle. Monsieur Lanson était devenu omniprésent dans leur vie, il était leur recours mais, ce faisant, dirigeait tout.

49

1908

Face au paysage de son enfance, Adeline éprouva une étrange sensation de désarroi. Elle avait imaginé… elle ne savait quoi, qu'elle ressentirait de l'émotion, bien sûr, peut-être un peu de nostalgie. Or, il n'en était rien. Bien campée sur ses jambes, elle observait la silhouette trapue de l'auberge, ses ouvertures ourlées de pierres apparentes, son toit d'ardoises, et avait l'impression d'être une étrangère. Le molosse ne tirait plus sur sa chaîne à la porte de l'écurie. Elle en fut soulagée car elle le craignait. Les bâtiments paraissaient étrangement silencieux.

Elle s'avança. Il fallait le faire, se dit-elle, avant de partir pour Lyon. Elle s'était habillée avec recherche, portait une jupe de laine bleu marine, un chemisier blanc à lavallière et un spencer gris pâle. Ses bottines étaient cirées avec soin.

Son année d'apprentissage chez mademoiselle Simone, modiste place Dorian à Saint-Étienne, lui avait donné le goût des tissus de qualité et du tombé, comme disait la vieille demoiselle.

À dix-sept ans, Adeline était une jeune personne à la silhouette élancée, au visage avenant éclairé par ses yeux verts. Elle avait beaucoup de peine à discipliner sa chevelure châtain qui ondulait dès que l'air s'imprégnait d'humidité. On lui avait déjà dit qu'elle était belle, et elle n'y prêtait pas vraiment attention. Elle avait l'ambition d'ouvrir sa boutique de modiste avant d'atteindre l'âge vénérable de vingt-cinq ans, et elle y parviendrait. Monsieur Lanson l'aiderait, il le lui avait promis.

Elle esquissa un sourire moqueur. Sa mère s'évertuait à dissimuler sa liaison avec monsieur Lanson, alors qu'Adeline l'avait devinée depuis longtemps. Sa mère pouvait être si prude, parfois ! Adeline avait compris que si elle voulait sortir de sa condition, elle ne devait pas avoir trop de scrupules. De plus, quel mal y avait-il à être aidée par un homme riche et plus âgé que vous ? Aucun ! N'était-ce pas le seul moyen de gravir quelques échelons dans la hiérarchie sociale ?

Pourtant, elle aussi avait eu des principes. Principes qui avaient été balayés quand le fils du patron de l'usine lui avait fait un brin de cour. Naïvement, Adeline avait accordé foi à ses serments, avait même découché pour le rejoindre à Saint-Galmier. Jusqu'au jour où elle avait appris son prochain mariage avec l'héritière d'une famille de soyeux lyonnais.

Elle s'était sentie trahie, sans pour autant en faire tout un drame. Après tout, n'était-ce pas la règle du jeu ? Elle s'était laissé piéger, cela ne se renouvellerait pas. Et son départ pour Lyon l'aiderait à oublier.

Elle était prête. Son travail à l'usine Chatel, puis son apprentissage chez mademoiselle Simone lui avaient permis de prendre de l'assurance et de déterminer ce qui était bon pour elle.

Même si son enfance pas comme les autres l'avait marquée, Adeline était bien décidée à affronter le monde. À condition de revenir une dernière fois aux Bois Noirs.

Une petite bonne, sortant par la porte de service, lui décocha un coup d'œil intrigué. Vingt ans à peine, des cheveux qu'elle devinait roux à demi enfouis sous un bonnet tout simple, un sourire timide…

Je pourrais lui ressembler et mener la vie qu'elle mène, pensa Adeline, en observant la servante qui peinait à porter un seau d'eaux usées plein à ras bord.

Elle mesurait sa chance d'avoir appris un vrai métier et de pouvoir approfondir sa formation.

La petite bonne, ployant toujours sous le poids de sa charge, se retourna vers Adeline.

— Vous cherchez quelqu'un, mademoiselle ?

— En effet. Madame Rousselet, la vieille dame. Marie-Aimée.

— Vous la trouverez dans la cuisine.

Adeline la remercia et pénétra dans l'auberge par l'entrée de service. Il suffisait de remonter le couloir sur lequel ouvraient les portes des deux celliers et de pousser la double porte du fond.

Marie-Aimée était bien là, s'activant devant sa grande table. Elle venait de vider deux beaux canards de Barbarie et préparait une farce à base du foie des volailles, de pommes de terre coupées en dés et d'olives vertes.

Adeline connaissait la recette : sa mère l'utilisait souvent. Pour la première fois, elle se demanda quelle existence Alexandrine avait menée aux Bois Noirs.

— Bonjour, grand-mère.

Marie-Aimée tressaillit. Si, en apparence, elle semblait ne pas avoir changé, l'âge était là, sur le visage sillonné de rides, sur les mains déformées par les rhumatismes, dans le regard plus flou.

Ses traits s'éclairèrent.

— Adeline ! C'est bien toi, mon petit ? Quelle bonne surprise !

Les deux femmes s'étreignirent. Adeline s'émut de constater que son arrière-grand-mère avait maigri. Elle était désormais une vieille dame fragile. Ce qu'elle lui confirma quelques minutes plus tard :

— Je ne sais pas combien de temps je pourrai continuer à cuisiner. Tout me paraît plus difficile et je n'ai plus guère de force.

— Prenez une fille de cuisine.

Marie-Aimée leva les yeux au ciel.

— Catherine ne voudra jamais ! Tu connais le proverbe : « L'avarice est comme le feu, plus on y met du bois, plus il brûle ! » D'après elle, nous sommes quasiment dans la misère. Il faut dire que les clients se font plus rares. J'ai dû refuser deux noces, je ne me sentais pas de force. Pour ça, Catherine m'a fait une belle sérénade ! Il paraît que je suis l'artisan de notre ruine. Peste ! Elle n'avait qu'à ne pas chasser ta mère !

— On parle de moi ici ?

La voix cassante de Catherine fit sursauter Adeline et Marie-Aimée.

Elle était restée telle que dans son souvenir, se dit Adeline : les cheveux gris et les yeux noirs, le teint très pâle, la bouche durcie. Elle portait une robe gris foncé et un châle bleu marine.

Elle fit trois pas dans la cuisine, s'arrêta face à Adeline, qu'elle toisa.

— Tiens ! te voilà à nouveau, la bâtarde ! Je croyais t'avoir ordonné de ne jamais remettre les pieds ici !

— C'est mon arrière-grand-mère qui dirige encore l'auberge, répliqua Adeline sans se laisser démonter.

— Elle ?

Catherine jeta un regard chargé de mépris à sa belle-mère.

— Elle est à demi gâteuse et a failli mettre le feu

à la cuisine pas plus tard que la semaine dernière. Sans moi, elle n'a plus qu'à mettre la clef sous la porte ! Il faut t'y faire, c'est moi la maîtresse des Bois Noirs, à présent.

— C'était votre but.

Les yeux légèrement rétrécis, Catherine soutint le regard de sa petite-fille.

— À ton avis ? Pourquoi me serais-je échinée ma vie durant sur cette terre ? Oui, j'ai toujours aimé les Bois Noirs et j'ai épousé Robert pour y vivre. J'ai craint un moment que ta garce de mère ne prenne ma place mais elle a été assez sotte pour se mettre en fâcheuse posture. Elle est douée pour la cuisine, vois-tu, et moi pas. Mais j'ai d'autres ressources.

Elle ricana, et Adeline dut se raidir pour ne pas reculer. Elle avait toujours redouté sa grand-mère, et elle mesurait à présent l'intensité de sa haine.

— Je me demande pour quelle raison tu es revenue ici, la bâtarde, reprit-elle, mais dis-toi bien que tu n'auras rien. La vieille a besoin de moi, elle le sait et elle sait que je le sais. Elle ne fera rien contre moi, et tout me reviendra. N'est-ce pas, belle-maman ?

Marie-Aimée poussa un énorme soupir.

— Il faut comprendre, petite. Sans Catherine, je ne suis plus bonne à rien.

Adeline en aurait pleuré de voir l'ancienne maîtresse des Bois Noirs réduite à cette dépendance. Cependant, elle-même était impuissante. Catherine avait tous les atouts en main et ne se priverait pas d'en user.

Elle releva la tête. Pas question, en effet, pour elle, de faire croire à Catherine qu'elle avait gagné. Pourtant, c'était bien ce dont il s'agissait.

Elle s'avança d'un pas, embrassa la joue ridée de Marie-Aimée et tourna les talons sans saluer Catherine.

Parvenue sur le seuil de la grande cuisine, elle lança par-dessus son épaule :

— Ça me plaît bien, d'être une bâtarde ! Je détesterais l'idée d'avoir hérité de votre caractère, Catherine !

Elle s'en alla, en éprouvant une formidable sensation de soulagement.

Elle était heureuse de partir pour Lyon.

Sa place n'était plus aux Bois Noirs depuis longtemps.

50

1908

Il aurait pu être heureux à La Roche au Loup, songea Charles Lanson, contemplant le paysage vallonné depuis la fenêtre de son bureau. Les sapins montaient la garde en lisière des bois. Leurs silhouettes sombres avaient quelque chose de rassurant.

Après avoir passé presque cinquante années avec des chevalements et des puits de mines pour tout horizon, il appréciait cette ouverture sur la nature et la forêt.

Cependant, il ne se sentait pas encore vraiment chez lui à La Roche au Loup, certainement parce que son fils unique avait refusé de s'y rendre.

« Les vieilles pierres, père, vous savez bien que cela ne m'intéresse pas. Je vais tenter ma chance à Paris. »

Paris ! Comme si l'on y avait attendu Émile !

Charles Lanson avait piqué une colère mémorable, menacé son fils de lui couper les vivres, rien n'y avait fait. Émile avait pris le train en jurant de ne pas revenir de sitôt à Saint-Étienne.

Alexandrine avait été peinée qu'il ne soit pas venu lui faire ses adieux, elle pensait pourtant qu'Émile la considérait comme une amie. Mais, naturellement, il avait fini par entendre des rumeurs au sujet de sa liaison avec monsieur Lanson et y avait accordé foi.

Il n'en avait pas parlé à son père, ce qui valait certainement mieux car ce dernier n'aurait pas apprécié cette incursion dans sa vie privée.

Charles Lanson l'avait fort mal accepté. Le pire était qu'il éprouvait depuis longtemps un sentiment de culpabilité vis-à-vis de son fils. Il n'avait pas aimé sa mère, n'était pas parvenu à l'empêcher de mettre fin à ses jours, et, d'ailleurs, n'avait pas imaginé qu'elle recourrait à cette extrémité. Florence demeurait pour lui une blessure et une faille.

Monsieur Lanson n'était pas homme à pratiquer l'introspection. Son mariage avait été un gâchis, et il ne supportait pas l'idée qu'Émile en paie les conséquences. Pourtant, n'était-ce pas ce qui était en train de se passer ? Il n'avait jamais vraiment accordé sa confiance à Émile. Était-ce pour cette raison que son fils avait choisi une autre voie ?

Émile tenait plus de sa mère que de lui, tous deux en avaient conscience.

« Nous avons fort peu de choses en commun,

père, vous le savez aussi bien que moi », lui avait-il dit le jour de son départ.

Un nouvel échec, pensa Charles Lanson.

À cinquante-quatre ans, il vivait mal la situation, d'autant qu'il n'avait pas d'amis à qui se confier. N'était-ce pas étrange ? Il avait construit sa vie sur le travail, sans se préoccuper des sentiments comme l'amour ou l'amitié. Il avait été élevé ainsi, à la dure, par un père pour qui la mine constituait le seul centre d'intérêt. Sa mère, une femme confite en dévotion, fréquentait assidûment la paroisse et se consacrait à ses œuvres tout en laissant le soin d'élever son fils à Nounou, jusqu'au moment où il était allé en pension. S'il en avait souffert, il avait fini par s'en accommoder. Chez les Lanson, on ne faisait pas étalage de ses sentiments. C'était considéré comme vulgaire et indécent.

Pour cette raison, Charles Lanson était incapable de définir ses sentiments pour Alexandrine. N'était-ce pas terriblement commun d'avoir fait de sa cuisinière sa maîtresse ? Pourtant, lorsqu'il la rejoignait dans sa chambre, lorsqu'il lui faisait l'amour, il se sentait vivant, merveilleusement.

Il esquissa un sourire. Il était tombé sous le charme d'Alexandrine, le soir de leur première rencontre, dans la cuisine de la Grande Maison, alors qu'il était venu la complimenter pour son dîner mémorable. Quand il l'avait vue, les joues rougies, les cheveux à demi dénoués, parmi le désordre des plats et des assiettes, il avait ressenti un élan, une vague de désir inconnus. De ce jour, il ne pouvait nier son attirance pour la jeune femme.

Florence l'avait deviné, elle s'en moquait, parce qu'elle ne l'avait jamais aimé, mais lui envoyait de temps à autre des piques.

Charles Lanson avait suffisamment de maîtrise pour ne rien laisser voir. De toute manière, à ses yeux, il ne s'agissait pas d'amour mais plutôt de désir, d'attirance sexuelle.

Pour cette raison, il avait tenu à donner un cadre contractuel à leur relation. C'était pour lui une sorte de garde-fou.

Il se détourna de la fenêtre, retourna à son bureau, se plongea dans son courrier. Il avait déjà perdu trop de temps à rêvasser.

Depuis son installation à La Roche au Loup, Alexandrine retrouvait des odeurs, des sensations qu'elle croyait avoir oubliées. Elle redécouvrait le plaisir d'aller cueillir des myrtilles ainsi que les herbes qu'elle utilisait, cherchait les coins à champignons.

Elle avait l'impression d'avoir déjà vécu plusieurs vies, et c'était vrai. N'existait-il pas un abîme entre l'atelier de passementerie de monsieur Bollard et l'Auberge des Bois Noirs, entre l'activité de clapeuse et la Grande Maison ?

Il devait bien exister une logique à ce cheminement, se disait-elle parfois, sans parvenir à la définir.

Elle appréciait la vie qu'elle menait à La Roche au Loup, tout en se persuadant qu'un jour ou l'autre elle devrait y mettre fin. N'en avait-il pas toujours été ainsi ? Elle n'osait plus croire au bonheur. Elle l'avait connu avec Félix, elle ne le connaîtrait jamais plus.

Même si monsieur Lanson était un amant capable de lui faire perdre la tête, elle ne l'aimait pas, se répétait-elle. L'amour, c'était différent. La tendresse, la complicité, l'union des corps et des cœurs. Seul son corps intéressait monsieur Lanson. Tous deux parlaient peu, ils n'en avaient pas besoin. Lorsqu'il l'attirait vers lui, nue, elle lui prodiguait d'instinct les caresses qui le rendraient fou de désir mais elle ne l'aimait pas.

Cela ne pouvait être.

51

1909

Si elle avait eu son mot à dire, Alexandrine aurait plaidé pour une installation définitive à La Roche au Loup. En effet, elle supportait de moins en moins bien les retours du dimanche soir à la Grande Maison, ainsi que l'obligation de veiller à l'intendance des deux demeures.

Cependant, il n'était pas question pour elle d'émettre un seul souhait. Elle suivait le mouvement, en s'arrangeant pour que tout fonctionne au mieux. Le reste… ce n'était pas son affaire !

Perrine lui était d'une aide précieuse. Comme elle n'avait plus de famille, elle suivait elle aussi monsieur Lanson et dormait à La Roche au Loup dans une soupente. Elle avait pris confiance en elle et s'enhardissait parfois à suggérer des accords de vins et de mets.

« Tu es douée », lui avait fait remarquer Alexandrine, et la jeune fille avait rougi derechef.

L'atmosphère à la Grande Maison était devenue plus pesante après le départ d'Émile.

Monsieur Lanson rentrait de plus en plus tard, dînait seul dans un silence lourd.

Dès qu'elle avait terminé la vaisselle, Alexandrine regagnait son pavillon où elle savourait une certaine solitude. Même si ses enfants lui manquaient, elle se suffisait à elle-même. Elle s'acquittait de ses tâches ménagères avant de s'installer dans ce qu'elle appelait son luxe, un fauteuil à haut dossier acheté sur une foire à tout. Là, elle réfléchissait à une carte avant de se traiter de folle. Elle n'aurait jamais les moyens de s'installer à son compte !

« Accroche-toi à tes rêves », lui recommandait Félix, jadis.

Il lui manquait toujours autant, même si son visage s'estompait parfois dans sa mémoire. Elle se réveillait encore parfois en hurlant. Charles Lanson ne pouvait pas comprendre. Il ne cherchait pas à le faire, d'ailleurs. Son existence était cloisonnée. Elle constituait sa distraction de la fin de semaine. Il appréciait sa cuisine. En dehors de cela, il ne s'intéressait pas à ce qu'elle pouvait éprouver ou penser. Tous deux n'avaient pas de conversation digne de ce nom ou, tout au moins, ils n'en avaient plus depuis qu'il avait fait l'acquisition de La Roche au Loup. Comme si le fait d'avoir mis Alexandrine dans son lit l'avait dispensé, désormais, de faire des efforts. Or elle avait besoin d'être prise en considération.

Elle secoua la tête. Combien de temps encore pourrait-elle continuer à mener cette vie ?

Rien ne se passait comme elle l'aurait souhaité. Cette nuit-là, recroquevillée dans son lit, elle laissa couler ses larmes. Elle sentait qu'elle parvenait à la croisée des chemins mais ignorait quelle décision était la meilleure.

Et cette incertitude la minait.

À La Roche au Loup, Juliette, l'intendante, fut la première à informer Alexandrine.

— Vous êtes au courant ? Ce projet dont on parlait depuis plusieurs mois, un grand hôtel dominant la vallée du Rhône, eh bien, ça y est ! Les travaux ont commencé, et ça file, croyez-moi ! Quand il y a de l'argent ! C'est un entrepreneur de Lyon, qui est tombé amoureux du coin, paraît-il. Il veut que son hôtel concurrence les établissements climatiques suisses. Imaginez-vous ça ? Au cœur du Pilat !

Alexandrine l'imaginait fort bien. N'avait-elle pas toujours pensé qu'une excellente cuisinière pouvait attirer la clientèle jusqu'au bout du monde ? Une excellente cuisinière… C'était son domaine.

Elle hésita une bonne semaine avant de se décider. Ne risquait-elle pas une nouvelle fois de tout perdre sur un coup de tête ? Ce n'était même pas une question d'argent, son salaire étant satisfaisant.

Non, elle avait envie de faire ses preuves, de relever de nouveaux défis.

Monsieur Lanson recevant de moins en moins, elle avait le sentiment de gâcher son talent.

Au bout d'une semaine, donc, elle résolut de se rendre au Grand Hôtel des Alpes. La journée de juin était chaude mais, au fur et à mesure qu'elle grimpait vers le crêt, la fraîcheur l'emportait. C'était cela qu'elle aimait dans « son » Pilat : les variations de température liées au climat d'altitude. L'air embaumait le tilleul et la rose.

Alexandrine découvrit qu'un nouveau revêtement recouvrait la route d'accès, la rendant carrossable.

La jeune femme s'immobilisa, ébahie, devant un bâtiment de belle taille, s'étirant sur une longueur conséquente, face à un panorama sublime.

— Écartez-vous, madame ! lança un ouvrier en bleu de travail.

Il portait une commode délicatement marquetée qui suscita l'admiration d'Alexandrine. Elle aimait les beaux meubles. Pour elle, ils participaient d'un certain art de vivre destiné à vous procurer du plaisir.

Elle poursuivit son chemin vers le bâtiment, stupéfaite par la qualité de la construction et du mobilier. Le propriétaire devait avoir des moyens illimités ! s'amusa-t-elle.

Le hall était encore en chantier mais son carrelage, un damier noir et blanc, impressionna la jeune femme. Avec son sens pratique habituel, elle songea qu'il faudrait un personnel conséquent pour entretenir l'hôtel. Ce qui renforça sa détermination.

C'est ici qu'elle avait envie d'exercer ses talents de cuisinière.

Concentrée sur sa tâche, Alexandrine travaillait deux cents grammes de beurre, deux cent cinquante grammes de chair de brochet, huit œufs, sel, poivre et noix de muscade râpée. Une farce à quenelles classique.

Elle refusait de se laisser distraire par l'importance de l'enjeu. Une fois, déjà, elle avait prouvé ses compétences.

Le propriétaire du Grand Hôtel des Alpes, à qui elle s'était présentée comme cuisinière, lui avait proposé de la mettre à l'épreuve.

Adam Lefort, la quarantaine, était natif de Bourg-Argental.

— Je vais attirer une foule de touristes dans la région, annonça-t-il à Alexandrine.

Il était convaincu de réussir. Elle admirait sa confiance, elle qui doutait souvent de ses capacités.

Elle avait choisi de confectionner des carpes farcies, des poulets aux écrevisses, des fagots de haricots verts, suivis d'un plateau de fromages de la région, d'une bombe glacée aux fruits rouges et de crêpes Suzette.

Le front barré d'une ride, elle farcit les carpes de sa farce à quenelles, de cent grammes de champignons, d'une belle truffe, d'échalotes et de persil haché.

Ne pas penser à autre chose qu'au menu, s'exhorta-t-elle.

Pourtant, elle ne pouvait s'empêcher de se demander si monsieur Lanson avait accordé foi à son excuse. Elle lui avait dit avoir besoin de deux jours de congé pour raisons familiales. Comme il savait qu'à l'exception de ses enfants il ne lui restait plus de famille, il n'avait pas dû être dupe.

Tant pis pour lui ! se dit-elle. Après tout, elle n'avait pas de comptes à lui rendre.

Elle prépara le petit court-bouillon pour les écrevisses.

Le travail ne lui faisait pas peur. Elle aimait cuisiner. Lorsqu'elle réfléchissait à une nouvelle recette, elle oubliait tout le reste.

À commencer par monsieur Lanson.

52

1909

— J'aime Lyon ! s'écria Adeline avec une emphase qui ne lui ressemblait pas.

Le lieutenant Maurice Sainclair, le militaire qui l'escortait, lui sourit.

— Pour ma part, j'aime votre enthousiasme. Ne serait-il pas lié au délicieux repas que nous sommes en train de partager ?

Elle n'avait jamais observé d'yeux aussi bleus, couleur d'aigue-marine. Blond, le visage ouvert, la bouche bien ourlée, il était séduisant et en avait conscience.

Elle l'avait rencontré lors d'un bal. Elle y avait accompagné son amie Élodie, qui travaillait comme elle chez mademoiselle Louise, une modiste renommée ayant pignon sur rue place Saint-Jean.

Adeline ne savait pas danser mais elle s'était vite enhardie à suivre les consignes d'Élodie.

Brusquement, elle avait éprouvé une merveilleuse sensation de liberté et n'avait plus prêté attention aux regards qui suivaient ses mouvements. Jusqu'au moment où un homme de belle allure, de haute taille, s'était légèrement incliné devant elle.

« Permettez-moi de vous enseigner la valse, mademoiselle. »

Elle avait acquiescé d'un sourire, s'était laissé entraîner sur la piste aménagée. L'orchestre, composé d'un violoniste et d'un pianiste, avait attaqué les premières mesures du *Beau Danube bleu*. Elle se sentit emportée dans une autre dimension et tournoya sur la piste, jusqu'à perdre la tête.

C'était ainsi que tout avait débuté entre Maurice et Adeline.

Ils s'étaient revus, se rendant au concert, au théâtre, au restaurant. Ils avaient commencé à former des projets. Maurice Sainclair avait parlé mariage. Il aimait Adeline, désirait l'épouser. Elle évoluait sur un petit nuage. Éprise de lui, elle était sensible à sa séduction sans pour autant perdre la tête. Son expérience malheureuse de Saint-Galmier lui avait enseigné qu'il convenait de se faire désirer. D'ailleurs, Élodie avait été la première à la mettre en garde contre les militaires.

« Ils te font de belles promesses pour te mettre dans leur lit et après… ils disparaissent dans la nature ! » lui avait-elle dit avec son franc-parler habituel.

Maurice était-il capable d'agir ainsi ? Dans le

doute, Adeline préférait lui tenir la dragée haute et lui interdire toute familiarité. Sa famille exploitait des vignes dans les Monts du Lyonnais depuis près d'un siècle. Adeline appréhendait le jour où elle ferait leur connaissance. Elle n'avait pas de chaperon, et rechignait à présenter sa mère à Maurice. Elle avait peur... elle ne savait de quoi au juste, tout en ayant conscience de la différence de situation entre leurs deux familles. Pour le moment, Maurice ne se montrait pas trop insistant mais la jeune fille était lucide : ce répit ne durerait pas.

Maurice tendit la main, saisit le bout de ses doigts.

— Quand nous serons mariés... commença-t-il.

Adeline lui sourit.

— Où habiterons-nous ?

Il parut surpris.

— Chez mes parents, naturellement ! Ils possèdent une grande maison et comme je suis appelé de par ma carrière à me déplacer souvent. Vous verrez, vous vous plairez à la Chênaie.

Elle ne répondit pas tout de suite. Elle avait pris goût à une certaine liberté depuis qu'elle vivait à Lyon.

— J'aimerais continuer à travailler, glissa-t-elle.

Cette fois, Maurice eut l'air choqué.

— Travailler ? Vous n'y pensez pas, ma mie ? Chez les Sainclair, les femmes se consacrent à leur époux et à leurs enfants. Car nous aurons très vite des enfants, n'est-ce pas ?

Elle se troubla sous son regard insistant. Elle avait peur, tout à coup, d'un avenir qu'elle n'imaginait pas ainsi.

Il perçut son émoi, accentua sa pression sur sa main.

— Ne vous tourmentez pas, ma chérie. Quand nous serons mariés, cela vous paraîtra différent.

C'était une manière de clore le débat, sans pour autant entendre ses arguments, Adeline en avait tout à fait conscience. Cependant, elle n'eut pas le courage d'insister. La soirée était belle, le repas délicieux. Après tout, peut-être avait-il raison.

Adeline recula de deux pas pour juger de l'effet de son chapeau dans la vitrine de mademoiselle Louise. Il « rendait bien », estima-t-elle, détaillant le grand couvre-chef en tulle brodé de fleurs ivoire, la calotte plate ceinturée d'un ruban de velours noir et d'un nœud de velours assorti à l'arrière.

C'était le premier couvre-chef qu'elle avait entièrement réalisé, après que ses dessins avaient été acceptés par la modiste. Si elle était exigeante, mademoiselle Louise était juste et appréciait la belle ouvrage.

— Mademoiselle !

Adeline sursauta, se retourna. La personne qui venait de l'interpeller avait une voix impérieuse. Habituée à commander, pensa la jeune fille.

Âgée d'une cinquantaine d'années, elle portait

des vêtements bien coupés, gris moyen, des bottines cirées et un chapeau de feutre du bon faiseur.

Adeline nota ces détails et sourit à l'inconnue.

— Puis-je faire quelque chose pour vous, madame ?

— Je cherche mademoiselle Adeline.

— C'est moi.

Elle inclina à demi le buste, comme mademoiselle Louise le lui recommandait pour saluer les clientes.

— Veuillez entrer dans le magasin, reprit-elle.

L'inconnue secoua la tête.

— Non, non, je désirais simplement voir à quoi vous ressembliez. Nous ferons plus ample connaissance un autre jour... à condition que mon fils s'obstinc dans son projet. Je suis madame Sainclair, précisa-t-elle enfin, avant de tourner les talons et de se diriger vers le quartier de la Presqu'île sous le regard stupéfait d'Adeline.

Celle-ci, interloquée, la suivit des yeux jusqu'à ce qu'elle disparaisse.

— Que se passe-t-il, Adeline ? s'enquit mademoiselle Louise, la voyant rentrer dans le magasin le visage à l'envers.

La jeune fille secoua la tête.

— C'est curieux. Apparemment, il s'agit de la mère de Maurice mais elle n'a pas été particulièrement aimable.

La vieille demoiselle avait déjà rencontré le militaire venu chercher Adeline en fin de journée. Elle émit un « Tsst tsst » réprobateur.

— Ce n'est pas très encourageant. Cette personne a souhaité vous voir avant les présentations officielles. La famille de Maurice a-t-elle de la fortune ?

Adeline avoua son ignorance.

— Parlez-en à Maurice, lui conseilla mademoiselle Louise. En vous gardant bien de prononcer le moindre jugement, bien sûr. N'oubliez jamais que la mère de ces messieurs est une personne sacrée.

C'était formulé sur un tel ton qu'Adeline s'interrogea quant au passé de sa patronne. Déjà, celle-ci reprenait :

— Nous autres, modistes, trottins, cousettes, n'avons pas forcément bonne réputation. Surtout, mon petit, ne donnez jamais prise au scandale.

La jeune fille acquiesça et retourna dans l'atelier. Sur la large table en bois étaient regroupés les matériaux dont elle avait besoin : paire de ciseaux, pinces coupantes, pinces plates, petit marteau, pinceaux, pelotes d'épingles, bichon... Elle utilisait aussi des moules en bois, un pied de type pour poser les formes, une presse à vapeur, des fers à coque destinés au travail en biais du tissu, sans oublier l'indispensable machine à coudre.

Elle s'efforça de se rassurer même si, au fond d'elle-même, elle était plutôt inquiète. Comme mademoiselle Simone, à Saint-Étienne, le lui avait confié un jour : « Mon petit, dans la vie, il nous arrive plus souvent des tuiles que des bonnes surprises ! »

Nous verrons bien ! se dit-elle, consciente de sa propre impuissance.

53

1909

Julien avait été le premier à féliciter Alexandrine.

« Je suis fier de toi, maman », lui avait-il dit le jour où elle lui avait fait découvrir le Grand Hôtel des Alpes.

Elle était allée le chercher à la sortie de son lycée. Tous deux avaient emprunté le service automobile qui acheminait les voyageurs à l'établissement. Julien ne connaissait pas l'autre versant du massif du Pilat. La vue sur la vallée du Rhône et la chaîne des Alpes l'avait émerveillé. Il n'avait pas caché son admiration en découvrant, à environ mille cent mètres d'altitude, l'hôtel créé par Adam Lefort.

Il s'agissait d'une aventure commune à deux passionnés du Massif, Adam Lefort, donc, entrepreneur, et Marcel Giraud, médecin lyonnais. Tous deux croyaient aux vertus thérapeutiques de l'air du Pilat et ambitionnaient de faire du Grand Hôtel des Alpes un concurrent sérieux des établissements suisses.

Dans ce but, rien n'avait été laissé au hasard. Édifié sur un plateau entouré de vastes sapinières, protégé des vents du nord-ouest comme du midi par des sommets plus élevés mais très ensoleillé de par son exposition à l'est, face à la vallée du Rhône, l'établissement avait un aspect cossu qui inspirait confiance.

Sur trois étages, la bâtisse dominait la vallée du Rhône et comptait plusieurs terrasses afin de profiter au maximum de la vue.

Une chambre noire destinée aux photographes, un court de tennis, une chapelle, une salle de billard, complétaient l'équipement.

En contrebas, une ferme permettait d'assurer la livraison de lait frais. On y avait même installé une buvette destinée aux promeneurs.

Côté ouest, un bâtiment transversal abritait les cuisines. C'était le domaine d'Alexandrine, et elle en fit les honneurs à Julien. Elle disposait de tout l'équipement moderne.

Pour l'aider, elle avait sous ses ordres Laurent, venu de Nantua, Stéphane et Robert, deux apprentis et Pascaline, fille de cuisine.

Elle avait mené elle-même les entretiens de sélection sachant très bien ce qu'elle recherchait : des personnes aussi passionnées qu'elle, sensibilisées aux questions d'hygiène.

Comme le lui avait fait remarquer Adam Lefort,

le Grand Hôtel des Alpes avait une obligation d'excellence. Alexandrine l'avait compris dès le premier jour et avait à cœur de confectionner une cuisine de qualité. On venait de loin pour ses écrevisses comme pour ses grenouilles. Le Grand Hôtel des Alpes était aussi réputé pour les poulardes demi-deuil d'Alexandrine ou ses gigues de chevreuil comme son riz à l'impératrice.

L'immense salle à manger, décorée de lambris en bois blond, s'articulait autour d'une véranda ornée de vitraux qui filtraient la lumière. Alexandrine aimait à la parcourir chaque jour avant l'ouverture du restaurant. Elle avait insisté auprès d'Adam Lefort pour avoir des tables rondes, nappées de blanc. Marie-Aimée lui avait appris des années auparavant qu'un bon repas commençait par une belle table, dressée avec soin.

La vaisselle, de la porcelaine vert forêt et blanche, portait les initiales *GHA* et les couverts étaient en argent. Chaque semaine, Félicité, la responsable du ménage, les astiquait au blanc d'Espagne. Une buanderie attenante à la ferme permettait d'entretenir sur place un linge forcément abondant.

Alexandrine avait obtenu un salaire intéressant, qui reconnaissait la valeur de son travail. Elle en était fière, tout comme d'occuper une chambre du troisième étage, dotée d'un lit… royal, d'un secrétaire, d'une commode et d'une paire de fauteuils crapaud. Une chambre dont elle appréciait le confort douillet quand elle avait terminé sa tâche.

— Maman, tu as fait ton chemin, constata Julien après qu'elle lui eut fait visiter son domaine.

Il posa ensuite la question qu'elle-même évitait avec soin :

— J'espère que tu es heureuse ici.

Heureuse ? Ce n'était pas sa préoccupation principale. Elle était indépendante, ce qui constituait déjà un exploit pour une fille de mineur. Intriguée, elle se tourna vers son fils.

— Mon grand, j'essaie déjà de réaliser des économies pour vous mettre à l'abri du besoin, Adeline et toi. Le bonheur… eh bien, c'est une autre histoire ! Ton père a tout emporté avec lui.

C'était vrai. Elle s'était efforcée de chasser monsieur Lanson de ses pensées, parce qu'elle se sentait toujours coupable d'avoir éprouvé du plaisir dans ses bras.

Devoir lui annoncer son départ avait constitué pour elle une épreuve. Elle se revoyait, dans le hall de La Roche au Loup, cherchant ses mots, pour lui expliquer son rêve d'indépendance et l'occasion d'être responsable de la cuisine d'un hôtel de luxe.

Elle avait remarqué sa pâleur soudaine, ainsi que la crispation de ses lèvres, et s'était troublée. Pensait-il, comme elle, à cet instant, à leurs étreintes passionnées dans sa chambre ? Quand il avait plongé son regard dans le sien, comme pour sonder son âme, elle avait pressenti qu'elle aurait pu l'aimer.

C'était peut-être cela, aussi, qu'elle avait fui.

Pour ne pas trahir Félix.

Elle n'oublierait pas, cependant, son sourire un peu triste le jour de son départ. « Bonne chance, Alexandrine. »

À trente-huit ans, elle espérait avoir acquis une certaine sagesse.

Elle se demandait parfois : « Si c'était à refaire, commettrais-je les mêmes erreurs ? », et était incapable de répondre. Elle avait été imprudente et impulsive. Avec le recul, elle avait honte de certains de ses comportements. Mais, de par son caractère, elle assumait tous ses actes.

Elle présenta Julien à monsieur Lefort qui s'intéressa à ses études.

— Il est sympathique, commenta son fils quand le directeur eut tourné les talons.

Alexandrine hocha la tête.

— Il vit pour le Grand Hôtel, mais c'est un patron généreux. L'ambiance est bonne ici.

C'était vrai. Chacun avait à cœur de contribuer à la bonne image de l'établissement hôtelier.

« Pensez aux palaces suisses ! » leur recommandait régulièrement monsieur Lefort, même si aucun membre du personnel ne connaissait la Suisse.

— Tu sais, reprit Julien, je vois toujours monsieur Lanson en fin de semaine. Il envoie son chauffeur me chercher à la sortie du lycée et j'ai ma chambre, à présent, à la Grande Maison.

Le cœur serré, Alexandrine ne souffla mot. Elle avait encore mauvaise conscience d'être partie ainsi, sur un coup de tête mais si elle voulait progresser, elle devait travailler dans un grand établissement.

— Comment va monsieur Lanson ? s'enquit-elle enfin. Et Émile ? Il est revenu ?

Julien fit non de la tête.

— Il ne donne plus signe de vie à son père. Tu connais monsieur Lanson : il ne dira rien même s'il n'est plus comme avant. Il travaille sans relâche, ne sort même plus en automobile.

De nouveau, elle éprouva un pincement au cœur. Sans son aide, elle n'aurait jamais pu remonter la pente.

Pourtant, il avait tout gâché avec cette idée stupide de contrat. Ce jour-là, profondément blessée, Alexandrine avait compris qu'elle ne pourrait pas lui pardonner.

— Et Adeline ? demanda son fils. Quand vient-elle nous présenter son lieutenant ?

— Elle ne m'a rien dit.

Un frisson désagréable parcourut Alexandrine. Leur famille ne correspondait pas vraiment aux critères en vigueur. Elle était une femme indépendante qui gagnait sa vie et son fils habitait toujours chez son ancien employeur. De quoi choquer les bonnes âmes bien-pensantes. Cependant, elle se refusait à tricher. Julien poursuivait ses études à Saint-Étienne, il n'aurait servi à rien de l'emmener au Grand Hôtel des Alpes.

Dans ses lettres, Adeline mentionnait ses sorties avec son beau militaire, évoquait ses réalisations et agrémentait ses missives de quelques dessins qui faisaient l'admiration d'Alexandrine.

— Nous verrons bien quand Adeline sera décidée, conclut-elle.

Si seulement cette perspective ne l'avait pas tant inquiétée !

La crainte d'un malheur, toujours, dont elle ne parviendrait jamais à se défaire.

54

La chaleur pesait sur Lyon. Adeline se sentait sale, poisseuse, et avait hâte de regagner son logement pour se rafraîchir avant de rejoindre Maurice pour le dîner chez Léo, un patron qui servait une délicieuse viande de Charolais.

Depuis une dizaine de jours, la canicule rendait la vie quotidienne comme le travail beaucoup plus difficile. Il fallait faire bonne figure devant les clientes, même si la sueur dégoulinait le long de votre dos et que vos jambes gonflaient.

La nuit, c'était pire, la chaleur ne désarmait pas, et la jeune fille étouffait sous les toits. Il lui arrivait de sortir et de marcher jusqu'à la Presqu'île, au mépris des règles de prudence édictées par mademoiselle Louise. Elle respirait un peu mieux entre Rhône et Saône.

Elle acheva son ouvrage, une capeline en paille d'Italie, lui jeta un coup d'œil critique. Même si mademoiselle Louise trouvait toujours un défaut,

Adeline était plutôt satisfaite. Elle avait acquis de la maîtrise, et avait un sens inné du beau.

Mademoiselle Louise s'arrêta à sa hauteur. Elle examina longuement le chapeau avant de commenter :

— C'est bien.

Adeline manqua tomber de son tabouret.

— Vous êtes sûre, mademoiselle ? questionna-t-elle, en se sentant stupide.

Cependant rien n'y faisait, elle avait besoin d'être rassurée. Depuis l'enfance, elle avait cherché en vain une reconnaissance.

Un lent sourire éclaira le visage de la modiste.

— Si je vous le dis ! À présent, rangez vos affaires et filez. La chaleur ici est intenable.

À cet instant, elle eut une pensée pour monsieur Lanson. C'était grâce à lui qu'elle avait échappé à l'atmosphère délétère de l'atelier de Fernande.

Il faudra que j'aille le remercier, se promit-elle.

Elle rassembla ses affaires qu'elle rangea dans son tiroir, vérifia dans le grand miroir destiné aux clientes que son chapeau était bien droit puis quitta la boutique.

Parvenue chez elle, elle procéda à une toilette rapide et troqua sa tenue d'atelier, plus ordinaire, contre une robe de dîner. Elle l'avait dessinée et réalisée elle-même dans le style de Paul Poiret. Longue tunique en satin ivoire rebrodée d'orchidées corail et jupe assortie, le tout ceinturé de velours noir. Elle changea de bas en soupirant – c'eût été si agréable de rester jambes nues ! – et enfila d'élégantes chaussures en suède clair. Munie d'un châle et d'une ombrelle, elle rajusta son canotier avant de sortir. La touffeur de l'air la saisit. Une nouvelle fois, la température ne baisserait guère durant la nuit.

Maurice l'attendait sur le trottoir. D'une belle prestance, accentuée par l'uniforme, il s'avança vers elle en souriant, lui baisa la main.

— Ma mie, le temps m'a paru long.

— À moi aussi !

Elle rit, parce qu'elle se sentait heureuse en sa compagnie.

Il lui offrit son bras et lui proposa de l'emmener jusqu'à une guinguette plutôt que chez Léo où, affirma-t-il, il ferait beaucoup trop chaud.

Guinguette… le mot en lui-même avait quelque chose d'amusant.

Elle découvrit un endroit charmant : tonnelle ombragée d'une glycine, tables rondes en fer, chaises assorties. Un violoneux jouait des airs à la mode comme *Frou-frou*.

La chaleur au bord de l'eau était plus supportable et quelques téméraires, en maillot rayé, pataugeaient dans la rivière avec force cris et éclaboussures.

— Je les envie, confia Adeline.

Maurice fronça les sourcils.

— Voyons ! C'est d'un commun !

Gênée, elle baissa le nez sur son assiette. Parfois, elle avait le sentiment de commettre impair sur impair. Dans ces moments-là, elle mesurait mieux les différences sociales qui les séparaient. Adeline réprima un soupir. Devrait-elle faire attention en permanence aux mots qu'elle prononcerait, comme à ses opinions ? Ce n'était pas une perspective des plus engageantes !

Maurice parlait, évoquant la situation internationale, les problèmes entre le Maroc et la France, la première représentation des Ballets russes à Paris, au théâtre du Châtelet, la nouvelle grève à la Poste.

Adeline achetait *L'Aurore* une fois la semaine afin de se tenir informée de l'actualité. Dans ce domaine-là aussi, elle avait conscience de ses lacunes.

Elle attendait qu'il fasse allusion à sa mère, en vain. Lorsqu'elle lui avait fait part de sa « rencontre » avec madame Sainclair, il avait gardé un silence prudent. S'agissait-il d'une nouvelle maladresse de sa part ? Aurait-elle dû se comporter comme si de rien n'était ?

Sa confiance envolée, Adeline goûta à peine la friture et les quenelles de brochet, qu'elle appréciait pourtant d'habitude. Elle ne toucha pas au verre de vin blanc que Maurice lui avait fait servir d'autorité. Sous l'effet de la chaleur, la migraine battait à sa tempe droite.

Il posa la main sur la sienne.

— Vous me semblez bien lointaine.

Elle esquissa un sourire.

— Je vous retourne le compliment, Maurice. Ne devions-nous pas évoquer notre avenir ?

Ce disant, elle savait qu'elle brûlait ses vaisseaux mais c'était plus fort qu'elle, elle estimait que leur relation était différente depuis le passage de sa mère à la boutique.

Il toussota. Sa pression sur la main de la jeune fille s'accentua.

— Il va nous falloir un peu de patience, déclara-t-il. Mes parents estiment que nous devrions attendre afin d'être sûrs de nos sentiments.

Adeline déglutit avec peine. Elle devinait ce que cela signifiait.

Madame Sainclair ne l'avait pas jugée digne d'entrer dans leur famille.

Le cœur au bord des lèvres, elle fixa Maurice.

— Pourquoi ne pas m'en avoir parlé plus tôt ?

— Je ne voulais pas gâcher nos rendez-vous, répondit-il franchement. Nous avions fait des projets... peut-être nous étions-nous engagés un peu vite...

Elle retira sa main d'un coup sec. Elle avait mal.

— Loin de moi le désir de vous perturber, répliqua-t-elle, glaciale.

Il parut soudain mal à l'aise.

— Adeline, ma mie, ne le prenez pas ainsi, je vous en conjure. Vous savez comment sont les parents. Les miens appartiennent à la vieille école, celle des unions arrangées et des dots conséquentes. J'avais pensé... nous pourrions trouver un petit nid douillet où je vous rejoindrais plusieurs soirs par semaine. Je vous verserais une pension, naturellement, et...

Il ne put achever sa phrase. La gifle, appliquée d'une main sûre, laissa une marque sur sa joue. Il resta figé.

— Je ne suis pas une fille entretenue ! protesta-t-elle avec véhémence.

Elle lui jeta un regard blessé.

— Maurice ! je nous pensais proches ! Qu'est-ce qui vous a fait croire que je pourrais accepter une proposition aussi humiliante ?

Remarquant soudain son trouble, elle comprit.

— C'est à cause de votre mère, n'est-ce pas ? reprit-elle.

De plus en plus mal à l'aise, Maurice baissa la tête. Il joua avec une boulette en mie de pain avant de se décider à reprendre la parole :

— Je suis désolé, Adeline. Vraiment. J'aurais tant voulu que ça se passe autrement, vous et moi. Mais, voyez-vous, ma mère s'est rendue là où vous êtes née, à côté de Planfoy, et a appris certaines choses sur vous. Notamment à propos de votre... – il hésita, cherchant ses mots – de votre bâtardise. Dans ces conditions, tout mariage entre nous est impossible.

— Bien sûr ! jeta Adeline d'un ton indéfinissable.

Elle imaginait très bien sa grand-mère, Catherine, se répandant en mensonges et critiques. Elle l'avait assez souvent vue à l'œuvre pour savoir à quel point elle pouvait être redoutable.

Une bouffée de haine l'envahit. Pourrait-elle un jour échapper au passé ?

Elle repoussa son assiette à laquelle elle avait à peine touché.

— Il vaut mieux ne plus nous voir, déclara-t-elle avec fermeté. Nous ne pourrons oublier l'un et l'autre ce qui a été dit et...

Il protesta :

— Ne voulez-vous pas réfléchir à ma proposition ? Je vous aime, Adeline !

Elle secoua la tête.

— Si vous m'aimiez vraiment, vous n'auriez pas tenu compte de l'avis de votre mère. L'amour, c'est...

Elle marqua une hésitation, se rappela soudain une confidence d'Alexandrine.

— L'amour, c'est l'harmonie, la confiance, le partage.

Elle se leva, lui tendit la main.

— Adieu, Maurice.

Elle s'éloigna à grands pas tandis que le violoneux jouait *Plaisir d'amour*.

Elle savait ce qu'elle devait faire. Quitter Lyon, couper les ponts avec sa famille et s'installer à Paris.

Là-bas, peut-être parviendrait-elle enfin à s'affranchir du passé.

55

La saison avait été un succès. Les clients fidèles étaient revenus, entraînant un effet boule de neige grâce au bouche-à-oreille. Des familles aisées de Lyon, de Romans et de Valence avaient pris leurs quartiers d'été au Grand Hôtel des Alpes. Ils appréciaient son confort, mais aussi la qualité de la cuisine d'Alexandrine. Ils se promenaient sur les pentes du mont Pilat, prenaient un bol d'air à l'ombre des sapins et, le soir venu, se retrouvaient dans la salle à manger vêtus de leurs plus beaux atours. C'était un monde si différent de celui dans lequel elle avait été élevée qu'elle éprouvait parfois une sensation de vertige. Cependant, elle aimait cet univers parce qu'il lui permettait d'exercer ses talents de cuisinière. Elle aimait l'atmosphère qui s'en dégageait.

Comme si rien de grave n'avait pu se produire au Grand Hôtel des Alpes.

Pourtant, la jeune femme savait que c'était seulement une illusion. Elle n'était à l'abri nulle part.

— Je m'en vais, mère.

Adeline avait changé. Alexandrine la trouvait amincie, avec une dureté nouvelle dans le regard. Elle se tenait bien droite sur le seuil des cuisines. Elle était belle dans son ensemble bleu roi. Elle portait un petit chapeau de paille bise coquettement incliné sur l'oreille et avait fardé ses lèvres de rose.

— Je pars, répéta-t-elle, comme si elle était incapable de dire autre chose.

— Tu pars ? (Alexandrine ne chercha pas à dissimuler sa surprise.) Où donc ? Et avec qui ? Ce militaire dont tu m'avais parlé ?

Elle posait ces questions sur la pointe de la voix car elle savait sa fille attachée à son indépendance.

Le visage d'Adeline se ferma.

— Tout est annulé, déclara-t-elle, les lèvres serrées.

Elle marqua une pause avant d'ajouter :

— Grâce à ma chère grand-mère. Elle m'a traînée dans la boue devant la mère de Maurice. Tu la connais, tu sais de quoi elle est capable.

Alexandrine s'immobilisa. Son cœur se mit à battre à grands coups. En même temps, elle sentit la vieille angoisse familière monter en elle.

— Explique-moi ! ordonna-t-elle d'une voix résolue.

Sa fille raconta. Au fur et à mesure de son récit, Alexandrine crispait les poings. Lorsqu'elle eut achevé, elle commenta :

— Si tu veux mon avis, tu n'avais pas grand-chose à attendre de ce Maurice, trop influencé par sa mère. Crois-moi, je sais de quoi je parle ! Pourtant, cela n'excuse en rien l'attitude inqualifiable de ta grand-mère.

Il faudrait qu'elle se rende à l'auberge et ait une explication avec Catherine, songea Alexandrine. Cette perspective la tétanisait mais elle ne pourrait s'y soustraire. Adeline payait pour elle, Alexandrine, c'était trop injuste, et intolérable. Cette haine que lui vouait la mère de Marin n'aurait donc jamais de fin ? Saisie d'un vertige, elle se retint à la table.

Adeline, tout de suite, s'alarma.

— Maman ? Ça va ?

— Oui, ne t'inquiète pas, la rassura-t-elle.

La sueur coulait le long de son dos et elle se sentait faible, comme si on l'avait vidée de ses forces. Si Félix avait été encore à ses côtés... regretta-t-elle. À eux deux, ils auraient affronté Catherine. Mais Félix reposait depuis déjà de longues années dans le cimetière du Soleil et Alexandrine était seule.

J'ai mes enfants, pensa-t-elle.

Cette certitude lui permit de réconforter Adeline même si elle lisait sur son visage durci que ce ne serait pas chose aisée.

— Suis la voie que tu t'es choisie, ma grande, sans plus te soucier du passé. Même si je suis triste de te voir partir, je sais que tu as raison. Ici, entre Saint-Étienne, Lyon et Planfoy nous avons trop de souvenirs. Et ta grand-mère a gardé intact son pouvoir de nuisance.

Elle frissonna.

— Quelle horrible personne !

Adeline se laissa aller quelques instants contre sa mère avant de se ressaisir, comme si elle regrettait déjà ce moment d'abandon.

— Tu ne m'en veux pas ?

— Comment le pourrais-je ? Au contraire, je t'y encourage. Que comptes-tu faire ?

— M'installer à Paris. Mon amie Élodie y a de la famille. Je serai d'abord hébergée chez sa tante, du côté de l'Opéra. Et j'espère bien trouver du travail rapidement ! Sinon je n'irai pas loin.

— Viens avec moi.

Alexandrine entraîna sa fille vers sa chambre, située au troisième étage. Elle l'y avait déjà reçue lors d'une de ses précédentes visites et Adeline l'avait complimentée sur son aménagement.

Cette fois encore, elle s'assit dans le fauteuil crapaud et poussa un léger soupir de bien-être.

— On se sent bien chez toi, maman.

Alexandrine sourit.

— Merci, ma chérie. Seulement, je ne suis pas chez moi mais chez monsieur Lefort. J'ai toujours rêvé d'une maison à moi pour assurer votre sécurité, à toi et à ton frère. J'ai dû rêver trop grand, conclut-elle d'une voix un peu voilée. Cependant, j'ai réussi à faire quelques économies.

Elle marcha jusqu'à sa table de chevet, en ouvrit le tiroir et sortit un livre. *Les Fleurs du mal*, lut Adeline.

Sa mère fit glisser la couverture reliée de l'ouvrage et tira une liasse de billets.

— Pour ton installation à Paris, ma grande, dit-elle en les lui tendant.

Adeline s'empourpra sous l'effet de l'émotion.

— Oh ! maman, c'est beaucoup trop ! Et Julien ?

— Il aura la même somme, ne t'inquiète pas. Je n'ai jamais effectué de différence entre mes deux enfants. Et cet argent provient de mes économies. Je ne dépense pratiquement rien ici. Ne suis-je pas logée, nourrie, chauffée ?

— Tu devrais penser un peu à toi.

Alexandrine sourit, un peu tristement.

— À quoi bon ? Je suis une vieille dame, à présent.

Cette fois, Adeline éclata de rire.

— Maman ! tu n'as pas encore quarante ans ! Et si peu de rides… C'est à devenir jalouse.

Sa fille ne plaisantait pas, Alexandrine en était intimement persuadée. Aussi s'efforça-t-elle de la convaincre.

— L'âge ne fait rien à l'affaire, ma grande. Si je me sens vieille, c'est parce que je n'attends plus grand-chose de l'existence. Seuls Julien et toi comptez pour moi. Tu verras, quand tu seras mère à ton tour, tu comprendras ce que je veux dire.

C'était la phrase de trop, celle qu'il ne fallait pas prononcer. Alexandrine le réalisa tout de suite en voyant sa fille pâlir et sut que leurs retrouvailles teintées de complicité n'étaient déjà plus de mise.

— Penses-tu vraiment avoir été une bonne mère pour moi ? lança durement la jeune fille, le cœur empli d'amertume. (Ses reproches fusèrent.) Tu m'as abandonnée à l'auberge, je me suis fait insulter durant des années à cause de toi, je perds mon fiancé, toujours par ta faute, et tu viens me donner des conseils comme si tu avais été toujours à mes côtés, attentive et aimante ? Ma parole, tu arranges l'histoire, mon histoire, à ta façon ! C'est à cause de toi si Maurice a refusé de m'épouser ! insista Adeline, la bouche mauvaise. Toi, toujours toi ! Je ne veux plus te voir. Jamais !

Alexandrine, la main sur le cœur, ne put souffler mot. Elle était incapable de se disculper comme de tenter de convaincre Adeline de sa bonne foi. Sa fille n'avait-elle pas raison ? Elle était coupable.

Plus tard, elle se reprocherait de ne pas avoir su trouver les mots pour convaincre Adeline. Celle-ci, butée, ne reviendrait pas sur sa décision.

Adeline lui jeta un regard chargé de défi, comme

pour signifier « Regarde-moi bien car tu ne me verras plus ! » et sortit de la pièce.

Bouleversée, Alexandrine se laissa tomber sur son lit.

Une nouvelle fois, Catherine avait gagné.

56

1909

Les cloches sonnaient le glas, en accord avec la journée de novembre brumeuse. Une pluie fine noyait les contours du paysage, qui pleurait lui aussi la disparition de la vieille dame.

Le croassement d'un corbeau fit tressaillir Alexandrine. Dès qu'elle avait appris la nouvelle en lisant le journal, elle avait décidé de se rendre aux obsèques de Marie-Aimée.

Catherine menait le deuil, il ne pouvait en aller autrement. Debout devant les chaises réservées à la famille Rousselet, elle arborait son visage fermé des mauvais jours. Quoique… songea Alexandrine. Elle ne l'avait jamais connue souriante.

Son retour à Planfoy suscitait en elle la résurgence de souvenirs douloureux. Elle revoyait Marin, dont le comportement avait changé du tout au tout dès le soir de leur mariage, elle sentait encore son corps lourd cherchant à posséder le sien, encore et encore, attendant qu'elle crie grâce. Elle frissonna. Elle l'avait haï, elle avait eu peur de lui, elle avait désiré lui échapper, mais elle n'avait jamais souhaité sa mort. Cela, Catherine ne l'avait pas accepté. Elle refusait d'admettre les défauts de son fils unique. À moins qu'elle ne l'ait fait pour se dissimuler la vérité…

Mal à l'aise, Alexandrine s'agita sur sa chaise. Elle n'aurait pas dû venir, même si elle avait tenu à rendre hommage à Marie-Aimée. La vieille dame avait toujours été bonne pour elle et lui avait transmis l'essentiel de son art.

Catherine se retourna comme si elle avait perçu la présence de sa bru. Elle la vit, la foudroya du regard. L'espace d'un instant, Alexandrine crut qu'elle allait fondre sur elle pour la faire sortir de l'église manu militari. Un reste de décence l'en empêcha. Catherine, la tête entre les mains, reprit ses prières. Cependant, Alexandrine savait qu'il s'agissait d'un simple sursis. Dès que l'office serait terminé, sa belle-mère l'agresserait.

Elle s'efforça de prier pour Marie-Aimée. N'y parvenant pas, elle préféra évoquer dans sa tête les bons souvenirs qu'elles avaient partagés.

Le jour où, les choux de la pièce montée ayant pris un coup de chaud, elles avaient confectionné une nouvelle fournée à toute allure. La recette inventée par Alexandrine et applaudie par Marie-

Aimée. Le soir où Alexandrine avait failli mettre le feu à la cuisine en flambant une poularde.

Le prêtre, reconnaissant des subsides versés par Catherine, se livra à l'éloge des femmes de la famille. Prudemment, il ne cita pas Alexandrine mais plusieurs têtes se tournèrent vers la jeune femme.

Tentée de s'enfuir, elle se raidit. Quelle folie d'être venue ! se gourmanda-t-elle. Il fallait toujours qu'elle suive son idée première, même si cela risquait de se retourner contre elle. Elle n'avait pas sa place au hameau, elle ne l'avait d'ailleurs jamais eue. Elle restait l'étrangère, la fille de la ville, qui n'avait pas de bien ni de dot.

« Les terres, lui avait un jour jeté Catherine au visage, c'est tout ce qui compte. Nous sommes tous de passage mais la terre reste, de génération en génération. »

Par la suite, elle l'avait entendue répéter ce genre de remarque de nombreuses fois, comme si Catherine avait eu peur qu'elle ne comprenne pas. L'amertume la submergea. Catherine avait réussi à les séparer, Adeline et elle, et Alexandrine ne le supportait pas.

Elle assista à la fin de l'office dans un état second, se déplaça pour aller bénir le corps. Des murmures s'élevèrent dans les travées. Sans se laisser impressionner, Alexandrine reposa le goupillon dans le bénitier.

La personne derrière elle marmonna quelque chose qui ne devait pas évoquer un compliment.

Alexandrine se retourna et la toisa jusqu'à ce qu'elle baisse les yeux.

Elle resta à l'écart du cortège ; attendit que le cercueil de Marie-Aimée soit descendu dans le caveau de famille. Elle éprouvait une étrange sensation de dédoublement, comme si une autre Alexandrine avait assisté à la scène mais elle ne parvenait pas à s'éloigner. Elle tenait pour rendre un dernier hommage à celle qui lui avait tout appris.

Le prêtre s'attarda pour une ultime bénédiction. Catherine échangea quelques mots avec lui avant de se diriger vers son ancienne bru restée un peu à l'écart.

Elle attaqua d'emblée :

— Qu'est-ce que tu viens faire ici ? Marie-Aimée ne risque pas de t'avoir laissé quelque chose.

— L'argent ne m'intéresse pas. J'aimais beaucoup Marie-Aimée. Mais je ne vous crois pas capable de comprendre cela.

Catherine ricana.

— Tu me sous-estimes, ma fille ! Tu l'as toujours fait, d'ailleurs. Pour toi, j'étais la veuve dénuée de beauté comme de charme, rivée aux comptes de l'auberge. Mais j'ai eu une vie, moi aussi. J'ai aimé mon fils, que tu as poussé à se tuer. Oui, je te déteste. Je voudrais te voir dans le ruisseau, là où est ta place, et te piétiner.

La haine déforma le visage de la vieille femme.

— Je ne te lâcherai jamais. Tu as vu comment j'ai détruit les fiançailles de ta bâtarde ?

Un flot de haine submergea Alexandrine. Elle fit un pas vers Catherine, la main levée. Celle-ci la défia.

— Vas-y, frappe une pauvre vieille ! Méfie-toi, pourtant : il reste un peu de monde dans le cimetière et tous témoigneront que tu m'as agressée. De quoi ternir encore ta réputation, déjà bien écornée ! Dis-toi bien que tu n'es pas de taille, je suis chez moi ici.

C'était vrai, naturellement. Catherine avait l'appui du prêtre et des habitants. Pour eux, Alexandrine avait poussé le pauvre Marin au suicide. Et Catherine ne laisserait personne l'oublier.

— Vous êtes le mal personnifié ! répliqua la jeune femme, désenchantée.

Catherine avait vu juste : personne ne se rangerait aux côtés d'Alexandrine car sa belle-mère l'avait abondamment critiquée depuis près de vingt ans. Elle ne parviendrait pas à établir sa vérité, et cette certitude lui déchirait le cœur. Elle pensa à Félix, qui le lui avait souvent répété : « Tourne le dos au passé et oublie le mal qu'on t'a fait, ma belle blonde ! Tu te rends malade inutilement. »

Félix avait raison, et le manque de lui était toujours particulièrement douloureux.

Elle considéra Catherine d'un air indéfinissable avant de faire demi-tour et de se diriger vers le portail du cimetière.

Elle avait le cœur lourd pour Marie-Aimée, qu'elle avait sincèrement aimée comme la grand-mère qu'elle n'avait jamais connue, mais comprenait qu'elle avait franchi un point de non-retour.

Elle ne devait plus revenir au hameau, sous peine de devenir une vieille femme odieuse et aigrie comme Catherine. Celle-ci avait déjà fait assez de mal.

Alexandrine frissonna en se remémorant les phrases prononcées par Adeline. Sa fille reviendrait-elle un jour vers elle ? Elle l'espérait de toute son âme. Catherine avait blessé Adeline au plus profond, et gâché ce qui était pour elle un mariage inespéré. Le tout en en faisant peser la responsabilité sur Alexandrine. De quoi provoquer la colère et la rancœur de la jeune fille.

Alexandrine réprima un soupir. Elle s'était fait prendre au piège et n'avait pas vu venir le coup. Adeline était une victime facile dès qu'on l'attaquait sur ses origines.

Elle repartit à pied, s'arrêta à la République pour attendre le passage de la patache. Son cœur était lourd, elle avait le sentiment d'avoir récolté les fruits de son inconséquence, quand elle n'avait pas encore vingt ans.

Elle grimpa dans la patache, salua les deux personnes s'y trouvant déjà et ferma les yeux.

Épuisée, elle s'efforça de faire le vide dans son esprit, en vain. Elle ne pouvait chasser les souvenirs les plus douloureux, et se le reprochait. Exaspérée, elle écrasa une larme.

Il était trop tard, il convenait d'enterrer le passé.

Et d'oublier l'Auberge des Bois Noirs.

57

1910

Il fallait bien continuer à vivre… Le dimanche après-midi, après avoir préparé un repas froid pour les clients de l'hôtel, Alexandrine allait marcher. Elle grimpait à un rythme soutenu, croisait de temps à autre le chemin de touristes. Ils échangeaient quelques mots avant de poursuivre leur route.

Marcher lui faisait du bien, lui permettait de chasser les pensées moroses qui la hantaient dès qu'elle quittait sa grande cuisine.

Elle descendait une fois par mois à Saint-Étienne, donnant rendez-vous à son fils. Pour ce faire, elle s'arrangeait avec Joseph, le voiturier et, ce jour-là, partait le dimanche matin après avoir mis le déjeuner en route. Laurent, son second, veillerait à ce que tout soit parfait, assisté par Pascaline, la fille de cuisine. Alexandrine pouvait lui faire confiance.

L'établissement était bien rodé, l'équipe de service fonctionnait sans à-coups.

Alexandrine tenait à ces rendez-vous avec Julien. Selon la saison, ils allaient se promener jusqu'au Rond-Point ou s'installaient dans la salle d'un café place Dorian. Tous deux se racontaient alors ce qu'ils avaient vécu depuis leur dernière rencontre. Julien évoquait ses études, qui le passionnaient.

Ce dimanche-là, il annonça :

— Monsieur Lanson m'a demandé si cela me plairait de faire l'École des mines.

— Certainement pas !

La réponse d'Alexandrine fusa, catégorique. Devant l'air catastrophé de son fils, elle lui expliqua :

— La mine a tué mon père, ton grand-père, ton propre père, et mon petit frère. Je ne veux pas d'une nouvelle tragédie, même s'ils appellent ça des accidents. D'ailleurs, je vais en toucher deux mots à monsieur Lanson !

Malgré les supplications de son fils, elle demeura inflexible. Il était hors de question qu'il intègre l'École des mines, même s'il avait de fortes chances de devenir ingénieur. D'ailleurs, avait-on jamais vu le fils d'un piqueur entrer tout de suite dans le monde du travail comme ingénieur ? Cela n'avait aucun sens !

Le visage de Julien se ferma. Croisant les bras sur sa poitrine, il repoussa sa tasse de chocolat à laquelle il avait à peine touché.

— Monsieur Lanson avait raison ! lança-t-il. Il

m'a dit comme ça que ce ne serait pas facile de te convaincre, parce que tu peux te montrer bornée !

— Bornée, moi ?

Alexandrine manqua s'étrangler de fureur.

— Ton monsieur Lanson est un âne, doublé d'un personnage suffisant. Il est convaincu d'avoir toujours raison.

— C'est de mon avenir qu'il s'agit, répliqua fermement Julien. Ça me plaît.

Elle lut dans son regard résolu qu'il ne changerait pas facilement d'avis et paniqua à l'idée de perdre aussi le contact avec son fils. Il lui fallait agir avec diplomatie, ne pas le prendre de front.

— Je te promets d'y réfléchir, déclara-t-elle d'un ton apaisant.

Il parut sceptique mais n'insista pas. Il connaissait assez sa mère pour la savoir obstinée et campant volontiers sur ses positions.

Il tendit la main pour boire son chocolat. Alexandrine posa la main sur la sienne.

— Fais-moi confiance, mon fils.

Il opina du chef, sans être réellement convaincu. Cependant, il n'avait pas envie de se quereller avec sa mère. Il éprouvait pour elle des sentiments contradictoires, amour, tendresse, mêlés toujours d'une certaine défiance depuis les ragots colportés à l'Association des joueurs de sarbacane. Il se réveillait parfois la nuit en proie à d'horribles cauchemars, se revoyant fuyant la salle des « Baveux ». Il avait toujours la certitude ancrée en lui d'avoir causé la mort de son père et n'avait pu se confier à personne. Face à l'attention que monsieur Lanson lui témoignait, il l'avait choisi comme modèle de référence tout en sachant qu'il n'était pas son fils.

— Émile donne-t-il de ses nouvelles ? s'enquit Alexandrine, comme si elle avait suivi le cours de ses pensées.

Julien secoua la tête.

— Monsieur Lanson ne parle jamais de lui. Je ne sais pas si c'est la bonne solution parce qu'il souffre, c'est certain. Mais tu le connais…

Oui, elle connaissait monsieur Lanson. Charles, pensa-t-elle en son for intérieur.

Il lui manquait de plus en plus souvent, même si son caractère l'agaçait toujours autant. Le contrat qu'il lui avait imposé, elle l'avait encore sur le cœur. En même temps, elle se souvenait de leurs étreintes, sous le gros édredon rouge de sa chambre, et une vague de désir montait en elle. Elle se la reprochait aussitôt après. Elle se voulait une veuve respectable mais son corps avait des exigences, même si elle s'efforçait de les combattre.

Elle se reprit, offrit un visage serein à son fils.

— Quand viendras-tu me voir au Grand Hôtel, mon chéri ? Tu peux dormir dans ma chambre et toi qui aimes marcher, nous avons beaucoup de randonnées intéressantes tout autour.

— J'y penserai, maman. Il faudra que je demande à monsieur Lanson s'il peut me conduire.

Alexandrine réprima un soupir excédé. Monsieur Lanson, toujours monsieur Lanson ! Elle aurait aimé ne plus avoir à le côtoyer. Malheureusement c'était impossible.

— Tu me tiendras au courant, déclara-t-elle d'une voix unie. Écris-moi, cela me fera plaisir.

Il opina du chef.

— Promis, maman !

Ils se séparèrent en bons termes. Alexandrine le pressa contre elle. Il la dépassait à présent de trois bons centimètres. Elle avait ri de bon cœur lorsqu'il avait mesuré leur différence de taille avec un centimètre de couturière qu'il lui avait emprunté. Ce jour-là, elle avait cru revoir Félix, avec son sourire à la fois tendre et railleur. Elle en avait eu le cœur serré.

Elle regagna la station de diligence en résistant au désir de se retourner pour adresser un dernier signe de la main à son fils. Chaque séparation constituait pour elle un déchirement.

Deux personnes attendaient déjà la diligence. Une jeune femme et sa fille, âgée d'environ huit ans. Alexandrine les salua d'un discret signe de tête. La voiture arriva peu après. Le cocher sauta à bas de son siège. Il marqua un temps d'arrêt face à Alexandrine qui sentit ses joues s'empourprer.

Augustin se tenait face à elle. Soudain mal à l'aise, il tortilla le bord de son chapeau.

— Ça fait longtemps, Alexandrine, dit-il d'une voix un peu cassée.

Elle ne sut quoi répondre. C'était si étrange, de le revoir après toutes ces années. Combien exactement ? Elle en avait perdu le compte. La dernière fois, c'était dans la cuisine de la Grande Maison. Tant d'événements avaient eu lieu depuis… Elle acquiesça d'un hochement de tête.

— En effet, Augustin. Vous allez bien ?

Au fond, elle s'en moquait. Il ne faisait plus partie de sa vie depuis longtemps. Leur aventure avait été une erreur magistrale.

La prise de conscience était douloureuse mais Alexandrine comprit qu'elle venait à propos, alors qu'elle était confrontée au désir d'indépendance de ses enfants. Elle était une femme mûre, désormais.

Ce constat lui arracha un soupir sur le sens duquel Augustin se trompa.

— Des regrets ? s'enquit-il.

Elle secoua la tête.

— Jamais !

La réponse, lancée d'un ton résolu, surprit le voiturier par sa force. Il recula d'un pas.

— En voiture ! lança-t-il d'une voix étranglée.

Elle passa devant lui sans lui jeter un regard. De son côté, il ressentit comme un point du côté du cœur.

Peut-être l'avait-il aimée, malgré tout.

58

Le fait de remonter l'allée bordée de buis suscitait un curieux sentiment chez Alexandrine.

Lorsqu'elle l'avait quittée, elle était persuadée ne jamais revenir à la Grande Maison. Elle regarda la façade, cherchant dans ses souvenirs la première fois où elle était venue se présenter à madame Céline.

Félix et elle étaient heureux, à cette époque. C'était grâce à son époux qu'elle avait obtenu la place de cuisinière.

Elle avait aimé travailler chez les Lanson, et relever des défis pour leur prouver ses compétences. C'était déjà si loin…

Si elle regardait en arrière, elle mesurait le chemin accompli. Elle songea à Marie-Aimée, qui lui avait tout appris, et esquissa un sourire ému.

Elle remarqua tout de suite que la cuisine – son ancien domaine – n'était plus aussi bien entretenue. Le carrelage du sol aurait eu besoin d'un bon coup de serpillière et des mouches s'agglutinaient au-dessus d'une pièce de viande. La cuisinière, une femme massive aux bras énormes, se retourna vers elle.

— C'est pourquoi ? lança-t-elle d'un ton peu aimable.

Alexandrine réprima un sourire.

— Je venais juste revoir l'endroit où j'ai travaillé durant plusieurs années.

La femme tressaillit.

— Ah ? C'est vous, la fameuse Alexandrine ? Qu'est-ce que j'ai pu entendre parler de vous ! À croire les gens de la maison, il n'y a pas au-dessus de vous. De quoi vous décourager de faire des efforts.

— Désolée, s'excusa Alexandrine, souriant sous cape.

Elle enchaîna :

— Puis-je voir madame Céline ?

— Montez directement dans son bureau. Vous devez connaître le chemin, pas vrai ?

— Merci, fit Alexandrine, en se demandant si cette femme avait du talent.

Elle emprunta l'escalier de service et frappa à la porte du bureau de madame Céline. Celle-ci afficha un large sourire en la reconnaissant.

— Alexandrine ! Quelle bonne surprise ! J'ai entendu dire que l'établissement où vous officiez avait une excellente réputation.

— Il paraît, en effet. Vous n'avez pas changé, madame Céline.

Celle-ci émit un petit rire de gorge.

— Quelle flatteuse vous faites ! Pourtant, je ressens le poids des années, croyez-moi.

— J'ai vu la cuisinière.

— Ah ! Aline... un drôle de pistolet, si voulez mon avis. Elle ne cuisine pas trop mal, à condition d'apprécier les plats roboratifs, mais elle ne possède pas votre art. Quand je vous ai vue sur le seuil de mon bureau, j'ai caressé l'espoir que vous pourriez peut-être revenir. Je me fais des idées, n'est-ce pas ?

— J'en ai peur. Je voulais juste vous saluer et vous remercier de vous occuper aussi bien de mon Julien. De plus, j'aurais aussi aimé rencontrer monsieur Lanson. Je dois lui parler de Julien.

— Attendez-le en ma compagnie. Je sais qu'il ne rentrera pas tard, monsieur reçoit ce soir.

— Vraiment ?

Madame Céline sourit.

— Oui, la maison a retrouvé un peu de son lustre. Cela n'a rien à voir avec l'époque de Madame mère mais au moins, Monsieur voit un peu de monde.

Elles échangèrent un regard entendu.

Toutes deux avaient connu la demeure Lanson menant grand train.

— Je n'ai guère vu de préparatifs pour un dîner en cuisine, glissa Alexandrine.

Elle aurait dû se taire, elle le savait. Ç'avait été plus fort qu'elle. Le sourire de madame Céline s'accentua.

— Oh ! Aline s'en sortira. C'est le genre de personne à travailler dans la précipitation, en mettant la pression autour d'elle. La pauvre Ernestine, la fille de cuisine, a fini par s'habituer à être houspillée. Nous vous regrettons, ma chère.

Alexandrine la remercia d'un sourire un peu crispé. Elle appréhendait la rencontre avec monsieur Lanson, qu'elle avait pourtant provoquée.

Comment allait-il la recevoir ? Depuis deux ans, ils ne communiquaient plus que par l'intermédiaire de Julien.

Madame Céline tendit l'oreille.

— J'entends la voiture de Monsieur. Venez, ma chère, ne perdons pas de temps.

Elle suivit la gouvernante dans le hall. Monsieur Lanson ne parut pas surpris de la voir chez lui. Il avait vieilli, remarqua-t-elle, en éprouvant un curieux pincement au cœur. Ses cheveux grisonnaient, et de nouvelles rides encadraient sa bouche. Il ôta son chapeau et ses gants.

— Alexandrine… il y a longtemps. Vous désirez me parler ?

— Si vous avez quelques minutes à m'accorder, monsieur.

— Allons dans mon bureau.

Une bibliothèque occupait tout le mur du fond. Julien lui avait raconté avoir le droit d'y puiser.

Un grand bureau recouvert d'un sous-main en cuir vert tournait le dos à la fenêtre. Différents documents y étaient entassés. Elle nota le nécessaire à écrire, l'assortiment de plumes, les feuillets blancs empilés à droite, la boîte à cigares. C'était un univers strictement masculin. D'ailleurs, se surprit-elle à songer, il n'y avait jamais eu de place pour elle dans le monde de monsieur Lanson.

— Asseyez-vous, l'invita-t-il, lui désignant un fauteuil canné placé en face de son bureau.

Ce simple mouvement de sa main fit s'empourprer les joues d'Alexandrine. Elle revoyait cette même main, longue et large, caresser son corps, et une chaleur dérangeante embrasait son ventre.

Elle croisa les mains pour les empêcher de trembler.

— Je refuse que Julien entre à l'École des mines, attaqua-t-elle.

Le sourire qu'il esquissa l'exaspéra.

— Julien était certain que vous effectueriez cette démarche. Si je la comprends et la respecte, je ne puis m'y rallier. Il s'agit pour votre fils d'une véritable vocation.

— Il n'en est pas question ! lança-t-elle.

Le sourire de monsieur Lanson s'élargit.

— Toujours passionnée et pleine de fougue. Ma belle Alexandrine... Le passé ne doit pas empoisonner le présent. C'est ce que je me suis dit longtemps après la mort de mon épouse.

Elle se troubla car c'était la première fois qu'il l'évoquait. Elle se rappelait Florence Lanson, pâle et éthérée, évoluant dans la Grande Maison avec une grâce languide.

Cependant, elle s'obstina.

— Cela n'a rien à voir, déclara-t-elle après avoir marqué un temps de silence.

Il balaya son objection d'un revers de la main.

— Je le sais, naturellement. Je m'efforce de vous faire comprendre que vous ne pouvez pas empêcher Julien de réaliser son rêve à cause du passé.

Elle ouvrit la bouche pour protester et, tout à coup, se mit à pleurer. C'étaient des sanglots sporadiques, sans bruit, qui troublèrent profondément monsieur Lanson.

Il se leva, fit le tour de son bureau et sortit de sa poche un grand mouchoir qu'il lui tendit.

— Vous savez bien que je ne supporte pas de vous voir pleurer, gronda-t-il.

Elle s'essuya les yeux sans parvenir à endiguer le flot de larmes qui continuait de ruisseler sur ses joues.

— Je suis désolée, souffla-t-elle.

Tentée de s'enfuir, elle amorça le mouvement de se lever.

Il appuya sur ses épaules.

— Vous n'allez pas vous sauver ! Alexandrine, il n'y a pas de honte à se laisser aller. Il y a si longtemps que vous vous battez seule.

— Adeline est partie, déclara-t-elle entre deux sanglots. Elle a coupé les ponts avec moi.

Parce que cela la soulageait, elle se mit à raconter tous les événements. Monsieur Lanson l'écouta sans l'interrompre.

Lorsque enfin elle s'arrêta, il glissa :

— Nous voici logés pratiquement à la même enseigne. Vous savez, je pense, qu'Émile ne veut plus entendre parler de moi ?

Elle acquiesça d'un hochement de tête.

— J'en suis navrée pour vous deux. Émile est-il heureux, au moins, dans son choix de vie ?

Monsieur Lanson haussa les épaules.

— Il m'est impossible de le savoir. Émile ne répond pas à mes lettres, j'ignore même s'il vit toujours à Paris. Je suppose que c'est le prix à payer pour qu'il conquière son indépendance.

Le prix à payer… Alexandrine avait elle aussi souvent pensé cela à propos d'Adeline. Ne l'avait-elle pas « abandonnée », selon les dires de sa belle-mère et de sa fille ? La vérité était certes différente mais elle n'était pas parvenue à la faire entendre.

Monsieur Lanson lui adressa un petit sourire crispé.

— J'ai tant de choses à vous dire, Alexandrine. À commencer par vous présenter mes excuses. Je me suis comporté avec vous comme un goujat.

Elle se mordit les lèvres. Elle n'avait rien oublié de l'humiliation éprouvée le jour où il avait évoqué ce contrat infamant et le lui dit sans ambages.

Son visage se défit.

— Je dirais même une sombre brute, insista-t-il. Me pardonnerez-vous, Alexandrine ?

Elle le considéra durant une bonne minute sans mot dire avant de s'enquérir d'une voix ténue :

— Pourquoi ? Pourquoi m'avoir fait tant de mal en m'imposant ce contrat... inqualifiable ?

Il lui donna alors cette réponse désarmante :

— Je ne sais pas. Je crois qu'au fond de moi, j'avais peur de vous. Il fallait donc que je m'impose.

Alexandrine en resta muette. Elle n'avait jamais imaginé pareille situation. Elle, en effet, demeurait dans sa tête l'employée. Monsieur Lanson se pencha, saisit sa main.

— Vous êtes une femme libre, Alexandrine. Libre de vos choix.

Elle éprouva un vertige. Elle tenta de se ressaisir.

— Je suis venue vous parler de Julien, reprit-elle d'une voix affermie.

Elle ne savait plus où elle en était. La situation lui avait totalement échappé.

— Laissez-moi me charger de tout, suggéra-t-il.

Pour la première fois depuis longtemps, elle, la femme forte, se sentait perdue.

59

1910

Alexandrine aimait particulièrement ce moment, juste avant le dîner. Tout était prêt. Les buissons d'écrevisses étaient dressés, la mayonnaise maintenue au frais dans la glacière.

Ôtant son grand tablier bleu marine – comme Marie-Aimée, elle était restée fidèle à cette couleur – elle sortit de son domaine pour aller respirer un peu d'air frais et admirer le paysage dont elle ne se lassait pas. Accoudée à la balustrade, elle contempla le Mont-Blanc nimbé d'un halo de brume. La chaleur était encore lourde, elle avait souffert dans son domaine, s'éventant de temps à autre et trempant ses mains et ses coudes dans l'eau froide. Elle aspirait à regagner sa chambre où elle pouvait se rafraîchir à loisir.

Le vent se leva alors qu'elle se dirigeait à pas lents vers le hall. L'hôtel affichait complet depuis plusieurs semaines. Monsieur Lefort se réjouissait mais Alexandrine, pourtant habituée à travailler dur, commençait à ressentir les effets de la fatigue. Ses jambes et son dos la faisaient souffrir. Tu ne rajeunis pas, ma vieille ! se dit-elle avec une pointe d'autodérision. Ce surcroît de travail ne lui avait pas permis de réfléchir comme elle l'aurait voulu à son entretien avec monsieur Lanson.

Il l'avait reconduite au Grand Hôtel des Alpes, malgré ses protestations et avait insisté pour qu'ils se revoient.

« Je serai samedi et dimanche à La Roche au Loup, lui avait-il indiqué. Je vous attends. »

Elle avait peur. Peur de ce qui risquait de se passer. Elle savait en effet que tous deux éprouvaient une forte attirance physique et craignait de se laisser à nouveau séduire.

Et après ? se dit-elle, la bouche amère. Rien ne changerait, elle retrouverait son rôle de servante-maîtresse et finirait par le détester.

Que devait-elle faire ? Continuer à mener son existence solitaire comme si elle ne l'avait pas revu, et renoncer à sa vie de femme ?

Elle souffrait depuis des lustres de l'opprobre attaché à son nom. Les ragots, les rumeurs, les avaient horriblement blessés, Félix et elle, et Julien n'avait rien oublié.

Devait-elle donc tenter de se racheter une réputation et ne plus sortir du Grand Hôtel des Alpes ? Cette simple idée lui provoquait des démangeaisons dans les jambes. Bien qu'elle soit une fille de la ville, elle avait tout de suite aimé le mont Pilat, sa forêt, ses sous-bois, ses sources d'eau vive.

Elle prit une longue inspiration. Dans le lointain, le ciel se teintait de rose. Le vent se leva, menaçant l'équilibre des chapeaux des élégantes qui regagnaient l'hôtel. De petits cris, des rires étouffés s'élevèrent.

Si seulement je n'avais eu de ma vie d'autre souci que de retenir mon chapeau, pensa Alexandrine.

Pourtant, elle n'était pas jalouse. Simplement sensible aux différences sociales.

Une voiture grimpait la route en pente menant à l'établissement. Elle s'arrêta sur la terrasse gravillonnée, face au panorama.

Un jeune homme en descendit.

— Maman ! cria-t-il dans sa direction.

Elle porta la main à son cœur. C'était Julien, en compagnie de monsieur Lanson.

L'article lu dans le journal avait suscité sa rancœur. La photographie était plutôt réussie puisqu'on reconnaissait assez bien « la catin », comme elle continuait à l'appeler.

Elle avait commencé à le déchirer avant de se raviser et de le lire. Chaque détail comptait.

Lorsqu'elle eut terminé, elle replia le journal. Lentement. Posément. Chaque phrase encensait la cuisinière du Grand Hôtel des Alpes. À vous donner envie de vomir.

Elle serra les poings. Cette fille ne gagnerait pas éternellement ! Elle allait lui rabattre son caquet, vite fait, et tout le monde comprendrait.

N'avait-elle pas suffisamment fait de mal ?

Elle se livra à quelque opération mystérieuse dans le cellier avant de se mettre en route. Elle portait un vieux cabas en toile cirée noire semblable à celui que les femmes emportaient sur les marchés.

La nuit tombait. Août s'achèverait dans quelques jours, l'automne était déjà en chemin.

Rabattant la capuche de sa pèlerine sur ses cheveux gris, elle s'enfonça dans la nuit.

— Julien, enfin !

Riant et pleurant, Alexandrine serrait son fils contre elle. Il esquissa un sourire gêné face à ces effusions et, confuse, elle recula d'un pas. Monsieur Lanson lui serra la main.

— Bonjour, Alexandrine. J'ai cru comprendre que ce jeune homme mourait d'envie de venir vous voir. Or, comme je n'avais rien de plus urgent à faire…

Pas dupe, elle sourit. Il ne voulait surtout pas donner l'impression d'avoir roulé plus de trente kilomètres dans le seul but de la voir.

Cette idée lui fit plaisir.

Au cours de la nuit dernière, elle s'était tournée

et retournée dans son lit en cherchant la meilleure attitude à adopter. Elle éprouvait des sentiments pour lui, c'était indéniable. De plus, leurs corps s'accordaient. Mais était-ce une raison suffisante pour retomber dans ses bras ?

— Alexandrine, cette vue est splendide ! déclara-t-il.

Elle sourit.

— L'hiver dernier, sous la neige, c'était totalement différent mais tout aussi beau.

— Vous avez assez de clients en saison hivernale ?

— Pour le moment, oui. Ce sont surtout des sportifs qui viennent pratiquer le ski ou la promenade en raquettes. De plus, monsieur Lefort leur propose des tarifs attractifs. Nous avons des clients qui viennent de Lyon et de Valence, bien sûr, mais aussi de l'Ain ou de Bourgogne. Et des Suisses ! conclut-elle fièrement.

— Bien, je vais réserver une chambre pour Julien et moi.

— Mon fils dormira dans mon appartement, coupa-t-elle. C'est prévu par le règlement. Adeline est venue à plusieurs reprises.

Une ombre voila le regard de monsieur Lanson. Il lui pressa l'épaule, comme pour dire qu'il comprenait.

— Je vous prie de m'excuser, reprit Alexandrine. Je dois retourner en cuisine.

— Bien sûr. Nous pourrons nous voir après le dîner ?

— Entendu.

Elle les suivit d'un regard incertain. Elle était à la fois heureuse et tendue de les revoir. Elle savait que Julien ne tiendrait pas compte de ses conseils. Il mourait d'envie de tenter sa chance à cette fichue École des mines, et monsieur Lanson ne chercherait pas à l'en dissuader. Elle-même finissait par se poser des questions au sujet du bien-fondé de sa réaction. Et si elle privait son fils d'une chance ? Comment savoir ? Elle avait l'intention d'en discuter avec lui, dans l'intimité de son appartement.

Elle s'éclipsa en direction de sa cuisine, où elle distribua ses consignes. La présence de Julien et de monsieur Lanson dans la salle la troublait, il fallait qu'elle soit à la hauteur.

Elle serra ses mains l'une contre l'autre ; prit une longue inspiration.

Il s'agissait pour elle d'un nouveau défi à relever.

Un de plus…

60

Dans la vaste salle à manger éclairée à l'électricité, Charles Lanson et son protégé faisaient honneur aux écrevisses, au pâté en croûte au foie gras, et aux truites aux amandes.

— Délicieux, apprécia Julien, qui ne s'était pas encore habitué au régime spartiate du lycée.

Il ajouta, fièrement :

— Ma mère est la meilleure cuisinière du monde !

Charles Lanson sourit.

— Ce jugement ne me paraît pas vraiment impartial, jeune homme ! Cependant, je le partage.

Comme chaque soir, Alexandrine vint saluer les convives à la fin du dîner.

Elle était devenue une cuisinière reconnue et, comme telle, sa présence au Grand Hôtel des Alpes attirait nombre de clients. Julien en était fier. Il aurait souhaité qu'Adeline se trouve elle aussi dans la salle à manger afin d'assister au triomphe de leur mère.

Sa sœur et lui correspondaient à intervalles réguliers. Elle lui contait sa vie à Paris, semée de désillusions et d'embellies. Il pressentait que la voie choisie ne serait pas aisée, tout en faisant confiance à sa détermination. Adeline comptait beaucoup pour lui, et il était triste de constater qu'elle refusait de reprendre contact avec Alexandrine. Celle-ci lui écrivait une longue lettre chaque semaine et la confiait à son fils, qui l'envoyait avec la sienne. C'était un arrangement un peu curieux, dont Adeline ne se plaignait pas. Cependant, il n'était pas certain qu'elle lise les lettres de leur mère.

Alexandrine s'arrêta à leur table. Elle rayonnait. Charles Lanson se leva et lui baisa la main. Rougissante, elle s'éloigna à grands pas.

Interloqué, Julien considéra son mentor d'un air étonné.

— Je songe sérieusement à te demander la main de ta mère, déclara alors l'industriel.

— C'est à elle de décider, répliqua Julien.

Il se sentait un peu perdu, comme si tout se précipitait. Comme s'il n'avait pas deviné depuis longtemps que sa mère et monsieur Lanson étaient attirés l'un par l'autre.

Monsieur Lanson hocha la tête.

— Je suis bien d'accord avec toi, ce sont des histoires d'adultes, et je n'aurais pas dû t'en parler. Termine plutôt cet excellent soufflé au chocolat et sa sublime crème anglaise.

Il ne se fit pas prier. Au-dehors, le soleil couchant

offrait une palette de rouges et de gris-rose mêlés, d'une beauté saisissante. Julien se dit soudain que la vie pouvait être belle, malgré les épreuves.

— Ce serait bien, avoua-t-il tout à trac.

Le sourire de monsieur Lanson s'élargit. Il y avait longtemps que tous deux se comprenaient à demi-mot.

Ils allèrent marcher sur la terrasse en attendant qu'Alexandrine ait terminé son service. L'air était doux, empreint de senteurs balsamiques. Charles Lanson songea qu'il n'était pas retourné depuis trop longtemps à La Roche au Loup. Sans Alexandrine à ses côtés, la demeure avait perdu de son charme, mais il lui avait fallu du temps pour le reconnaître. Julien lui posait des questions pertinentes sur la mine, il prit plaisir à lui répondre. « Si seulement Émile… » regretta-t-il. Il pensait souvent qu'il ne s'était pas montré à la hauteur lorsque Florence était morte, et que leurs dissensions remontaient à cette période. Émile n'avait pas le caractère déterminé des Lanson. C'était pour son père un constat amer.

Alexandrine les rejoignit alors que les ombres s'allongeaient. Elle s'était rafraîchie, et parfumée à l'eau de Cologne de Roger et Gallet, dont le premier flacon lui avait été offert par monsieur Lanson, plusieurs années auparavant. Ce jour-là, elle s'était sentie presque une « vraie » dame.

Ils se promenèrent jusqu'à la ferme. Monsieur Lanson admira l'organisation de l'établissement. Julien, songeur, se prenait à espérer obtenir gain de cause. Après tout, sa mère pouvait comprendre sa vocation ?

Ils se séparèrent pour la nuit. Julien s'endormit d'un coup après ses ablutions.

Il en alla différemment pour sa mère. Elle resta un moment à sa fenêtre, contemplant les étoiles qui s'allumaient les unes après les autres dans un ciel de velours sombre. Que lui réservait l'avenir ? Elle était consciente que l'heure était grave. Elle avait été émue de constater la bonne entente régnant entre monsieur Lanson et son fils. Ses certitudes en avaient été ébranlées. Devrait-elle laisser Julien suivre la voie qu'il avait choisie ? Ne le lui reprocherait-il pas plus tard si elle l'en empêchait ? Elle avait déjà perdu Adeline. Elle ne supporterait pas de ne plus voir son fils. D'autant moins qu'elle gardait le pouvoir de décision.

Elle finit par gagner son lit, descendit la mèche de sa lampe à pétrole et souffla la flamme par les ventouses. Son fils dormait profondément sur le sofa. Le fait de se retrouver dans la même pièce que lui suscitait en elle une impression bizarre, comme si le temps était aboli. Elle aurait pu imaginer que Félix allait venir les rejoindre. Elle étouffa un sanglot.

— Oh ! Félix... gémit-elle.

Elle aurait tant aimé se confier à lui, lui demander conseil.

Cependant Félix était mort, et elle était seule.

Une odeur âcre de fumée réveilla Julien, le faisant tousser. Il sauta du sofa, se rua vers le lit où dormait Alexandrine.

— Maman ! Réveille-toi !

Elle ouvrit les yeux avec peine.

— Julien... qu'y a-t-il ?

— Le feu ! jeta-t-il. Vite ! Il faut sortir d'ici.

Il lui fallut plusieurs minutes pour émerger d'un sommeil lourd et comprendre la gravité de la situation. Elle passa un peignoir, rafla dans le tiroir de la table de chevet ses économies et se précipita dans le couloir à la suite de son fils. Julien, un mouchoir plaqué sur la bouche, tambourinait aux portes des chambres.

— Sortez vite ! criait-il.

Le cœur d'Alexandrine battait à se rompre. Le Grand Hôtel des Alpes, son hôtel, était en flammes.

— Cours vite prévenir monsieur Lanson ! jeta-t-elle affolée.

Brusquement, elle comprenait qu'elle tenait à lui. Beaucoup plus qu'elle ne le croyait.

Les portes claquaient, des gémissements s'élevaient. Monsieur Lefort tentait d'appeler les pompiers de Bourg-Argental comme ceux d'Annonay.

Le personnel masculin faisait la chaîne. Les clients les rejoignirent. Le feu, parti des combles, gagnait du terrain.

Tout au long de la nuit, ils livrèrent une bataille acharnée contre l'incendie, mais celui-ci avait déjà pris le dessus. Au petit matin, monsieur Lefort, exténué, dut se rendre à l'évidence : son établissement était en grande partie détruit.

Ce qui n'avait pas été anéanti par les flammes avait été inondé, noyé sous des dizaines de mètres cubes d'eau.

Les meubles d'époque, les tentures, les papiers peints panoramiques, tout était endommagé, irrécupérable. Mais ce n'était pas le plus grave. Plusieurs pensionnaires avaient disparu. Il était trop tard pour tenter de recenser leur nombre : les flammes montaient de plus en plus haut vers le ciel, poutres et parquets s'effondraient, une odeur horrible prenait à la gorge.

Alexandrine et monsieur Lanson, réfugiés sur la pelouse, impuissants, contemplaient le spectacle navrant de l'hôtel en ruine.

Julien, les mains brûlées, se tenait à leurs côtés. Alexandrine tentait de le convaincre de se laisser soigner, sans succès.

Tous trois étaient pétrifiés, sous le choc.

— C'est affreux, gémit monsieur Lefort, posant un regard égaré sur ce qui avait représenté l'aboutissement de son rêve.

— Éloignez-vous, mesdames, messieurs, prièrent les gendarmes.

Les mairies de Bourg-Argental et de Saint-Julien-Molin-Molette allaient accueillir les résidents du Grand Hôtel des Alpes comme les membres du personnel.

Monsieur Lanson n'hésita pas.

— Je vous emmène à La Roche au Loup. Non, pas de protestations, Alexandrine. Vous ne croyez tout de même pas que je vais vous laisser dans la promiscuité d'une salle de la mairie ?

Elle jeta un coup d'œil à ses chaussons maculés. En robe de chambre, les cheveux défaits, elle se sentait pitoyable. Mais ils étaient saufs, rectifia-t-elle aussitôt après, et elle n'avait pas vraiment le droit de se plaindre.

Toujours en état de sidération, elle se laissa entraîner par monsieur Lanson et Julien vers l'automobile de l'industriel.

Son ancien employeur expliqua aux gendarmes qu'il les emmenait chez lui et ils opinèrent du chef. Tous étaient épuisés.

À La Roche au Loup, Alexandrine ne prêta même pas attention au regard stupéfait de Juliette.

— Allez prendre un bon bain, lui recommanda monsieur Lanson.

Elle se sentait comme une chiffe molle, sans ressort. Ce devait être un cauchemar, se disait-elle, comme pour conjurer le sort.

Tout en sachant au fond d'elle-même que c'était bel et bien fini.

Le Grand Hôtel des Alpes, où elle était si fière d'officier, était réduit en cendres.

61

Après avoir longuement pleuré, Alexandrine sécha ses larmes, s'essuya les yeux et chercha de quoi se vêtir.

On frappa à la porte de son ancienne chambre de La Roche au Loup.

Alexandrine avait éprouvé un sentiment bizarre en se retrouvant dans cette pièce mais elle était si choquée qu'elle ne s'y attarda pas.

— Monsieur Lanson vous envoie ceci, déclara Juliette de son ton compassé.

Alexandrine considéra la chemise blanche et le pantalon que la femme de charge posait sur le lit et éclata de rire.

Un rire inextinguible, qui s'acheva en sanglots. Monsieur Lanson était déjà là, à ses côtés. Il l'attira contre lui.

— Là, là, chuchota-t-il, maladroit comme trop souvent, en lui caressant les cheveux.

— Je dois être maudite, hoqueta-t-elle, le nez

contre son épaule. Dès que je pense être tirée d'affaire, une nouvelle catastrophe me tombe dessus.

Elle releva la tête.

— Et Julien ? Où se trouve-t-il ?

— Il est retourné aider les sauveteurs. Je n'ai pas cherché à le retenir, tant il paraissait évident qu'il en avait besoin.

Alexandrine hocha la tête.

— C'est dans sa nature. Un atavisme hérité de son père et de plusieurs générations de mineurs. Servir, disait Félix.

Elle commençait à comprendre et, même, à accepter, qu'elle ne pourrait protéger Julien éternellement. Il devait se frotter aux réalités pour s'affirmer en adulte responsable. Celui que son père aurait désiré qu'il devienne.

Alexandrine s'écarta légèrement. Elle prit alors conscience de ne porter qu'une chemise légère. Son peignoir à demi déchiré et maculé de suie était une loque. Elle n'avait plus rien, réalisa-t-elle, tous ses biens ayant certainement brûlé.

Monsieur Lanson posa une chemise sur ses épaules.

— Habillez-vous et venez me retrouver dans la cuisine. Vous devez boire quelque chose de chaud, vous êtes pâle à faire peur !

Elle esquissa un sourire.

— Vous avez toujours su parler aux femmes !

Ne pas penser à la situation, s'exhorta-t-elle. Ne pas se répéter qu'elle avait tout perdu.

Mais… comment un tel désastre avait-il pu survenir ? Monsieur Lefort avait toujours été très exigeant pour tout ce qui concernait la sécurité, comme l'hygiène.

Elle passa les vêtements masculins bien trop grands pour elle et descendit à la cuisine. Un soleil lumineux accentuait par contraste son désarroi.

Elle retrouva avec un certain plaisir l'équipement qu'elle avait choisi. Celui-ci avait peu servi, observa-t-elle, à croire que monsieur Lanson n'était pas revenu souvent à La Roche au Loup depuis son départ.

En éprouvait-elle de l'étonnement ? De la satisfaction ? Il lui semblait que ses sentiments étaient comme anesthésiés.

Elle sortit de la farine du placard, du lait, du beurre et des œufs de la glacière et prépara une pâte à crêpes. Ses gestes étaient sûrs et, peu à peu, elle se détendait.

La cuisine, toujours… Lorsqu'elle mélangeait, émulsionnait, fouettait, Alexandrine reprenait vie. Un sang nouveau circulait dans ses veines, elle oubliait tout le reste, même Adeline, même Julien.

Elle se mit à nouveau à pleurer, mais c'étaient des larmes de soulagement, parce qu'elle parviendrait à surmonter ce coup du sort.

Le corps était horrible à voir. Crispé dans une position grotesque, à demi calciné.

Lorsque les sauveteurs le découvrirent, ils marquèrent un mouvement de recul. L'un d'eux se détourna et sortit du cellier pour restituer son déjeuner derrière un arbre.

On découvrit le bidon peu de temps après. L'odeur caractéristique d'essence l'avait imprégné. Il ne fallait pas être grand clerc pour comprendre qu'il s'agissait de l'incendiaire.

Avait-il été assommé par la chute d'un madrier ou du plafond ? L'enquête le déterminerait. Pour l'instant, il convenait de chercher des rescapés.

On n'avait pas le temps de s'occuper des morts. Plus tard, quand il n'y aurait plus aucun espoir.

— Je jette l'éponge, déclara Adam Lefort aux employés rescapés du Grand Hôtel des Alpes.

Le directeur avait le teint blême et se tenait légèrement voûté.

Le drame l'avait profondément marqué, d'autant qu'il ne comprenait toujours pas pourquoi son grand projet, son rêve, avait été visé par un incendiaire.

Qui pouvait lui en vouloir à ce point ? Pour quelle raison ? Ces questions l'obsédaient, hantaient ses nuits d'insomnie.

Il ignorait encore comment il parviendrait à se rétablir financièrement. Peut-être s'exilerait-il, vers l'Algérie, ou l'Indochine. Son associé, le docteur Giraud, renonçait également et s'apprêtait à retourner à Lyon. C'était pour eux un échec aussi bien financier que moral et humain. Cinq personnes avaient perdu la vie dans l'incendie. Deux touristes, et trois domestiques. Une dizaine avaient été blessées plus ou moins gravement.

— Qu'allons-nous devenir ? risqua Firmin, le jardinier.

Les visages des employés étaient marqués par la fatigue et le désarroi. Alexandrine, qui avait fait le déplacement, souffrait de nausées.

« Vous allez rebondir », lui répétait Charles Lanson, mais elle en doutait fort.

Elle avait peur, une peur panique, héritée de son passé.

Ses économies, ses quelques biens avaient disparu dans l'incendie. Devait-elle se louer comme domestique ? Offrir ses services à des restaurateurs lyonnais ? La grande ville lui inspirait de la crainte.

La voix de monsieur Lefort lui parvenait de façon lointaine. Elle étouffait. Elle sortit discrètement de la salle de la mairie où le directeur du Grand Hôtel des Alpes avait réuni son ancienne équipe.

Un oiseau lança plusieurs trilles insolents. Elle sourit par réflexe.

D'abord, trouver un toit, se dit-elle. Certes, elle était logée à La Roche au Loup mais ce n'était que temporaire.

Bien qu'elle ait pris quelques jours de repos – une première ! –, elle se sentait toujours épuisée. Elle souffrait de vertiges, de palpitations, d'une lassitude extrême, comme si chaque geste lui coûtait. Sans monsieur Lanson, elle serait restée terrée dans sa chambre.

Il venait à La Roche au Loup un soir sur deux et l'entraînait dans de longues promenades.

« La vie est là, admirez les couleurs de l'été finissant », l'encourageait-il.

Elle avait deviné qu'il refusait de la laisser sombrer dans le marasme et l'apathie. Parce qu'il se reprochait encore de n'avoir pas pu sauver son épouse ? Ou bien par réelle sollicitude ? Elle avait renoncé à cerner son caractère. C'était trop compliqué, elle n'avait plus la force.

Julien venait lui aussi en fin de semaine. Elle pouvait rester des heures assise devant la cheminée, à contempler son fils, plongé dans des ouvrages traitant des mines. Il discutait souvent avec monsieur Lanson, tous deux se passionnant pour des nouvelles mesures de sécurité. Elle songeait alors à Georges, son petit frère, à Félix, son époux, et des larmes silencieuses coulaient le long de ses joues.

Luttant contre les vertiges, Alexandrine reprit le chemin de La Roche au Loup. C'était le seul endroit où elle se sentait en sécurité.

62

1910

Comme chaque matin, Adeline jeta un coup d'œil admiratif à l'Opéra.

C'était pour elle le plus beau monument de Paris, dépassant de loin la tour Eiffel ou Notre-Dame. Le palais Garnier symbolisait l'essence même de la capitale. Et, détail non négligeable, plusieurs de ses clientes appartenaient au corps de ballet ou faisaient partie des chœurs.

Depuis un an qu'elle s'était installée à Paris, Adeline avait connu plus de vaches maigres que de jours radieux. Il fallait faire attention à tout – au charbon, à l'éclairage, à la nourriture – pour parvenir à payer le loyer. Si la parente de son amie Élodie l'hébergeait dans sa chambre de bonne sous les toits, la jeune fille lui réglait cependant une certaine somme chaque mois. Amandine Masset, plumassière de son état, travaillait pour l'Opéra et les Folies-Bergère. Son appartement encombré de cartons, dans lequel régnait un désordre incroyable, évoquait quelque tanière.

Dans cet univers, la vieille dame évoluait avec aisance, chignon en bataille, lorgnons sur le nez. Un minuscule roquet pointait parfois le museau hors de son giron. Nommé Hercule, il était ridicule et atrabilaire mais sa maîtresse lui passait tous ses caprices. Depuis qu'il avait essayé de lui croquer le nez, Adeline se défiait de lui.

Elle travaillait chez mademoiselle Valentine, une modiste installée passage Vivienne. Celle-ci accueillait les clientes et prêtait une oreille attentive à leurs doléances. Lorsqu'elles avaient quitté la boutique en faisant tinter le carillon, mademoiselle Valentine recommandait à Adeline : « N'oubliez jamais, mon petit. Ces dames s'estiment beaucoup plus malheureuses que le reste du monde. Or, quand elles sont tristes, ou mélancoliques, elles ont besoin d'un nouveau chapeau. C'est mathématique. Et... cela arrange bien nos affaires ! »

Adeline appréciait le franc-parler de sa patronne. Elle avait raison, naturellement. Un chapeau neuf rendait le sourire à la plupart des bourgeoises. Il convenait donc de leur proposer un choix conséquent et, surtout, des modèles originaux.

Passage Vivienne, Adeline avait tout loisir de laisser libre cours à sa créativité. Elle aimait à deviser avec les clientes, afin de déterminer quel couvre-chef leur conviendrait le mieux. Mademoiselle Valentine souriait : « Vous avez l'œil, et le sens du contact. Vous irez loin. »

Sa nouvelle vie convenait fort bien à la jeune fille. Certains samedis soir, elle allait danser avec Régine, sa camarade d'atelier, une jolie blonde aux yeux verts, au nez retroussé. Elles fréquentaient les bals populaires de la rue de Lappe, près de la Bastille ou encore le bal Bullier, au carrefour de l'Observatoire.

Régine n'avait pas froid aux yeux et quittait souvent la salle de bal en compagnie d'un galant. De son côté, Adeline se méfiait de ces relations sans lendemain. Elle avait été trop souvent qualifiée de bâtarde pour risquer de se retrouver enceinte sans être mariée. Le rejet des parents de Maurice l'avait profondément marquée.

À Paris, elle désirait mener une nouvelle vie. Une lettre un peu décousue de son frère lui avait appris, plusieurs mois auparavant, la tragédie survenue au Grand Hôtel des Alpes.

« Notre mère a tout perdu dans cette affaire », lui avait-il expliqué.

Adeline avait hésité. Devait-elle écrire à Alexandrine ? C'était un prétexte tout trouvé pour renouer avec sa mère. Cependant, elle n'était pas certaine d'être prête. Même si, avec le recul, elle avait deviné que Catherine était la première responsable, elle ne parvenait pas à pardonner à sa mère d'avoir laissé planer le doute quant à ses origines. Son père était-il Marin Rousselet, l'époux d'Alexandrine, ou bien Augustin Vasseur, le voiturier ? Cette question destinée à demeurer sans réponse l'obséderait toute sa vie. Elle refusait d'admettre la propre désespérance d'Alexandrine. Après tout, c'était elle qui s'était placée dans cette situation délicate, et personne d'autre ! Même s'il fallait bien reconnaître qu'en toutes circonstances, c'étaient toujours les femmes qui subissaient les conséquences d'un moment d'égarement.

C'était parfois si facile de ne pas respecter la morale stricte en vigueur !

Le désir d'oublier un quotidien épuisant, le plaisir de recevoir des compliments bien troussés, une soirée qu'on avait envie de prolonger jusqu'au bout de la nuit, le trouble provoqué par des baisers et des caresses de plus en plus sensuels...

Adeline aurait volontiers cédé à la cour pressante de Pierre, un ouvrier typographe qui travaillait dans une imprimerie de la rue Scribe, qu'elle retrouvait régulièrement à la sortie du travail mais elle avait peur. Peur de basculer dans le clan des femmes de mauvaise vie ou des horizontales. Elle se demandait parfois si elle pourrait un jour mener une existence conforme à ses souhaits, avec un époux, un ou plusieurs enfants. Et un métier. Très important, le métier car elle tenait à sauvegarder son indépendance. C'était une autre leçon tirée de l'histoire familiale.

La boutique de mademoiselle Valentine, passage Vivienne, avait pour principe de n'exposer en vitrine qu'un seul objet. Ce matin, il s'agissait de la dernière création d'Adeline, un chapeau... révolutionnaire, de l'avis même de mademoiselle Valentine. Un simple canotier de paille, relevé aux deux côtés, orné d'un nœud en gros-grain noir.

Deux jeunes femmes l'admiraient quand Adeline poussa la porte, faisant tinter le carillon. Mademoiselle Valentine jeta un coup d'œil éloquent en direction de la pendule mais se tut : neuf heures n'avaient pas encore sonné.

Adeline lui adressa son sourire le plus ingénu.

— Belle journée, n'est-ce pas, mademoiselle Valentine ?

La modiste opina du chef. Elle avait besoin d'Adeline pour attirer et fidéliser les clientes, mais se sentait dépassée. Sa jeune employée avait un talent fou, du style, tout en étant beaucoup trop jeune pour se voir confier des responsabilités. Cependant, si elle ne l'augmentait pas, la jeune fille risquait d'être débauchée par la concurrence, toujours aux aguets.

Adeline se lava les mains, enfila sa blouse blanche, et alla rejoindre ses deux camarades dans l'atelier attenant à la réception des clientes. Elles étaient trois, Régine, Élise et Adeline, passionnées par leur métier. Les deux aînées, âgées de vingt-deux et vingt-trois ans, avaient fait bon accueil à leur collègue venue de Lyon. Elles bavardaient tout en s'activant, chantaient aussi, des refrains populaires comme *La Mattchiche, Viens Poupoule* ou *La Petite Tonkinoise.* Mademoiselle Valentine laissait faire :

une bonne ambiance était forcément positive pour sa boutique.

Adeline aurait pu penser être heureuse, entre son travail qui lui plaisait, ses rendez-vous avec Pierre et les soirées dansantes en compagnie de Régine.

Seulement, il y avait Alexandrine, qu'elle ne se résignait pas à oublier.

63

1911

C'est arrivé si vite, songea Adeline, écrasant une larme.

Elle pensait avoir le monde à portée de main. Mademoiselle Valentine lui avait promis une augmentation.

On lui reconnaissait du talent, ce dont elle avait longtemps rêvé. Lorsqu'elle mesurait le chemin parcouru depuis l'usine Chatel, elle avait de la peine à croire qu'il s'agissait bien d'elle, la bâtarde méprisée de l'Auberge des Bois Noirs. D'ailleurs, elle avait déjà pensé devoir sa combativité, sa force à son enfance malheureuse. C'était certainement aussi un trait de caractère hérité de sa mère.

Si seulement elle avait pris le temps de réfléchir… Mais non, elle s'était laissé griser par l'invitation du séduisant quadragénaire venu chercher le chapeau de sa sœur. Un baron… « Un gars de la haute », avait commenté Élise.

En fait, elle avait compris le piège en découvrant qu'il avait réservé un cabinet particulier au célèbre Café Riche, boulevard des Italiens.

Elle portait ce soir-là une toilette confectionnée par ses soins. Jupe entravée à rayures verticales et tunique évasée qui la dispensait du port d'un corset.

Coquettement incliné sur l'œil gauche, un chapeau de sa création, souple, orné de plumes de paon.

Elle était ravissante, lui signifiait le regard admiratif du baron de Morteuil. Lui-même, cheveux teintés de gris aux tempes, yeux bleus, fossette au menton, avait belle allure dans son costume gris foncé.

Elle aurait pu, elle aurait dû, refuser de l'accompagner dans le cabinet particulier où les conduisait un serveur impassible. Elle n'en avait pas eu le courage, à moins qu'elle n'ait pensé en imposer au baron.

Il l'avait aidée à ôter son paletot, s'était extasié sur l'élégance de sa toilette.

Elle l'avait laissé choisir les mets comme les vins.

« Du champagne, bien sûr », avait-il lancé au serveur.

Coquilles Saint-Jacques, noisettes d'agneau Cora, petits pois à l'anglaise, cœurs de romaine aux pommes d'amour, pêche Melba… elle avait trouvé le souper délicieux et évoqué avec le baron la poularde demi-deuil de sa mère.

« Les femmes cuisinières peuvent donc faire preuve de raffinement ? » s'était-il étonné, et elle en avait éprouvé une pointe d'agacement.

Au dessert, cependant, il s'était montré pressant. À moins de provoquer un scandale, Adeline s'était vue contrainte de céder. Remarquant qu'elle se crispait, le baron lui avait adressé un sourire irrésistible.

« Voyons, ma chère, nous n'allons pas faire toute une affaire de si peu de chose ! »

Adeline n'était plus vierge, et il avait de l'expérience. Ce n'était pas un viol, non, plutôt quelque chose comme un marché passé entre deux adultes. L'un et l'autre savaient que cela ne prêterait pas à conséquence, le cœur n'étant pas impliqué. C'était même plutôt agréable de susciter le désir, dans ce cadre douillet.

Il l'avait raccompagnée au pied de son immeuble, avait galamment baisé sa main après l'avoir aidée à descendre du fiacre. Elle était rentrée chez elle sans trop éprouver d'états d'âme. Après tout, Pierre ne lui avait pas fait de grande déclaration !

Elle s'était « arrangée » avec sa conscience, parce qu'elle désirait progresser dans la société. Pour ce faire, une seule solution quand on avait peu de ressources : se trouver un riche protecteur.

Le baron était revenu l'inviter, une fois, deux fois… avant de passer à une autre. Il en allait souvent ainsi dans le monde de la galanterie. Pierre, qui avait eu vent de ces dîners, avait cessé de la voir après lui avoir fait part de son mépris.

« Je croyais que vous étiez une jeune fille honnête ! » lui avait-il lancé, et Adeline avait senti ses joues s'empourprer.

Et puis, il y avait eu ces nausées matinales, et une certitude. Elle était enceinte !

Mademoiselle Valentine la renverrait séance tenante, elle en était persuadée. Pas de fille-mère chez elle. Amandine Masset réagirait certainement de la même façon.

Sans travail, sans toit, Adeline n'aurait plus comme ressource que de se prostituer. La déchéance...

À moins qu'elle ne retourne chez sa mère ? Elle frémit à cette pensée. Comment avait-elle pu se montrer aussi imprudente ?

Désespérée, elle avait tenté une démarche auprès du baron. Elle n'oublierait jamais son regard chargé de dédain.

« Ma chère, on prend ses précautions quand on joue les lorettes ! »

À cet instant, elle avait songé à Alexandrine. Comme si le fait de se rattacher à une lignée de femmes – les femmes de sa famille – avait pu l'aider.

Elle frotta ses joues afin de leur rendre un peu de couleur. Chaque matin, souffrant d'horribles nausées, elle était incapable d'avaler quoi que ce soit. Elle se traînait jusqu'à la boutique où elle tentait de faire bonne figure. Régine avait vite deviné son état.

« Toi, ma petite, tu as un polichinelle dans le tiroir ! » lui avait-elle lancé un soir à la sortie de l'atelier.

Saisie, Adeline n'avait pu réprimer un sursaut. Son amie avait enchaîné, en l'entraînant vers les Boulevards : « Ne fais pas cette tête, ma belle ! Ce sont des choses qui arrivent. C'est ton gars de la haute ? »

Pour la première fois, Adeline avait éprouvé le besoin de « vider son sac », comme aurait dit Marie-Aimée. Elle avait raconté, le baron, leurs rendez-vous au Café Riche, le cabinet particulier… Régine, de temps à autre, hochait la tête.

« Qu'est-ce que tu crois ? avait-elle enchaîné à la fin du récit de son amie. Ces gens-là aiment bien s'encanailler avec de jolies filles sans le sou. À dix-huit ans, je me suis fait piéger, moi aussi. Après, j'ai compris qu'il valait mieux rester entre soi. Les braves garçons qui nous font danser le dimanche ne nous méprisent pas, eux ! »

Adeline avait tamponné ses yeux.

« Qu'est-ce que je vais faire ?

— Te battre, bien sûr ! Il y a toujours une solution. »

Plutôt deux ! Donner naissance à un enfant sans père ou avoir recours à une faiseuse d'anges. On en parlait, à voix basse, autour de la longue table de l'atelier et même, déjà, à l'usine Chatel. Adeline avait appris, ce faisant, que de nombreuses jeunes femmes avaient perdu la vie ou étaient devenues stériles.

Elle avait frissonné.

« T'inquiète ! avait repris Régine. Je connais une personne sûre. Elle est toubib. »

Une femme médecin ? Adeline ignorait que cela pût exister. Mais elle n'avait pas le choix.

La femme médecin officiait de nuit, au plus près des pauvres. Si son apparence surprit Adeline, elle ne le montra pas.

Bien bâtie, le docteur Pelletier avait les cheveux courts et portait des habits masculins. Chemise, pantalon, gilet, veste de costume.

— On raconte même qu'elle a toujours un revolver sur elle, chuchota Régine.

Elle s'était chargée de tout et avait contacté elle-même le docteur Madeleine Pelletier[1]. Au dernier moment, allongée sur une table d'opération de l'hospice, Adeline éprouva un sentiment proche de la panique. Était-ce vraiment ce qu'elle souhaitait ? Ne regretterait-elle pas sa décision sa vie durant ? Pourtant, elle ne voulait pas de l'enfant du baron. Il serait traité de bâtard, souffrirait comme elle-même avait souffert… Non, il n'en était pas question !

Elle avait expliqué ce qu'elle ressentait au docteur Pelletier et celle-ci avait hoché la tête.

---

1. Première femme médecin diplômée en psychiatrie en France (1874-1939). Médecin de nuit, elle soigne les plus pauvres. Féministe radicale, elle défend le droit à l'avortement.

« Personne n'a le droit de vous imposer une grossesse non désirée », lui avait-elle affirmé.

Elle avait ajouté quelques phrases à propos de la natalité qui opprimait les femmes.

« C'est une anarchiste, lui avait confié Régine. Elle considère les femmes comme les égales des hommes. Et réclame pour nous le droit de vote. Quelle folie, n'est-ce pas ? »

Adeline ne se prononçait pas. Après tout, pourquoi les femmes auraient-elles été les éternelles sacrifiées ?

Raidie, la jeune femme se laissa examiner.

Le médecin sut trouver les mots pour lui permettre de se détendre un peu.

Ne pas penser, s'exhortait-elle.

Elle poussa un seul cri. Elle ne pleura pas durant l'intervention. De toute manière, elle n'avait pas le choix. Elle ne pouvait élever cet enfant et refusait de l'abandonner. Elle n'aurait pas supporté qu'il ait la même enfance qu'elle.

64

1911

Il était descendu du train en gare d'Annonay.

Puis consultant la carte d'état-major achetée à Lyon, il avait pris la direction de Saint-Étienne et obliqué sur la droite avant d'atteindre Bourg-Argental.

Il marchait vite, et bâtissait des vers au rythme de son pas. C'était pour lui une vieille habitude. Marcher lui permettait de mettre ses mots en musique. Cela faisait sourire son ami Guillaume Apollinaire. Tous deux s'étaient liés à Paris, un an auparavant. Ils fréquentaient le même cercle, composé de peintres et de poètes. Et tiraient le diable par la queue.

Depuis un an, il avait la chance de loger au Bateau-Lavoir, un immeuble regroupant des artistes de tout poil sur les pentes de Montmartre. L'endroit était insalubre, beaucoup trop humide. Le propriétaire cultivait des asperges et des champignons au sous-sol, c'est dire ! mais le loyer, quinze sous par mois, défiait toute concurrence, et Émile s'y trouvait bien, en la compagnie de peintres, sculpteurs et poètes. Il s'y sentait à sa place, lui qui n'avait jamais prisé la vie stéphanoise.

Émile Lanson n'avait pas donné signe de vie à son père depuis son départ, en 1909.

Il attendait... il ne savait quoi, un appel, un signe, un message, comme pour avoir la certitude que Charles l'aimait. Depuis le temps, il aurait dû savoir que le patron des mines Lanson n'était pas homme à effectuer le premier pas. D'ailleurs, comment son père aurait-il pu le joindre ? Émile avait brouillé les pistes, changeant souvent de logement. Il lui était déjà arrivé de déménager à la cloche de bois, parce qu'il n'avait pas les moyens de régler son loyer. C'était fréquent chez les artistes.

Lui n'était pas un véritable artiste, se dit-il, soudain lucide. Il avait toujours la possibilité de rentrer à Saint-Étienne si la période de vaches maigres s'éternisait. Cependant, pas question pour lui de diriger les mines ! Elles représentaient tout ce qu'il détestait. Qu'était-il, alors ? Un pauvre diable rêvant, non pas de gloire, mais de reconnaissance ? Un raté ? Il admirait tant Apollinaire, et Verlaine.

Il lui semblait que ses poèmes étaient toujours inachevés. Tant de mots se bousculaient dans sa tête... pour s'envoler dès qu'il tentait de les coucher sur le papier.

Il rêvait... D'un monde différent, bannissant l'argent et les unions d'intérêt. D'une existence plus harmonieuse. D'utopie. Il rêvait et se sentait de moins en moins adapté à son époque. Ses amis et lui, qui cherchaient un mot pour se qualifier – on chuchotait le terme « surréalistes » –, souhaitaient passer de l'autre côté du miroir.

Émile était persuadé que son père ne chercherait même pas à lui parler. Chez les Lanson, on gardait tout pour soi parce qu'il ne fallait surtout pas « laisser voir sa peine ». Il aurait désespérément désiré que son père discute avec lui après la disparition de sa mère.

Lorsqu'il avait fini par apprendre – tout se savait, toujours – que Florence s'était suicidée, il s'était senti trahi et en avait voulu à son père.

Il avait longtemps porté un sentiment de culpabilité, sans savoir de quoi. Peut-être d'être né, tout simplement ? Il vouait une véritable adoration à sa mère, tout en souffrant de son indifférence. Quant à son père, leurs caractères étaient si dissemblables qu'ils n'avaient aucune chance de trouver un terrain d'entente.

Émile éprouvait toujours de l'affection pour lui, cependant, et demandait régulièrement de ses nouvelles à madame Céline. Il savait que la gouvernante ne le trahirait pas. Quelle ironie ! Il s'était toujours mieux entendu avec madame Céline et Alexandrine qu'avec ses propres parents.

C'était à cause d'Alexandrine qu'il s'était décidé

à effectuer ce voyage. Madame Céline lui avait écrit que la cuisinière inaugurait son restaurant, La Roche au Loup, à la mi-mai. Pile la saison des communions et des mariages, avait-il pensé. Même si elle avait eu des malheurs, Alexandrine avait toujours su mener sa barque. Il l'aimait bien.

Il avait donc décidé d'être présent ce jour-là. Avec un peu de chance, son père serait là, lui aussi. La Roche au Loup représentait un lieu neutre, il n'était pas chargé de souvenirs liés à Florence.

Il desserra légèrement son col. Une douce chaleur annonçait déjà l'été. Il se surprit à penser qu'il serait agréable de faire découvrir le Pilat à Suzy, pour se reprendre aussitôt. Suzy n'était pas une fille de la campagne. Modèle, elle posait pour des peintres comme Van Dongen ou Foujita.

Brune aux yeux bleu foncé, un corps à se damner, elle était belle, et en jouait.

Émile soupirait pour elle depuis des mois. Elle lui avait inspiré plusieurs poèmes empreints de mélancolie. L'aimait-il ou la désirait-il ?

Elle l'aimait... bien. Elle l'appelait « mon petit Émile » en ébouriffant sa crinière blonde. Horriblement vexé, il esquissait alors une moue et elle riait.

Ne pas penser à Suzy, se dit-il.

Ses pieds commençaient à s'échauffer. Il s'arrêta à une fontaine, but un peu d'eau, délicieusement fraîche. Un chemin carrossable grimpait au-dessus de Bourg-Argental. Il remarqua le panneau blanc qui indiquait en lettres noires *Auberge de La Roche au Loup*.

Il était presque arrivé.

— Tout va bien se passer, maman, assura Julien.

Face à lui, Alexandrine, pâle jusqu'aux lèvres, semblait prête à s'évanouir.

Elle avait traversé des moments difficiles après le tragique incendie ayant frappé le Grand Hôtel des Alpes. Cauchemars récurrents, crises d'angoisse, perte d'appétit... Elle refusait de sortir. Monsieur Lanson et Julien lui avaient maintenu la tête hors de l'eau en l'incitant à aller marcher, et à cuisiner de nouveau.

Et puis, monsieur Lanson lui avait fait part de son grand projet, ouvrir un restaurant à La Roche au Loup. Et, comme elle protestait, arguant du fait que personne ne viendrait jusque-là, il avait riposté : « Quelle idée ! Ils venaient bien au Grand Hôtel ! Et, d'après ce que j'en ai vu, c'était essentiellement pour la qualité de votre cuisine ! »

L'entreprise paraissait insurmontable à Alexandrine. Si insurmontable, d'ailleurs, qu'elle n'avait pas songé à réclamer des renseignements juridiques. Elle avait vaguement entendu monsieur Lanson évoquer un statut de gérance, ce qui l'avait rassurée en partie.

De toute manière, elle était si lasse qu'elle n'avait plus la force de se tourmenter.

On verra bien, se disait-elle lorsqu'elle apprenait un nouveau contretemps.

Elle n'aurait jamais dû se lancer dans cette affaire mais, à présent, elle n'avait plus le choix. Elle avait retroussé ses manches, passé son grand tablier bleu marine, et écrit sur un cahier d'écolière tout ce dont elle avait besoin.

Charles Lanson continuait à la rejoindre souvent à La Roche au Loup. C'était lui qui avait suggéré la transformation des pièces de réception en salle de restaurant.

Quand Alexandrine avait écrit « Soixante chaises », il avait précisé « Restauration » et l'avait emmenée chez un marchand de meubles lyonnais. Elle avait aussi arrêté son choix sur des tables rondes, toujours plus conviviales, du linge, nappes et serviettes, immaculé. Les lambris avaient été poncés, tout comme les deux grandes cheminées. Mi-mai, on allumait encore le feu le soir.

« Une bonne flambée rend les femmes plus belles », estimait Alexandrine. Tout comme la lueur des bougies.

Charles Lanson avait ri.

« Si je comprends bien, il nous faut mettre toutes les chances de notre côté ? »

Elle aimait bien l'emploi du pronom possessif, même si elle ne le lui avait pas dit. En revanche, elle s'était bornée à acquiescer : « En effet. Je panique lorsque je pense à tout l'argent que je vous dois. »

Elle avait bien insisté sur ce point : il s'agissait

d'un prêt. Et avait établi tout un plan d'économies drastiques. Elle laverait elle-même le linge. Pour une fois, monsieur Lanson n'avait pas protesté. Il était convaincu qu'elle ne parviendrait pas à tout gérer et devrait forcément déléguer.

La cuisine avait fait l'objet de toutes les attentions d'Alexandrine. Deux grands pianos, occupant un mur complet, une impressionnante batterie de cuisine en cuivre, rôtissoires, poissonnières, marmites en fonte, plan de travail, billot, deux glacières. Le sol et les murs étaient carrelés. Une fille de cuisine était chargée de laver le sol deux fois par jour, de gratter le billot, d'astiquer l'intérieur des glacières. « La propreté, c'est la base de tout », répétait Marie-Aimée. Alexandrine n'avait jamais oublié cette première leçon.

Après une énième vérification en cuisine, elle monta se préparer. Robe noire sous le grand tablier, cheveux tirés en un chignon strict, elle en imposait. Elle se tapota les joues.

Malgré sa peur, elle ressentait comme de l'excitation.

Nous y sommes, se dit-elle.

Elle rejoignit dans le hall Julien qui était venu avec Charles. Les yeux de son fils brillaient.

— Les premiers visiteurs arrivent ! annonça-t-il.

Elle éprouva un choc en reconnaissant la jeune femme qui s'avançait vers elle. C'était Adeline, et ce n'était pas elle. Très chic, avec sa jupe entravée bleu marine – Alexandrine se rappelait que sa fille avait toujours préféré cette couleur au noir –, son chemisier ivoire à col lavallière et sa veste ivoire, Adeline portait un chapeau époustouflant, tout en courbes et piqûres sellier.

— Maman... dit-elle.

Alexandrine lui ouvrit les bras.

— Ma petite fille.

Adeline portait un parfum fleuri – ce qu'Alexandrine ne pouvait pas faire, au risque de ne plus humer les arômes de sa cuisine – et paraissait changée.

— Une vraie dame ! commenta Julien, visiblement fier de son aînée.

Alexandrine ne souffla mot. Elle se grisait de l'étreinte avec Adeline, de l'odeur légère de sa joue poudrée, de la sensation de proximité, qui lui avait tant manqué.

Il resterait toujours entre elles deux une faille, une blessure, à cause de leur longue séparation, se dit-elle. Elle l'avait confiée à la famille de Marin pour la sauver sans imaginer l'odieux chantage exercé par sa belle-mère.

Cependant, elle, Alexandrine, était coupable. Si elle n'avait pas trompé son époux, rien ne serait arrivé.

Comme si elle avait lu dans les pensées de sa mère, Adeline posa une main apaisante sur son poignet.

— Je suis fière de toi, déclara-t-elle.

Alexandrine lui caressa la joue.

— Mais toi... tout va bien à Paris ?

Une ombre voila le regard de la jeune femme.

— Ça va, maintenant, oui. Je viens d'être embauchée par Madeleine Panizon, la modiste de monsieur Poiret. Je sais que je vais encore progresser chez elle.

Elle se tourna vers Charles.

— Encore un grand merci, monsieur Lanson. C'est grâce à vous que j'ai réalisé mon rêve.

Il lui sourit.

— Mon intervention fut modeste.

Tous quatre échangèrent un regard indécis, comme s'ils se demandaient ce qu'ils allaient bien pouvoir encore se dire.

— Je suis obligée de vous abandonner, reprit Alexandrine. Je suis rivée à mes fourneaux.

Elle s'éclipsa.

Julien serra sa sœur contre lui.

— Merci d'être venue, sœurette.

— Cela me fait plaisir.

C'était vrai. L'expérience de son avortement avait provoqué une prise de conscience chez la jeune femme. Elle avait compris qu'on ne pouvait pas tout choisir dans l'existence, et mesurait combien la situation des femmes restait précaire.

Il lui avait fallu du temps pour se remettre, tant moralement que physiquement et, au long des mois écoulés, elle avait réalisé qu'il était inutile et même cruel de condamner sa mère sans connaître la nature exacte des drames qu'elle avait traversés. Aussi, lorsque Julien lui avait annoncé l'inauguration le

15 mai du nouveau restaurant d'Alexandrine, elle n'avait pas hésité.

Elle se devait de la soutenir, et elle désirait aussi les revoir, Julien et elle, parce qu'ils formaient sa seule famille. Et qu'il était plus que temps de faire la paix.

Alexandrine avait bien compris le sens de la démarche d'Adeline et, malgré l'inquiétude, revenait le cœur plus léger dans sa cuisine. Ses enfants étaient auprès d'elle, enfin ! Elle était heureuse.

— Pourvu que… murmura-t-elle, renouant avec la vieille angoisse des personnes habituées à vivre dans la misère.

Elle rejeta les épaules en arrière.

Elle n'avait plus de temps à perdre. Le premier service n'attendait pas.

65

Il était arrivé en fin de soirée à cause d'un contretemps. Il en allait souvent ainsi lorsqu'on effectuait de longues marches. Il aurait voulu prendre le temps de se rafraîchir mais redoutait de trouver porte close.

Lorsqu'il se présenta dans le hall de La Roche au Loup, il réprima un sourire face à la moue circonspecte de la personne chargée de l'accueil.

— Je suis Émile Lanson, et je souhaiterais faire une surprise à mon père.

— Bien sûr, monsieur. Veuillez me suivre.

Il observa la grande salle éclairée par des lustres, les tables nappées de blanc, les bouquets ronds de pivoines roses.

Ce n'était pas un décor pour lui, se dit-il en un éclair. Lui s'était habitué aux « bouillons », ces restaurants parisiens populaires où l'on servait des plats très simples.

Il redressa la tête, croisa le regard de la femme en tablier bleu qui devisait à la table de son père.

Les cheveux fauves coiffés en chignon, le teint clair rougi par la chaleur des fourneaux, c'était bien elle, sa chère Ninou, qui lui confectionnait ses macarons préférés pour chacun de ses retours de pension. Il avait toujours trouvé un refuge chaleureux dans sa cuisine, jusqu'au jour où sa mère l'avait violemment critiquée en sa présence, l'accusant d'être une femme légère. Il se rappelait le visage choqué d'Alexandrine qui avait pâli. Il aurait voulu courir vers elle pour la réconforter mais, par loyauté envers sa mère, il s'en était abstenu.

Par la suite, leurs relations s'étaient distendues. Son comportement avait provoqué chez lui un sentiment de honte. Il s'était éloigné, plus encore après le décès de sa mère.

En face de lui, Alexandrine écarquilla les yeux. Paniqué – ne l'avait-il pas condamnée, comme tant d'autres ? –, il tourna les talons et s'élança vers le hall.

Il se passa alors quelque chose de stupéfiant. Alexandrine courut vers lui, en criant :

— Émile ! Reviens !

Les clients encore installés à leur table jetèrent un coup d'œil intrigué à la cuisinière du restaurant qui courait comme une jouvencelle vers un visiteur aux vêtements poussiéreux. Dans sa hâte, elle perdit l'une de ses chaussures, sans même chercher à la remettre. Elle poursuivit sa course, s'immobilisa sur le seuil du restaurant et cria une nouvelle fois :

« Émile ! » Il s'immobilisa à son tour, marqua une hésitation avant de lui ouvrir les bras.

Elle s'y réfugia en pleurant.

— Tu m'as tellement manqué… chuchota-t-elle.

Comment avait-il su ? Était-ce son père qui l'avait informé du jour de l'inauguration ? Non, c'était impossible, le père et le fils ne communiquaient plus depuis plusieurs années.

Une larme roula sur la joue d'Émile.

— Je suis venu pour toi, Ninou, déclara-t-il fermement. J'étais sûr qu'un jour tu ouvrirais ton restaurant.

— Viens !

Le saisissant par la main, elle l'entraîna vers la table présidée par Charles, entouré d'Adeline et de Julien.

Charles se leva et donna l'accolade à son fils. Alexandrine s'essuya les yeux.

La chance avait peut-être enfin tourné, se dit-elle, sans trop oser y croire. Les clients étaient venus en nombre pour ce premier repas à La Roche au Loup, ainsi que quelques édiles. Monsieur Lefort lui avait adressé un télégramme d'encouragements qui l'avait beaucoup touchée. Étiennette, sa chère Étiennette, était venue, dans la voiture de monsieur Lanson et toutes deux avaient écrasé une larme en songeant au passé. Alexandrine avait éprouvé un sentiment de griserie lorsque les convives avaient applaudi son bouquet final, un gâteau à trois étages en chocolat noir et blanc.

Elle se souvenait des consignes de Marie-Aimée : « Tu dois soigner ton entrée et ta sortie. C'est ce qui marque les gens, ta signature en quelque sorte. »

Marie-Aimée lui avait tout appris et, dans ce beau cadre pourtant si différent des Bois Noirs, Alexandrine percevait sa présence, matérialisée par le cahier de recettes en moleskine verte que la grand-mère de Marin lui avait offert pour ses vingt ans. Comme cela lui paraissait loin ! Alexandrine pensait encore pouvoir organiser son existence à sa façon, et amadouer Catherine Rousselet.

Elle frissonna. L'enquête judiciaire avait prouvé que sa belle-mère avait provoqué l'incendie du Grand Hôtel des Alpes et y avait laissé la vie. Alexandrine n'en avait pas été vraiment surprise, mais choquée par tant de haine. Elle gardait aussi au fond d'elle un sentiment de culpabilité et Charles Lanson avait dû batailler pour la convaincre qu'elle n'était pas responsable des actes de Catherine.

Lui qui se piquait de se tenir informé de l'évolution en matière de sciences et de médecine lui avait tenu ce raisonnement : « Les médecins estiment que certaines personnes développent des troubles qu'il est, en l'état actuel des choses, impossible de guérir, à moins d'être interné… et encore. »

Il lui avait aussi parlé hydrothérapie, électrochocs, et elle avait eu peur de cet univers inconnu.

Ne plus penser à Catherine, s'était-elle promis comme si cela avait pu faire disparaître toutes ces années de désespoir… Elle avait pris le pli de ne plus regarder en arrière.

Excepté pour ce qui concernait Félix. Il était et resterait son grand amour.

Elle l'avait expliqué à monsieur Lanson un soir où tous deux échangeaient des confidences.

« Il y a moi, aussi », avait glissé Charles Lanson, l'air de ne pas y toucher, et la jeune femme avait ri.

« Vous ? Vous êtes incapable d'aimer ! »

Piqué au vif, il l'avait enlacée et lui avait planté un baiser passionné sur les lèvres. Saisie, elle y avait répondu avec une ardeur qui l'avait surprise.

Elle entendait encore la voix de Charles souffler : « Et si nous recommencions ? »

Elle n'avait pas progressé dans sa réflexion depuis ce jour mais n'excluait aucune hypothèse.

Surtout si Émile se rapprochait de son père.

Ce premier succès de La Roche au Loup l'incitait à caresser l'espoir d'une vie meilleure.

Avec Charles, Adeline, Julien et Émile. Les siens.

Épilogue

1948

Chaque automne, elle ne laissait à personne le soin de grimper dans les sous-bois et de visiter ses coins à champignons.

Depuis le temps... près de quarante ans qu'elle dirigeait l'Auberge de La Roche au Loup. Elle préférait dire « auberge » plutôt que « restaurant ». Elle avait désiré un cadre rustique pour sa cuisine généreuse. « Une cuisine de femmes », disait son compagnon, avec un large sourire. À son âge – quatre-vingt-quatorze ans –, il aurait dû moins faire honneur à ses poulardes demi-deuil ou à ses vol-au-vent mais il était incapable de résister à la cuisine de sa belle.

Elle aimait bien ce mot. Compagnon. Ils partageaient le même pain. Ils formaient une belle équipe tous les deux, lui aux comptes, elle aux fourneaux, mais elle seule était reconnue. On disait « la patronne de La Roche au Loup », ou encore « la mère Beauchêne », et elle ne cachait pas sa fierté.

Dans la grande salle étaient encadrés des portraits de ses visiteurs illustres. Sir Winston Churchill, le général de Gaulle, Jean Marais, Marlene Dietrich…, tous s'étaient déplacés au cœur du massif du Pilat afin de découvrir ses plats renommés.

Le chemin pour atteindre la célébrité avait été très long et semé d'embûches.

Parfois, lorsqu'elle était tentée de regarder en arrière, elle se disait qu'elle n'aurait jamais imaginé connaître une telle réussite. Cependant, ce n'était pas son succès qui la rendait fière, mais bel et bien le fait de voir sa cuisine reconnue et célébrée. Elle aimait à ce que ses hôtes repartent de chez elle le sourire aux lèvres. Elle désirait répandre de la joie et du bonheur tout autour d'elle, par le biais de sa cuisine élaborée à partir de leur potager.

Certes, elle continuait de se rendre aux Halles une fois la semaine, afin d'avoir une vue d'ensemble et de renouveler – ou non ! – les contrats passés avec ses fournisseurs. Le reste du temps, ils la livraient en prenant bien garde de respecter sa commande à la lettre.

« La mère Beauchêne » était respectée et crainte.

Première levée, dernière couchée, elle voyait tout, vérifiait tout, de la propreté de chaque tablier aux ongles en deuil d'un apprenti, aussitôt prié de courir remédier à cet état de fait.

On ne se contentait pas de marcher chez la « mère Beauchêne ». On galopait, du soir au matin, du matin au soir, dans le long couloir reliant les cuisines à la grande salle.

Une atmosphère particulière régnait dans le restaurant réputé aussi bien en France qu'à l'étranger. On s'y plaisait tout de suite, grâce aux murs lambrissés à mi-hauteur de bois clair, à la cheminée dans laquelle crépitait une belle flambée, aux bougies roses – du rose, toujours, pour flatter le teint des dames – posées sur les tables rondes juponnées de nappes damassées.

Il l'attendait dans le petit salon. Elle enveloppa d'un regard attendri sa haute silhouette, ses petites lunettes rondes qui lui conféraient une apparence sérieuse, et lui adressa un grand sourire en posant son panier sur une table à gibier.

— Bonne récolte ? s'enquit-il.

Elle hocha la tête.

— Vous aurez beau insister, vous ne connaîtrez rien de mes coins.

— Je ne vous demande rien !

Ils avaient gardé le pli de se vouvoyer, comme pour se prouver que rien, dans leur relation, n'était acté ou définitif.

Ils n'étaient pas mariés, il ne lui avait jamais offert de bague, et elle lui avait remboursé tout l'argent qu'il lui avait prêté.

C'était bien un compagnonnage qui les unissait, ce qui convenait fort bien à la « mère Beauchêne ».

Très attachée au nom de son second mari, elle n'avait jamais voulu épouser un autre homme.

Pas même lui, dont elle partageait la vie depuis des lustres.

— Grand-mère ! Tu ne m'as pas attendue !

Un tourbillon aux cheveux fauves, suivi d'un petit chien blanc surexcité, apparut sur le seuil.

La jeune personne était ravissante avec ses cheveux fous, ses yeux bleu foncé, et sa silhouette parfaite.

Amélia, sa petite-fille, vingt-deux ans à peine, et déjà apprentie aux cuisines de La Roche au Loup après avoir suivi les cours de l'École hôtelière de Lyon.

« Chez moi, tu débutes au bas de l'échelle, ou bien tu retournes sur tes terres ! » avait bien stipulé Alexandrine le premier jour.

Amélia avait souri. « N'aie pas peur, grand-mère ! J'ai trop envie de rejoindre ton équipe pour faire ma mijaurée ! »

La jeune fille avait tenu parole et promettait de marcher dans les pas de son aïeule.

Alexandrine en était fière et émue.

Tout ce chemin, pensa-t-elle, et, au bout de la route, une nouvelle génération qui prendra le relais.

Toute une vie…

Remerciements

Une nouvelle aventure s'achève et, au moment de quitter mes personnages, je tiens à exprimer mon amicale gratitude à Clarisse Enaudeau, toujours partante pour accompagner mes projets, ainsi qu'à toute l'équipe des Presses de la Cité, qui me soutient et m'encourage depuis longtemps.

J'ai porté en moi l'histoire d'Alexandrine durant près de vingt ans. J'avais envie d'écrire sur Saint-Étienne et sa région depuis que j'avais été invitée à une émission littéraire sur RCF avec Jacques Plaine en 2002.

Pour moi, en effet, le pays minier de la Loire offre des ressemblances avec le Pas-de-Calais de mes origines paternelles. Origines, racines… toujours si importantes pour moi.

Merci, de tout cœur, à Alice Daillère et à toute l'équipe de la médiathèque de Villars qui m'ont accueillie avec tant de chaleur et de gentillesse… et eu beaucoup de patience lorsque je rapportais la documentation prêtée avec énormément de retard !

Merci également au musée de la Mine, au musée d'Art et d'Industrie de Saint-Étienne, à la Maison du passementier de Saint-Jean-Bonnefonds, au remarquable atelier-musée du Chapeau, à Chazelles-sur-Lyon.

J'y ai reçu le meilleur accueil.

Enfin, merci à mon compagnon, mon amour, avec qui je partage tout depuis près de cinquante ans, qui sait apaiser mes angoisses et m'encourager à poursuivre, malgré mes doutes et mes interrogations.

Sans oublier mes lectrices et mes lecteurs que j'ai enfin la joie de retrouver sur les Salons et dans les librairies après deux longues années de solitude à cause du Covid !

DU MÊME AUTEUR (*suite*)

Les Sentiers de l'exil, 2015
Les roses sont éternelles, 2016
Le Maître du Castellar, 2017
Édition collector *En Provence*, 2018
Édition collector *Retour en Provence*, 2019
Le Secret de Belle Épine, 2019
Pour oublier la nuit, 2021

Vous souhaitez en savoir plus sur les livres
et les auteurs de la collection Terres de France ?

Retrouvez toutes les informations sur le site
www.collection-terresdefrance.fr
et abonnez-vous à notre lettre d'information.

Suivez-nous également sur notre page Facebook,
notre compte Twitter et Instagram.

Composition et mise en pages
Nord Compo à Villeneuve-d'Ascq

MIXTE
Papier issu de sources responsables
FSC® C003309

L'éditeur de cet ouvrage s'engage dans une démarche de certification FSC® qui contribue à la préservation des forêts pour les générations futures.

Pour en savoir plus :
www.editis.com/engagement-rse/

CET OUVRAGE
A ÉTÉ ACHEVÉ D'IMPRIMER
SUR ROTO-PAGE
PAR L'IMPRIMERIE FLOCH
À MAYENNE EN SEPTEMBRE 2022

N° d'impression : 101059
Imprimé en France